MI LOBO MAFIOSO

Por
Alex (Shifter) McAnders

McAnders Books

*****

Los personajes y sucesos descritos en este libro son ficticios. Cualquier parecido con personas reales, vivas o muertas, es coincidencia y sin intención por parte del autor. La persona o personas retratadas en la cubierta son modelos y de ninguna forma están asociadas con la creación, el contenido o el tema principal de este libro.

Sitio Web Oficial: www.AlexAndersBooks.com
Podcast: BisexualRealTalk
Visite el autor en Facebook
en: Facebook.com/AlexAndersBooks
Consigue 5 libros gratis al inscribirse para la lista de correo del autor en: AlexAndersBooks.com

Publicadas por McAnders Publishing

Libros de Alex (Shifter) McAnders

Hombre-lobo

El hijo de la bestia; Libro 2; Libro 3; Libro 4; Libro 5
Su Protector Lobo; Libro 2
Mi Lobo Mafioso
La Compañera Prohibida del Alfa
Libro 1-3

MI LOBO MAFIOSO

Capítulo 1

Dillon

Tomando una profunda respiración, caminé hacia el edificio de mi padre. Cada paso resonaba mis latidos. Después de años de abandono y negligencia, enfrentaba a aquel hombre. Quería respuestas, y una pequeña parte vulnerable de mí necesitaba una disculpa.

El edificio de ladrillos de tres plantas, lleno de grafitis, se alzaba imponente delante de mí. Conteniendo la respiración, entré en el estrecho callejón. Desembocando en el patio trasero, encontré la salida de emergencia.

Para mi sorpresa, al empujarla, descubrí que ya había sido forzada. Así que, utilizando mi considerable peso, me apoyé en ella y me abrí paso.

¿Cuántas horas de mi infancia habré pasado mirando por la ventana de mi padre desde el otro lado de la calle? ¿Las personas que a veces veía dentro eran su familia? ¿Fueron ellas quienes escogió sobre mí y mi madre?

Subiendo por la húmeda y manchada escalera de hormigón, salí en la planta superior. Como el espacio comercial en la planta baja, parecía vacío. Con un papel pintado raído y descascarillado por doquier, el único indicio de vida era la puerta brillantemente pintada al final del pasillo.

Tomándome un momento para limpiar mis palmas sudorosas contra mis jeans, me armé de valor. Al acercarme, el sordo golpe de mi puño al llamar vibró en las paredes. Cada eco era como un puñetazo en el estómago.

Rápidamente, la puerta se abrió con un crujido. Al otro lado apareció una figura pálida, iluminada por el resplandor estéril de la luz que se derramaba desde dentro. Era mi padre, y nunca lo había visto tan de cerca.

Cuando me reconoció, sus ojos se clavaron en mí. "Tú", gruñó.

No lograba ver ningún reflejo de mí misma en el hombre de pie frente a mí. Lo que los chicos siempre habían elogiado como mis rasgos refinados eran en él contornos desfigurados. Mi piel mestiza de color caramelo no tenía correlato en su tez clara. Y los rizos rebeldes que definían mi perfil, en él se mostraban oscuros, lisos, y aplanados.

Aunque presentara todas estas diferencias, sabía quién era este hombre. Mi madre me lo había dicho muchas veces. Era tiempo de que éste también lo reconociera.

"Sí, soy yo. Tu hija."

Las palabras salieron más firmemente de lo que esperaba. Cada sílaba estaba llena de mis años de sufrimiento, años anhelando un reconocimiento que nunca llegó.

Caminando por las calles de mi antiguo barrio, miré hacia arriba a los que alguna vez fueron edificios familiares. Este era Brownsville, Brooklyn, un lugar que una vez fue hogar y que ahora parece ajeno. Observé con desprecio las luces de las calles que perforaban la oscuridad tinta de la noche. Arrojaban sombras alargadas y espeluznantes que parecían seguirme.

Al caminar, mi estómago se retorcía. Me estremecí con el viento frío que se deslizaba por mi cuello. Piel de gallina brotó en mi piel.

¿Por qué estaba aquí? Estaba lejos de mi apartamento universitario en Nueva Jersey. Y habiendo salido de Brownsville durante la secundaria, los que caminaban por las calles eran desconocidos. La única persona que sabía que todavía vivía por aquí era,

"Mi padre…" murmuré para mí misma.

Así es. Había venido a finalmente enfrentar al hombre que nunca conocí. Tenía un plan de cómo forzar la salida de emergencia de su edificio casi abandonado y tocar a su puerta. ¿Cómo pude olvidarme de eso?

Girando sobre las puntas de los pies, apreté los dientes y posé la mirada en el edificio anodino de tres pisos que se encontraba a dos cuadras de distancia. La fea fachada del edificio de departamentos de mi padre me molesta mientras la realidad de mi inminente enfrentamiento se asentaba.

Mi corazón martilleaba en mi pecho. El sudor brotaba de mis manos mientras me acercaba a la estructura familiar pero detestable. Quizás para los demás era una monstruosidad, pero para mí, era un símbolo de la ignorancia y la indiferencia del hombre que vivía allí.

Alzando la vista, observé el resplandor de la ventana iluminada de su apartamento. Tiraba de las cuerdas antiguas y familiares de mi corazón; un recuerdo de un tiempo más sencillo cuando todo lo que quería era cruzar ese umbral. Ennumerablemente de niña había estado frente a esa puerta anhelando, pero hoy no estaba aquí para eso. Estaba aquí para obtener respuestas.

Dando la vuelta al edificio hasta la puerta de atrás, noté que la cerradura estaba floja como si hubiese sido forzada varias veces. Ascendiendo las escaleras, me sorprendió lo familiar que se veía el lugar. ¿Por qué me resultaba tan conocido? Era como si hubiese estado en un lugar así recientemente. ¿Pero dónde?

Entrando al pasillo, me invadió una sensación similar. ¿Era en un sueño donde había visto este lugar? Durante mi infancia, más de un sueño se había hecho realidad. ¿Era esta sensación una extensión de eso? Tenía que serlo, ¿no?

Cruce el pasillo lentamente y me acerqué a la puerta brillantemente pintada que por alguna razón parecía estar grabada en mi mente. ¿Qué estaba pasando? Sea lo que sea, no iba a dejar que me detuviera. Había decidido que este sería el día, y era.

Al levantar mi mano en puño para golpear la puerta, me di cuenta. Ya había hecho esto antes. Pero eso no tenía sentido. Nunca en mi vida había hablado con el hombre que mi madre decía que era mi padre. Entonces, cuando toqué y un hombre pálido como la muerte abrió la puerta y miró con ojos inyectados en sangre a los míos, las cosas parecían tener aún menos sentido.

"¿Qué haces aquí?" Escupió el hombre con confusión y enojo.

"Soy tu hija", dije con determinación.

"Te irás y nunca volverás", dijo el hombre mirando fijamente a mi alma, como si quisiera reemplazar mis pensamientos por los suyos.

"¡No!" Respondí desafiante. "Vas a responder a mis preguntas", declaré, mientras los latidos de mi corazón enviaban oleadas de dolor por mi pecho.

"Te dije que te fueras y no volvieras", insistió mi padre.

"Y yo dije que no", grité, resistiéndome a la sensación de que mis sienes latían por estallar.

Como si se retirase de mi mente, mi padre dio un paso atrás. Su retiro era como un calambre que de repente cedía.

"Ahora," comencé, casi sin aliento, "Vas a contarme por qué nos abandonaste a mi madre y a mí. No me iré de aquí hasta que lo hagas."

No podía decir si la expresión en el rostro de mi padre era de terror o de asco, pero me atormentaba. Había oscuridad en ella. Verla generaba otra sensación en mí. Ésta, no podía describirla.

"¿Quieres saber por qué abandoné a tu madre y a ti?"

"Por eso estoy aquí. Dime por qué abandonaste a tu hijo," dije, perdiendo el agarre del escudo que protegía mi corazón.

"Es porque no eres mi hija," espetó.

"Soy tu hijo. Siempre he sido tu hijo."

"No eres. ¡Eres una abominación!" clamó con convicción.

Sus palabras me hicieron algo. El dolor que una vez estuvo en mi sien volvió dos veces más doloroso. Era como si hubiera un pensamiento dentro de mí luchando por salir.

"Soy tu hija. ¡Soy tu hijo!" insistí.

"¡Eres la descendencia del diablo!" decried el hombre pálido.

"¡Soy tu hija!" seguí repitiendo, agarrándome la cabeza, tratando de mantenerla intacta.

"No soy tu padre," dijo el viejo una última vez antes de empujarme con la fuerza de una bola de demolición contra la pared del pasillo detrás de mí.

Me desplomé en un dolor cegador mientras la puerta se cerraba de golpe frente a mí. Sentí que me volvía loca. Sin previo aviso, mi mente se inundó de pensamientos. Los ecos sólo se quedaron el tiempo suficiente para rozarse antes de irse, reemplazados por otros.

No podía aguantarlo. Estaba desgarrando mi cerebro. Primero gemí, luego grité. Chillando hasta el punto de la asfixia, fue como un milagro cuando todo se detuvo. Con sólo las cicatrices quedando detrás, de repente todo desapareció.

Asustada de abrir los ojos, los abrí. Como si el dolor de cabeza hubiera poseído mi visión, todo parecía diferente. Era como si hubiera abierto los ojos en la piscina pública. El mundo borroso a mi alrededor centelleaba. Y cuando mi vista volvió lentamente, noté algo que de alguna manera no había visto antes.

El suelo del pasillo que terminaba en la puerta de mi padre estaba quemado. Desgastado hasta la textura del carbón, estaba cubierto de ceniza.

Esto no estaba bien. Algo había cambiado. Había algo diferente revoloteando dentro de mí. Y sin dudarlo, supe que mi padre podría decirme qué era.

Como si no hubiera estado cerrada, toqué la puerta y se abrió de golpe. El interior del apartamento ahora era diferente. Todo, desde el suelo hasta el techo, estaba quemado. Parecía vaciado por las llamas y lo único que no lo estaba era el hombre al que había llorado por las noches esperando que me reconociera.

Sin embargo, no era sólo ese hombre. La imagen de mi padre era un fantasmagórico holograma que enmascaraba a la criatura que se escondía debajo. Encorvado y deformado, la persona que había conocido no era un hombre en absoluto.

Crecí con mi mejor amigo, Hil, que era un cambiante lobo. Saber lo que él y su familia eran desafió mis creencias de lo que era posible. ¿Cómo podrían existir humanos que se transformaban en animales? ¿Y aún más extraordinario que eso, cómo podrían existir vampiros?

"Eres un vampiro," dije antes de saber lo que estaba diciendo.

El hombre me miró atónito.

"No eres mi padre. No puedes serlo."

Como si la imagen frente a mí se desvaneciera, vi a mi padre y a mi madre compartiendo una cama al otro lado de la habitación. Al principio parecía que estaban teniendo sexo, pero no era así.

"¿Te alimentaste de mi madre? ¿La obligaste a creer que estaba embarazada?" dije mientras la película frente a mí continuaba rodando. "¿Pero por qué?"

"Hice lo que mis amos me ordenaron hacer," contestó la decrépita criatura con un creciente temor.

"Si eres un vampiro y los vampiros no pueden tener hijos, ¿qué soy yo?"

"La descendencia de mis amos," siseó. "Una abominación."

"Estás asustado," de repente lo supe. "Tienes miedo de todo. Te escondes aquí, asustado de los lobos que gobiernan la ciudad. Temes a los vampiros que te crearon. Y sobre todo." Me detuve en reconocimiento. "Tienes miedo de mí. Ya te he enfrentado antes. Me forzaste a olvidar. Pero nunca intentaste lastimarme a mí ni a mi madre porque… Tienes miedo de lo que ellos te harán."

Desvié la mirada cuando la confusión me abrumó. ¿Quiénes eran "ellos" a los que me refería? ¿Podría ser un demonio? ¿Era yo un hijo del diablo como mi padre había insinuado?

Espera, él no era mi padre. Los vampiros no pueden tener hijos. Obligó a mi madre a creer que estaba embarazada para que yo pudiera existir.

Cuando levanté la vista de nuevo, el hombre que había pensado que era mi padre, había desaparecido. Con su partida, la habitación volvió lentamente a la normalidad. La visión que había tenido se desvaneció.

¿Cuánto tiempo había apartado la vista? ¿El vampiro me había obligado otra vez para poder escapar? Y lo más importante, ¿qué era yo? Definitivamente no era humana. Tampoco era la hija de mi padre.

Había venido aquí en busca de respuestas y ahora tenía aún más preguntas. ¿Quién era yo? ¿De dónde venía yo? Y, ¿por qué era que, no importa lo que hiciera, seguía siendo una chica a la que nadie amaba?

Capítulo 2

Remy

Me encontraba en lo que una vez fue el imponente despacho de mi padre, ahora transformado en una improvisada sala de enfermería. Hil y mi madre estaban a mi lado, todos observando el cuerpo sin vida de nuestro padre. El silencio era asfixiante, roto solo por el suave sollozo de mi madre tratando de contener sus lágrimas.

La angustia me invadía. Pero al observar las sombras que la tenue luz proyectaba en el rostro de mi padre, sentía algo más. Su legado era mixto. Había pasado mi vida tratando de demostrarle mi valía, a mi alfa. Y había hecho cosas de las que no me sentía orgulloso. Ahora que él se había ido, me preguntaba si todo había sido en vano.

Hil rompió el silencio. "Yo organizaré el funeral. Quiero hacer esto por papá", dijo, su voz temblaba con emoción. Podía notar que aún ansiaba la aprobación de nuestro padre, incluso después de su muerte.

La miré, mi corazón dolía por mi hermana que había luchado por escapar de la vida de crimen a la que nuestra familia había nacido. Ella no estaba hecha para ello como yo. No tenía las mismas líneas esbeltas que a menudo tenían las cambiantes. Pero más que eso, no había cambiado por primera vez hasta hace unas semanas. En los ojos de mi padre, esas cosas hacían a mi hermana pequeña débil y en necesidad de constante protección.

Yo era diferente. Se esperaba que yo fuera su heredero tanto de su imperio como de su manada. No necesitaba ser protegido de su mundo despiadado. Los otros alfas querían a mi padre muerto. Y dado el modo en que papá reclamaba su poder, podía entender por qué.

Eso significaba que ninguno en nuestra familia estaba a salvo. Hil, con su amable humanidad, siempre necesitaría un protector. Como alfa de nuestra manada, padre cumplía ese deber a pesar de expresar su deseo de que ella pudiera mantenerse por sí misma. Pero sabiendo que el escudo protector de papá para Hil no duraría para siempre, yo también asumí el papel de protegerla.

Después de todo, ella era mi hermana pequeña. Era mi trabajo. Aunque, tenía que admitir que hacer eso junto con tener que ser el lobo que mi padre quería que fuera, me pasaba factura.

"Gracias, Hil", dije, mi voz traicionando el dolor que sentía.

Mi madre extendió la mano y me apretó la mía, su contacto vibraba con una mezcla de tristeza y gratitud. Podía ver la esperanza en sus ojos por un futuro mejor, libre de la violencia y peligro que había azotado a nuestra manada durante tanto tiempo.

Mis pensamientos se desviaron hacia el pacto que había hecho con Armand Clément, el rival más vicioso de mi padre. Había accedido a entregarle a él los negocios ilegales de mi padre a cambio de conservar los legales y asegurar la protección de mi manada.

Los lobos de mi padre se convertirían en los de Armand y mi verdadera manada estaría libre del submundo criminal. Era una apuesta desesperada, pero no soportaba la idea de reemplazar a mi padre como el alfa de su manada.

¿Cuántos lobos de mi padre tendría que matar antes de que se rindieran a mí? No tenía duda de que los vencería. Pero, quería un rumbo diferente para mi manada.

Además, nuestra familia ya tenía tanto por lo que disculparse. En algún momento, iba a necesitar averiguar cómo devolver algo a la comunidad. La obsesión de papá con el poder había provocado mucho dolor. Eso no podía ser el único regalo de mi familia al mundo. Los cambiantes lobo eran más que simples pesadillas humanas.

Fue entonces cuando Dillon vino a mi mente. Ella era la mejor amiga humana de Hil. Tenía curvas generosas, piel ligeramente bronceada y cabello rizado y suelto por el cual soñaba pasar mis dedos.

Todos ellos me convertían en un lobo que soñaba cada noche con acurrucarse a ella. Un tipo que fantaseaba con subir mi mano por su camiseta y envolver su pecho lleno con mi gran mano. Ella era mi ancla en los turbulentos mares de mi padre y ahora, la última conexión con la implacable vida de la que la protegía yacía frente a mí, muerto, perdido y lamentado.

Excusándome antes de que mi familia viera la sonrisa que se dibujaba lentamente en mi rostro, me encaminé a mi cuarto de infancia. No podía esperar un segundo más. Necesitaba escuchar su voz. Mi lobo se agitaba ante la idea. Tenía que llamarla.

Saqueando mi teléfono, busqué su número. Tomé un respiro hondo, marqué. Mi corazón latía con anticipación. El teléfono sonó y mis palmas se pusieron sudorosas.

"Hola?", la voz de Dillon resonó en la línea, cálida y calmante como siempre.

"Hola, Dillon, soy Remy". Traté de mantener mi voz firme cuando hablé. "Solo quería decirte que mi padre… ha fallecido".

"Oh, Remy, lo siento mucho". Como todos nosotros, ella sabía que esto iba a pasar. Pero su empatía me golpea como una ola reconfortante. "¿Cómo lo estás llevando?"

Mi garganta se apretó mientras luchaba por mantener mi compostura. "Estoy… sobrellevándolo", admití, el peso de mis emociones amenazaba con desbordarse. Desesperado por recuperar el control, cambié rápidamente de tema. "Escucha, me preguntaba si podrías ayudarme con algo".

"Por supuesto. ¿Qué es?"

"Hil ha dicho que quiere encargarse de los arreglos del funeral. Creo que realmente podría usar tu apoyo en este momento".

Hubo una pausa al otro lado de la línea antes de que Dillon aceptara suavemente. "No tenías que pedir eso, Remy. Haré todo lo que pueda para ayudar".

El silencio que siguió estaba cargado de palabras no dichas, mi corazón ansiaba decirle la verdad sobre mis sentimientos hacia ella. Pero no podía obligarme a decirlo, no todavía.

"Gracias. Siempre sé que puedo contar contigo", dije con una sonrisa.

"No es ningún problema, Remy. Me gusta poder ayudarte… y a Hil", me tranquilizó, su voz llena de genuino afecto. "Todos pasaremos por esto juntos. Solo dime lo que necesitas".

Asentí, aunque ella no podía verme. "Lo aprecio".

"Lo sé", dijo con seguridad.

Cuando colgué el teléfono, me preguntaba qué estaba haciendo. Ya no tenía que limitarme a conversaciones de dos minutos con ella. Estaba libre. No sabía qué sentía ella por mí, pero ya no tenía que ocultar mis sentimientos por ella. Era hora de decirle.

Una oleada de calor me inundó a mí y a mi lobo, al considerarlo. Era una mezcla de terror y emoción.

"Después del funeral", dije en voz alta. "Mi nueva vida comienza al final de la vieja".

Apenas podía imaginar una vida sin esconder secretos, pero aquí estaba. Iba a abrazar la verdad y ver a dónde nos llevaría. ¿Realmente iba a ser tan simple estar con Dillon? No lo sabía, pero estaba a punto de averiguarlo.

Capítulo 3

Dillon

Al colgar la llamada con Remy, me encontré de pie en mi apartamento con mi bolsa de montura aún al hombro. Acababa de entrar tras haber vuelto de enfrentarme al vampiro que creía que era mi padre. ¿Qué tan perfecto era que Remy fuera la primera voz que había escuchado? Ya no sentía mi rostro.

¿Remy me había llamado? Me pregunté mientras mi corazón latía apresuradamente, llevándose la confusión de hace una hora. ¿Cuál había sido el propósito de su llamada?

Había dicho que era para solicitar mi ayuda para Hil, pero él tenía que haber sabido que lo hubiera hecho de todos modos. No, tenía que haber más que eso. ¿Estaba buscando consuelo para la muerte de su padre? Porque por mucho que yo quisiera que fuéramos, Remy y yo no éramos tan cercanos.

Entonces, ¿podría ser que la razón de su llamada fuera otra? ¿Podría ser que estuviera secretamente enamorado de mí y que no estuviera loca todos estos años por soñar que lo estaba?

Fue por Remy que me enfrenté a quien pensaba que era mi padre. Bueno, no directamente por él. Pero fue porque había interactuado tanto con Remy mientras Hil desapareció que me di cuenta del gran vacío en mi vida. ¿Podría haber sido lo mismo para él?

Pensándolo, recordé inmediatamente las muchas razones por las que Remy no tendría ningún interés en alguien como yo. Para empezar, aunque normalmente no era un desastre total, cuando estaba cerca de él, sí lo era. Hubo dos meses después de que Hil y yo nos hicimos amigas en los que no fui capaz de articular una sola palabra en su presencia.

Tenía 14 años, no 10. Y sí, él era increíblemente atractivo, incluso antes de que pudiera convertirse en lobo. Pero no había ninguna razón por la que debiera haber perdido la capacidad de hablar a su alrededor.

Luego estaba aquella vez que Remy pilló a Hil y a mí viendo vídeos eróticos en la habitación de Hil. Le pregunté a Hil si había cerrado la puerta con llave, y ella me aseguró que sí. Entonces, cuando Remy irrumpió, encontrándonos viendo un vídeo en el que un chico caballo hacía cosas increíbles a una chica que se parecía mucho a mí, pude haberme desmayado.

Y por último, no olvidemos la vez que tenía 16 años y los padres de Hil me dejaron quedarme en su casa mientras la familia de Hil llevaba a mi madre de vacaciones. Tenía clases así que no pude ir, pero pensando que estaba sola, me puse a bailar desnuda en su ático, completa con turbante de toalla y cepillo de pelo como micrófono.

Remy eligió ese momento para pasar a echar un vistazo al lugar. No habría sido tan malo si no estuviera tan claramente excitada y tocándome a mí misma. Pero lo estaba.

Mis mejillas ardían al recordarlo. Pero como siempre hacía, me recordé a mí misma que la humillación que había experimentado delante de Remy no importaba. Porque por mucho que me gustara fantasear con ello, un lobo como Remy, con su perfil de dios griego, su oscuro encanto y su estatus de príncipe alfa, no podría sentirse atraído por una humana aburrida, mucho menos una como yo.

Además, este no era el momento para fantasías. Tenía muchas cosas en la cabeza. Acababa de descubrir que no era humana y no tenía idea de lo que era. ¿Cómo se supone que debía manejar eso?

Además, mi mejor amiga, Hil, estaba pasando por un momento difícil. A pesar de su complicada relación, sabía cuánto amaba a su padre. Sí, su padre la había encerrado en su penthouse y nunca permitió que Hil tuviera una vida social fuera de mí. Pero eso no era porque su padre fuera un monstruo. Los cambiaformas lobo que lideran mafias llevan una vida peligrosa.

Y no es que su padre estuviera equivocado. La única vez que Hil consiguió escapar de la protección de su familia, terminó siendo secuestrada por uno de los rivales de su padre. Remy y el novio cambiaformas lobo de Hil, Cali, tuvieron que rescatarla. El tipo disparó a Cali a cambio de dejar ir a Hil. Cali estaba bien, pero aún así. Hil y Remy vivían en un mundo loco y su padre siempre había protegido a Hil de él.

Así que, a pesar de todo, el padre de Hil había sido un padre mucho mejor que el mío. Y ahora su padre se había ido. Mi corazón se encogía por ella.

Tomé una profunda respiración, me prometí a mí misma dejar a un lado el misterio de quién era y cualquier sentimiento que tuviera por Remy para centrarme en estar allí para Hil en las próximas semanas. Y conforme los cosquilleos que siempre sentía al pensar en Remy disminuían, volví a coger mi teléfono.

No sé por qué estaba nerviosa, pero al marcar el número de Hil, mi corazón latía con fuerza. Cuando la llamada se conectó, la voz de Hil sonó temblorosa.

"Hola, Dillon."

"Hola, Hil… Acabo de enterarme de tu padre."

Hubo una pequeña pausa. "¿En serio? ¿Cómo?"

"Remy me lo acaba de decir", dije deseando poder compartir lo asombroso que era que me lo hubiera contado.

"Ah. Ya."

"Lo siento mucho, Hil. ¿Cómo estás?" dije deseando poder abrazarla a través del teléfono.

"Es solo que es muy difícil aceptar que se ha ido."

"No puedo ni imaginarlo. Pero estoy aquí para ti, ¿vale? Lo que necesites, estaré allí."

Hil suspiró, su voz quebrándose apenas perceptiblemente. "Lo agradezco. Le dije a Remy que quería encargarme del funeral."

"Vaya, eso es mucho."

"Sí, pero le dije a Cali que tenia planeado hacerlo y me preguntó si podía ayudarme con ello. Así que, voy a apoyarme en él para la mayoría de las cosas."

"Eso es genial."

"Sí," dijo seguido de una pausa.

"¿Qué pasa?"

"Hay algo con lo que me podrías ayudar, though."

"¡Por supuesto! Lo que sea. Solo dime cuándo y dónde."

Al día siguiente, Hil y yo nos encontramos en una boutique que vendía urnas. Ni siquiera sabía que existía tal cosa. Pero la había y allí estábamos.

El lugar irradiaba una elegancia sombría, con una suave iluminación que arrojaba un cálido resplandor sobre los pulidos recipientes pintados a mano. Estar allí, comprando el último lugar de descanso del padre de Hil, resultaba surrealista. No solo por su significado, sino también por las etiquetas de los precios.

Con todo el debido respeto, las urnas eran solo jarrones con tapa. ¿Cómo podría costar una 22.000 dólares? Claro, era de mármol con filigrana de oro adornada… lo que sea que eso fuera. Pero apenas podía permitirme el autobús que tomé aquí.

Mientras nos desplazábamos por los pasillos mirando la colección de urnas de diamantes, el tema de nuestra conversación cambió de su padre a Remy. No fui yo quien lo cambió. Pero no estaba dispuesta a dejar pasar la oportunidad de añadir material a mi caja de fantasías… cuando dicha actividad volviera a ser apropiada… pensando en el hermano de tu mejor amiga.

"Creo que he llegado a aceptar que a papá le gustaba más Remy. Quiero decir, lo entiendo. Remy tiene el instinto protectivo de mi padre. Lo tenía incluso de niño.

"Hubo momentos mientras crecíamos en los que me hacía la peor faena de hermano mayor. Pero si me preguntases quién me protegería si algo malo ocurriera, no habría duda. Sería él."

Asentí, comprendiendo cuánto significaba Remy para Hil. "Siempre ha estado ahí para ti, ¿no es cierto?"

"Sí, pero al mismo tiempo, no puedo evitar preocuparme por él."

"¿Por qué?" Pregunté, picada por la curiosidad.

Hil suspiró, pasándose una mano por el pelo. "Solo creo que nunca podrá dejar atrás la vida de la manada."

"¿Y por 'vida de la manada' te refieres al negocio familiar?"

"Sí. Y sé que hizo el trato que supuestamente nos liberaría, pero no estoy segura de que haya salida."

"Tú te liberaste," dije refiriéndome a la nueva vida en un pueblo pequeño de Hil con su novio en Tennessee.

"Lo hice, pero yo nunca formé parte de ese lado de la manada de mi padre. Una vez, mi padre le dijo a Remy y a mí que la única forma de abandonar su mundo era en bolsa de cadáveres. No creo que Remy pudiera salir aunque lo intentara."

Fruncí el ceño, sin querer creer eso. "Creo que con la persona adecuada a su lado, definitivamente podría dejar esa vida atrás."

Hil me miró, su expresión era indescifrable. "Dillon, ¿estás hablando de ti misma?"

Dudé, dándome cuenta de cómo debía haber sonado. "Bueno, quiero decir, no solo yo. Pero alguien que se preocupe por él y quiera verle feliz."

Hil se puso incómoda, claramente no le gustaba la idea. "¿Puedo preguntarte algo serio? Porque sé que te gusta bromear sobre las cosas."

"Por supuesto que puedes. ¿Qué es?"

"¿Realmente crees tú y Remy..."

En cuanto ella comenzó a decirlo, sentí que mi cara se incendiaba. No estaba segura de si estaba avergonzada o simplemente herida, pero no podía soportar oírla terminar lo que estaba a punto de decir.

"¿Por qué no?" Interrumpí. "¿Es tan absurdo pensar que podría ser buena para él?"

"No, Dillon, no es eso". Hil suspiró, su voz tensándose. "Creo que él no es bueno para ti. Eres la mejor persona que conozco. ¿Qué pasaría si algo sucediera entre ustedes? En el mejor de los casos, te arrastraría a su mundo loco.

"Dillon, he pasado toda mi vida planeando mi escape de ese lugar. Podrías arrepentirte enormemente de estar con Remy." Hil cogió una urna y la sostuvo entre nosotras. "O peor aún," dijo con tristeza en sus ojos.

Mirando hacia abajo a la glorificada jarra, un escalofrío recorrió mi espina dorsal. Pero a pesar de lo que dijo Hil, no pude evitar creer en Remy.

"Hil, si algo llegara a pasar entre Remy y yo, él me protegería tal como te protege a ti. ¿No es eso lo que hace? ¿Crees que pudo evitar proteger a las personas aunque quisiera?"

Al encontrar nuevamente los ojos de Hil, vi su frustración. Mientras volvíamos a recorrer las urnas, pensé que la conversación había terminado.

"¿Sabes si Remy se siente atraído por los humanos?" Gritó Hil repentinamente, más fuerte de lo que nadie debería en una tienda de urnas.

En vez de responder, pensé en todas las miradas robadas y toques prolongados que habían alimentado mis fantasías durante los años.

"En primer lugar, ha habido momentos en los que solo hemos estado los dos que me hacen pensar que podría estar atraído", dije sinceramente.

Hil levantó una ceja. "¿Cuándo habéis estado solos juntos?"

"No ha ocurrido a menudo", admití, "pero ha sucedido a lo largo de los años. Y a veces cuando ocurre, me mira de una manera que no puede ser platónica."

Hil parecía seguir escéptica.

"Y en segundo lugar", dije sin saber si este era el momento para revelarle.

"¿En segundo lugar, qué?"

"En segundo lugar, no creo que sea humana. Rectifico. Estoy segura de que no lo soy", dije con reticencia.

El escepticismo de Hil se convirtió en confusión.

"¿De qué estás hablando?"

"No te he dicho esto, pero decidí confrontar a mi padre."

"¿Confrontar a tu padre? ¿Qué quieres decir?"

"Nunca te he hablado de esto antes, pero nunca he hablado realmente con mi padre".

"¿Qué?" dijo Hil, confundida y horrorizada.

"Sí. Es un tema bastante doloroso, así que siempre lo he evitado."

Hil parecía estupefacta. "¿Cuándo le confrontaste?"

"Ayer por la noche".

"Hablamos por teléfono. ¿Por qué no me lo dijiste?"

"Porque acababa de morir tu padre".

"Podrías habérmelo dicho igualmente. Enfrentarte a tu padre es una gran cosa."

"Sí. Es aún más grande cuando añades que el hombre que yo creía que era mi padre era simplemente un vampiro que obligó a mi madre a creer que estaba embarazada y que he empezado a desarrollar poderes."

La boca de Hil se abrió de par en par.

"¿Qué poderes tienes?"

Miré a Hil preguntándome cómo podría explicarlo.

"Puedo decir que eres una loba."

Hil miró a su alrededor para asegurarse de que nadie escuchaba. "Pero sabes que soy un lobo."

"Lo sé. Pero ahora puedo verlo."

"¿A qué te refieres?"

Hice una pausa y me concentré en Hil.

"Cuando entrecierro los ojos, te veo a ti, pero también veo un lobo hecho de luz que está donde tú estás."

"¿Como si estuviera encima de mí?"

"Es como si ambos estuvieran en el mismo sitio."

"Vale. ¿Has visto esto en otras personas?"

"Lo vi con mi padre… o, el hombre que creía que era mi padre. Pero para él era diferente. En tu caso, tú eres la imagen real y tu lobo es la luz que proyectas. En su caso, la persona que todos veían era la proyección de luz, y la criatura dentro de ella era él mismo."

"¿Y crees que era un vampiro?"

"Estoy segura de que lo era."

"¿Cómo?"

"Simplemente lo sé."

"¿Y te dijo que obligó a tu madre a creer que estaba embarazada? ¿Por qué haría eso?"

"Dijo que lo hizo porque sus amos se lo ordenaron," dije ominosamente.

"Bueno, eso es perturbador."

"No tienes idea. Así que, no solo resulta que no soy humana, sino que no tengo idea de lo que soy o por qué alguien haría creer a mi madre que estaba embarazada."

"Era para que creyera que tú eras su hija," dijo Hil con seguridad.

Hice una pausa para pensar en eso. "Entonces, ¿me estás diciendo que mi madre no es realmente mi madre tampoco?"

Hil me miró con compasión. "Lo siento, Dillon."

"Mierda," dije, abrumada por todo.

Mientras me perdía en mis pensamientos en espiral, Hil cogió una urna.

"Esta," dijo sosteniendo una que rezumaba una elegancia distinguida. "¿Qué te parece?"

"Es hermosa," dije, esforzándome por volver a mi amiga en duelo. "Creo que a tu padre le gustaría."

"La compraré," dijo con seguridad. "Y Dillon, no te preocupes. Te ayudaré a descubrir lo que eres. He conocido a gente en el pueblo de Cali que sabe de estas cosas." Hil dudó. "Lo que significa que no tienes que involucrarte con Remy para averiguarlo."

Hil había visto directamente a través de mí.

"¿Y si él sabe algo que tus amigos no saben? Cuando estuve en la mente del vampiro…"

"¡Estuviste en su mente!" Hil me interrumpió para decir.

"Sí. Era como si estuviera leyendo sus pensamientos o viendo su historia o algo así. De todas formas, cuando estaba haciéndolo, vi que tenía miedo de los lobos que gobernaban la ciudad. Eso solía ser tu padre, ¿verdad?"

"Supongo."

"Entonces, ¿no tendría sentido que hablara con Remy sobre eso?"

Hil me miró con empatía y tomó mis manos entre las suyas.

"Sé cómo es Remy y lo encantador que puede ser. Pero te prometo que tiene un costo. No podría soportarlo si también te perdiera."

Mirándola, vi el dolor en sus ojos. Atrayéndola hacia mí, dije, "Te quiero, Hil. Siempre estaré aquí para ti. Pase lo que pase."

"No podría soportar perderte," repitió ella abrazándome.

Pero al tener a mi mejor amiga en mis brazos, tomé una decisión. Por mucho que amara a Hil y me preocupara cómo se sentía, y por abrumadora que fuera mi crisis de identidad, no podía ignorar cómo me sentía respecto a Remy.

La referencia del vampiro a los lobos me había dado una excusa para hablar con Remy, para tal vez conectar con él a través de ello. Así que, iba a usar eso para averiguar qué sentía él por mí.

Si no le interesaban las humanas, entonces bien. Lo aceptaría y seguiría adelante. Pero si había una posibilidad de que él sintiera lo mismo, tenía que aprovecharla.

Hace unos meses, Hil tomó un riesgo al desaparecer de todos los que la amaban. Ese riesgo la llevó a encontrar al hombre con el que pasará el resto de su vida. Si Remy era eso para mí, tenía que saberlo. E iba a dar el primer paso después del funeral.

Capítulo 4

Remy

Observando la sala de conferencias elegantemente decorada del edificio en el que crecí, asimilé la suave iluminación y los elegantes arreglos florales adornando las mesas. El ambiente estaba cargado de una mezcla de pesar y nostalgia, pero aún así se sentía como el homenaje a la vida que se suponía que era.

Al examinar a los invitados, vi a mi madre, que sorprendentemente sociable a pesar de estar medicada. Lo había llevado mejor de lo esperado. ¿Los milagros de la farmacéutica moderna, verdad?

Más allá de ella estaba mi hermana, Hil, y su novio, Cali. Ver a Cali siempre me sacaba una sonrisa de la cara. El cambiante lobo de los bosques profundos que se ruborizaba con sorprendente facilidad. Por eso me divertía tanto tomarle el pelo.

'Veamos, cómo lo iba a llamar hoy?' me pregunté, dirigiéndome hacia ellos. ¿Paleto? No, así le llamé la última vez. ¿Redneck? Demasiado utilizado.

¿Perseguidor de tractores? ¿Imán de fango? ¿Amante del franel?

Al acercarme a mi apenada hermana, sujeté su hombro y apreté.

"Hiciste un gran trabajo con el velatorio, Hil. Realmente lo hiciste. Todos están impresionados. Papá lo habría adorado."

Antes de que Hil pudiera responder, me volví hacia Cali. "Y en esta situación, hacer un buen trabajo significa que ella no ha puesto ni una sola foto de primos besándose en ningún lugar. Sé que eso te parece raro."

"¡Remy!" protestó Hil.

"¿Qué?" pregunté inocentemente. "Estaba asegurándome de que tu Príncipe Campestre aquí pudiera seguir la conversación. Estaba siendo inclusivo."

Cali tartamudeó, queriendo responder pero sabiendo que no podía por respeto a la ocasión. La mirada atormentada en sus ojos me proporcionaba un divertimento sin fin.

"Remy, eso no tiene gracia," espetó Hil.

Simulé sentirme herido. "¿Hil, me vas a gritar hoy? ¿Aquí? Estamos en el velatorio de nuestro padre. Hil, estoy de luto," dije, esperando que mi sonrisa no se notase demasiado.

Hil, sin palabras, se calló el tiempo suficiente como para permitirme mirar por encima de su hombro. Detrás de ella, de pie y a solas, estaba Dillon. Nos había estado observando. Cuando nuestros ojos se cruzaron, mi lobo se despertó de golpe.

Al llevarse la copa a los labios, miró hacia otro lado. Pero ya era demasiado tarde. Mi lobo estaba enganchado. Y por primera vez desde que nos conocimos, yo estaba libre para conseguir lo que deseaba, que era, más de ella.

"Remy, todo lo que digo es…"

"…que no tienes empatía por mi dolor. Sí, sí, sí. Lo sé, ¿pero podríamos retomar esto un poco más tarde? Tengo invitados desconsolados a los que debo atender", le dije a mi hermana menor, sintiéndome rejuvenecido.

Cruzando la sala hacia la mujer que había deseado durante tanto tiempo, me di cuenta de que este era el momento. Iba a decirle cómo me sentía. Sabía que debería estar nervioso, pero no lo estaba. La vida que había soñado y planificado durante años estaba a mi alcance. No podía esperar a que comenzara.

Al acercarme a Dillon, no pude evitar sonreír.

"Gracias por estar aquí," dije sinceramente.

"Por supuesto," respondió Dillon, sus ojos marrones suaves y sinceros. "Si hay algo que pueda hacer para ayudar, házmelo saber."

Mi mente tambaleaba al borde de los pensamientos inapropiados, pero me contuve. "De hecho, hay algo que necesito discutir contigo."

Dillon parecía divertida. "Es curioso porque hay algo que necesito discutir contigo. Pero tú deberías ir primero."

"¿De verdad?" pregunté sorprendido. "En ese caso, te cedo la palabra," pedí cortésmente.

"No, ve tú primero. Lo mío puede esperar."

"No, no. Creo que deberías ser tú la primera," dije, mostrándole el tipo de novio que sería para ella.

"Remy, por favor," dijo, tocando mi antebrazo.

Un calor me invadió, excitando a mi lobo. No había manera de que pudiera resistirme a su petición ahora.

"¿Sabes qué? Tienes razón. Lo que tengo que decir podría influir en lo que tú tienes que decir, así que debería ser el primero."

"¡Oh!" dijo Dillon, sorprendida. "De acuerdo", accedió nerviosamente.

Me erguí, con un gesto de seriedad bañando mi rostro. "He estado pensando en ti… en nosotros. Y… no lo sé."

Con su tez dorada tornándose de un rojo brillante, puso sus delicados dedos sobre mi pecho. "Espera, antes de que lo hagas, necesito decirte algo."

"No, realmente, debería decírtelo primero."

Dillon insistió, "No lo digas hasta que yo haya dicho lo que tengo que decir."

"¡Dios mío!"

"No es algo malo. Te lo prometo," me aseguró Dillon antes de notar que estaba mirando algo detrás de ella. "¿Qué pasa?"

"Volveré en un minuto y te prometo que continuaremos esta conversación," dije, alejándome de ella a regañadientes.

Cruzando la sala con mi lobo listo para tomar el control, me dirigí hacia Armand Clément, el mayor rival de mi padre y el alfa con quien hice mi trato. A cambio de mi liberación del mundo de la mafia, acepté entregarle los negocios ilegales de mi padre.

Por ello, mantendría los negocios que había creado desde cero. Además, su manada ofrecería a mi familia su protección. Lo consideré una situación en la que todos ganábamos. Él conseguiría lo que él y mi padre habían derramado sangre por, y yo sería libre para tener lo que había construido… y a Dillon.

Hil, mi madre y yo no le deberíamos nada más. Nunca tendríamos que verlo de nuevo.

Y sin embargo, ahí estaba él, rodeado por dos de sus secuaces y una impresionante rubia que era lo suficientemente joven para ser su hija. Reteniendo el impulso de cambiar de forma y despedazarlo a él y a su lobo, me acerqué y me situé lo suficientemente cerca para percibir los cambios en su aroma.

"¿Qué haces aquí, Armand?" pregunté, sin darle ni un centímetro.

"Remy, estoy aquí para rendir mis respetos," respondió con un toque de sarcasmo.

"Tonterías. Si hubieras querido mostrar respeto no habrías puesto un pie en el territorio de mi padre."

"Pero esto ya no es el territorio de tu padre. Es mío. Todo es mío. Gracias a ti."

"Y nuestro trato era que te echarías atrás y nos dejarías vivir nuestras vidas."

"No," corrigió Armand con una sonrisa socarrona. "Nuestro acuerdo era que te trataría como a un miembro de mi manada. Así que, estoy aquí… por mi manada."

Miré su rostro engreído, deseando hundir los colmillos de mi lobo en él. Pero no podía. No aquí. No ahora.

"Corta el rollo y ve al grano, Armand. ¿Por qué estás aquí?"

El hombre de cicatriz en la cara, con un cuerpo forjado en la indulgencia, soltó una sonrisa serpentina.

"Eso es lo que me gusta de ti. Siempre vas directo al grano. Bien, ahí va. He estado haciendo algunas investigaciones. Resulta que los negocios que te permití conservar valen un poco más de lo que habría imaginado. Mis cuentas dicen que más de mil millones."

"Te refieres a los negocios que construí desde cero sin la ayuda de mi padre."

"No, me refiero a los que construiste a costa del imperio de tu padre —un imperio que ahora es mío."

"Eso no es cómo funcionó. Mi padre no tuvo nada que ver con mis empresas."

"Pero su dinero sí. Dinero que salió de la sangre de mi manada, a mi costa."

Aprieto los puños, luchando por mantener a mi lobo en calma. "Armand, ya te di todo lo demás. ¿Qué más quieres?" le exijo.

Sus ojos relucen con picardía. "En realidad, lo que quiero es hacerte una oferta generosa. No te pediré la parte de tus negocios que muchos dirían que me pertenece. En su lugar, te daré una manera de asegurar que nunca le suceda nada malo a nadie que ames."

"¿Y cómo es eso?"

"Uniendo nuestras familias." Señala a la joven que está de pie a su lado. "Quiero que te cases con mi hija, Eris."

Lo miro atónito, luego me río. "Tienes que estar bromeando."

El rostro de Armand se endurece. "Esto no es una broma, Remy. Cásate con mi hija y nuestras familias estarán unidas por algo más que simplemente negocios. No ofrezco este trato a la ligera. Si lo rechazas, lo consideraré un gran insulto."

Mi mirada viaja de Armand a la hermosa mujer junto a él, luego a Dillon, que observa atentamente desde el otro lado de la habitación. Sé lo que Armand está insinuando, pero no importa. No puedo hacerlo. No lo haría.

"Mira, agradezco la… oferta, pero no puedo casarme con tu hija."

Sus ojos se entrecierran. "Te sugiero que reconsideres, Remy. No quieres insultarme. No a esto. Si lo hicieras, habría… consecuencias."

Al escuchar su amenaza, mi lobo se prepara. Rápidamente pondero mis opciones, miro alrededor de la habitación otra vez. Estoy en una posición imposible. No puedo arriesgar la seguridad de mi familia, ni poner en peligro a Dillon. Pero casarme con Eris significaría renunciar a cualquier oportunidad con Dillon, la mujer que amaba.

¿Cómo podría hacer esto? No podía hacerlo. Pero, ¿cómo podría no hacerlo?

Las manos fornidas de Armand agarraron mi bíceps, apartándome y devolviéndome a la realidad. Estaba a punto de mandarlo al diablo y enfrentar las consecuencias cuando bajó la voz hablando de un lobo a otro.

"Puedo ver que estás dividido. ¿Quizás hay alguien más con quien preferirías estar?"

"Llega al punto", le exijo, sin ganas de discutir mis sentimientos con él.

"Mi punto es que ambos somos alfas, incluso si uno de nosotros no tiene una manada. Y lobos como nosotros no pueden ser contenidos. No esperaría que lo fueras. Todo lo que esperaría de ti es una boda y un heredero. Más allá de eso, ¿quién dirá lo que haces? Vive tu vida sin insultarme y no me importaría en lo que se mete tu lobo."

Miro a Armand atónito. ¿Estaba sugiriendo que engañara a su hija?

"En mi manada, es una tradición", confirmó, haciéndome odiarlo aún más.

Mi lobo se aceleró, alimentado por la rabia y la impotencia. Nuevamente pensé en negarme cuando vi a su esbirro. Su olor me decía que estaba a punto de transformarse. Al igual que su compañero. Armand había venido preparado para un derramamiento de sangre. No podía permitir que eso sucediera en una habitación llena de gente a la que apreciaba… y Cali.

Con mis pensamientos acelerándose hacia el pánico, aprieto los dientes y digo, "¡Está bien!" Salieron antes de que me diera cuenta de lo que decía.

"¿Qué fue eso?"

Mi mandíbula se cierra después de tomar un momento para considerar la situación. Me tenía.

"Me casaré con tu hija", le digo, atónito de escucharme pronunciar esas palabras.

La sonrisa engreída de Armand vuelve. Se aleja rápidamente de mí, se dirige a la sala captando la atención de todos.

"Damas y caballeros, tengo un gran respeto por el hombre a quien estamos aquí para honrar hoy. Podemos haber tenido nuestras diferencias, pero el momento de los desacuerdos ha terminado.

"Con ese fin, me gustaría anunciar una feliz noticia en un día por lo demás triste. Es el compromiso de mi hija, Eris, con Remy Lyon, una unión que permitirá que la paz y la prosperidad florezcan para todos. Que termine aquí nuestra antigua y amarga rivalidad y que nuestras grandes familias se conviertan ahora en una.

"Demos un aplauso a la nueva pareja", exigió sonriendo de oreja a oreja.

Un aplauso educado, pero confuso llena la sala. La incredulidad se dibuja en los rostros de mi familia. Es surrealista. ¿Qué había hecho? La realidad de mi decisión no me golpeó hasta que una sorprendida Dillon cruzó miradas conmigo. Su decepción y dolor eran ineludibles.

La efervescencia que había sentido al pensar en hablar con ella se había ido. En su lugar, había un vacío doloroso y desolador. Había renunciado a mi oportunidad de amar. ¿Y por qué?

Pero al mirarla, me di cuenta de que después de haber estado tan cerca de tenerla, no podía simplemente dejarla ir. Incluso si no podía estar con ella, tenía que tenerla cerca de mí. Sabía que tenía que ofrecerle algo.

"Dillon," la llamé, mientras se dirigía a la puerta trasera con un aspecto desolado, como a punto de llorar. Se detuvo. Me apresuré hacia ella, envolviendo su brazo con mi mano. Tirándola hacia mí, se negó a mirarme.

"¿Eso es lo que ibas a decirme? ¿Que vas a casarte con esa mujer?" escupió, sumergido en celos.

"No. No era eso en absoluto."

"¿Así que simplemente no ibas a decir nada al respecto?" me dijo, finalmente mirándome a los ojos.

"No es eso lo que quise decir."

"¿Entonces qué?"

Tenía razón. ¿Qué iba a decirle? ¿Debía confesarle que acababa de vender mi alma por la vida de todos aquí presentes? Era la verdad. Pero ni siquiera yo tenía tan marcado complejo de mártir.

No, había tenido otras opciones y había hecho mi elección. Ahora tenía que vivir con ella. Pero eso no significaba que iba a dejar ir a Dillon. Según Armand, ni siquiera tenía que hacerlo. Aunque, probablemente tendría que cambiar mi propuesta de que ella fuera mi novia.

"¿Considerarías trabajar para mí? Podría utilizar a alguien de confianza en mis negocios."

Ella vaciló, su mirada fija en la mía. Sorprendida, parecía confundida.

"Remy, sabes que todavía estoy en la universidad, ¿verdad? Tengo al menos un año antes de graduarme."

"Pero, las vacaciones de verano están a punto de empezar, ¿no es así? Y cuando te gradúes, necesitarás experiencia laboral. Así que, a ese fin, me gustaría contratarte como mi…"

"… ¿tu secretaria?" Interrumpió Dillon.

La miré sorprendido por su modesta suposición. Había ideado la propuesta sobre la marcha, por lo que realmente no sabía qué iba a proponer. Pero era útil conocer sus expectativas.

"No," repliqué. "Mi ayudante. Me asistirás en el día a día y estarás a mi disposición siempre que te necesite."

"Suena como una secretaria para mí," Dillon insistió.

Sacudí la cabeza, "No lo es."

"¿Estaría sentada en un escritorio fuera de tu oficina?"

La idea de poder levantar la vista en cualquier momento y verla instantáneamente me excitó. "Absolutamente. Eso es innegociable."

"Eso es una secretaria," concluyó ella, aún sin dar pistas de cómo se sentía respecto a la idea.

"Llámalo como quieras. Lo único que me importa es, ¿aceptas?"

Capítulo 5

Dillon

Estaba sentada en el elegante café de Soho, frotando mis palmas sudorosas contra mis vaqueros, esperando a Hil. Mi corazón latía a prisa, preguntándose qué diría sobre mi aceptación de la oferta de trabajo de Remy. Ella había tenido razón acerca de que Remy no había dejado atrás el mundo de la mafia. Y ahora, yo estaba entrando voluntariamente en él.

El café era una mezcla de moderno y vintage, con paredes de ladrillo expuesto, asientos de cuero elegantes, y un ambiente cálido y acogedor. Era un lugar a donde solíamos frecuentar cuando éramos niñas. Muchas de nuestras tardes de verano se pasaban aquí, tomando un café, imaginándonos más adultas de lo que éramos con el guardaespaldas de Hil a una mesa de distancia.

Al igual que con el vampiro, vi el mismo recuerdo pasar por la mente de Hil cuando entró. Le dediqué una sonrisa nerviosa cuando su mirada se posó en mí, y se acercó.

"Elegí este lugar porque pensé que traería algunos recuerdos," le dije mientras se sentaba.

Hil miró a su alrededor, observando el entorno familiar. De nuevo vi la tira de película de nuestro tiempo aquí reproducirse. Esta vez había comenzado sin esfuerzo. Era como si la barrera entre yo y mi habilidad se estuviera desgastando.

"Si no fuera por ti, no sabría nada de Nueva York," admitió. "Solíamos venir aquí fingiendo ser adultas. Ahora vivo con mi novio y tú estás a un año de graduarte de la universidad. Es raro."

"Sí. Raro," dije con una risa, la nostalgia me calentaba a pesar de mi ansiedad.

Respiré hondo, absorbiendo el último de nuestra vieja dinámica y dije: "Hil, Remy me ofreció un trabajo."

Su expresión permaneció inescrutable. "No deberías aceptarlo, Dillon," dijo firmemente.

Mis ojos se llenaron de lágrimas. Mirando a mi regazo, murmuré, "Está bien."

Una lágrima se deslizó por mi mejilla, y la mano de Hil se extendió para confortarme.

"¿Por qué lloras?" preguntó suavemente.

Sollozé, encontrando su mirada. "¿Por qué crees que no soy lo suficientemente buena para tu familia?"

Hil suspiró, llenándose sus ojos de preocupación.

"No es eso para nada, Dillon. No es eso para nada. Toda mi vida, me he sentido atrapada en la loca vida de mi familia. No quiero que te unas a mí en esta celda." Hizo una pausa, recordando. "No sabes cómo fue creciendo en esa jaula de un ático, donde la única amiga que tenía se hizo amiga mía por pena."

Negué con la cabeza, negando su afirmación. "Esa no es la razón por la que somos amigas, Hil. Somos amigas porque te quiero." Mi voz tembló mientras continuaba, "Y estoy muy cansada de ser la obra de caridad de tu familia. Estoy agradecida por ello. No creas que no lo estoy. Pero quiero valerme por mí misma.

"Si acepto la oferta de Remy, a lo mejor podría hacerlo. Y tal vez si me ganara el camino, podría invitarte en vez de depender siempre de tu generosidad."

Habiendo escuchado lo que había dicho, Hil se secó los ojos, sollozando.

"No quiero que te metas con Remy, Dillon. Y no es porque no seas lo suficientemente buena para nuestra familia. Ya te considero una hermana."

"Entonces, no lo entiendo. ¿Por qué no quieres que estemos juntos?"

"Es porque te necesito, Dillon. Y sé que si te involucras con él, hará algo que te va a lastimar. Una vez que eso suceda, te darás cuenta de que eres demasiado buena para gente como nosotros, y entonces… ya no querrás ser mi amiga," admitió mientras sus lágrimas seguían fluyendo.

"Sé que es egoísta, pero no podría soportar volver a estar sola, Dillon," añadió Hil, su voz quebrándose. "Y tú eres todo lo que tengo. No quiero perderte."

Extendí la mano y apreté la suya. "Hil, nada romperá nunca nuestra amistad. Y nunca estarás sola otra vez. No sólo tienes a Cali, sino que yo también estoy aquí y no me voy a ninguna parte. Te lo prometo."

Hil sonrió a través de sus lágrimas, asintiendo. "Soy muy afortunada de teneros a los dos. Pero por favor, prométeme que no te involucrarás con Remy. Haré cualquier cosa. Si necesitas más dinero, puedo conseguir que la comisión de becas aumente tu cuantía. Si se trata de investigar lo que eres, volveré a casa de Cali en unos días. Empezaré a preguntar en cuanto lo haga."

Negué con la cabeza. "No es ninguna de esas cosas, Hil. Quiero empezar a ganar mi propio dinero. Y quiero aceptar la oferta de trabajo de Remy con tu bendición."

Hil dudó por un momento, luego finalmente cedió. "Está bien, Dillon. Tienes mi bendición. Pero prométeme una cosa – no caigas en los encantos de mi hermano."

Sonreí. "Lo prometo."

"Gracias," ella dijo inclinándose y abrazándome.

Sosteniéndola, miré a nuestro alrededor el lugar donde una vez fingimos ser adultas y me pregunté si había hecho una promesa que podría mantener.

Una semana después de aceptar la oferta de trabajo de Remy, entré en su elegante casa de Brooklyn para mi primer día. No sabía qué esperar, pero cuando

Remy salió de su oficina para recibirme, mi sujetador de encaje no pudo ocultar mi emoción.

La musculosa silueta de Remy de 1,88m llenaba una camisa blanca crujiente como si hubiera sido pintada sobre él. Y con sus mangas remangadas, los tatuajes de su antebrazo estaban a plena vista. Apenas podía hablar, sintiendo una ola de deseo me inundaba. Era como si tuviera 14 años de nuevo.

"Dillon, estoy muy emocionado de finalmente tener a ti…"

"… ¿aquí?" tartamudeé.

"En donde quieras," respondió con una sonrisa y suficiente sugerencia para hacerme caer de rodillas. "Ahora, el primer punto en nuestra agenda, ven conmigo," dijo cambiando rápidamente a un tono serio.

"¿A dónde vamos?" pregunté, mi voz sonando débil ya que apenas tuve tiempo de dejar mis pertenencias.

"Haremos una reunión caminando. Eso suena profesional, ¿verdad? Sí, vamos a hacer una reunión profesional caminando," dijo, guiándome de nuevo al exterior.

"¿Necesito tomar notas?" repliqué, buscando mi móvil y una apariencia de profesionalismo.

Cuando lo saqué y accedí a la aplicación de notas, él miró mi viejo dispositivo y suspiró.

"No. Eso no servirá. Lo primero en tu lista, consíguete un teléfono nuevo. Lo llamaremos el teléfono de la empresa, pero es tuyo. Coge cualquiera que quieras", dijo de manera segura.

"Vale", respondí, sorprendida por su generosidad.

"Lo siguiente en nuestra agenda, hay una tienda de crepes japoneses cerca que estoy deseando que pruebes", declaró Remy.

"¿Para que yo los pruebe?" pregunté, intentando mantener la compostura a pesar de que apenas podía ver bien.

"Sí. Lo probé en Japón, luego de nuevo en Taipéi. Cuando descubrí una tienda justo aquí abajo, pensé, '¿sabes a quién le encantaría esto? A Dillon. A Dillon le encantaría seguro'. Y aquí estás."

""¿Estabas seguro de que me encantaría?", pregunté, desbordada por su encanto contagioso.

"Y aquí estás", repitió él.

"Y aquí estoy", confirmé, intentando concentrarme en cualquier cosa menos en cómo la camisa de Remy se pegaba a sus músculos.

Al acercarnos a la tienda, noté una gran cola serpenteando fuera de la puerta. Remy sonrió, sacando su teléfono.

"¿Tienen una aplicación?" observé, levantando una ceja.

"No la tenían", confesó Remy. "Pero luego probé uno de sus crepes, compré la empresa, y luego les hice una aplicación."

Me reí. "Sin embargo, aún hay fila."

"La aplicación aún está en beta. Quería darle pruebas rigurosas antes de lanzarla al público", explicó él con pícaro encanto.

"¿Así que es tu aplicación personal para conseguir crepes japoneses cuando quieras?" pregunté, mi corazón latiendo con la intensidad de su mirada.

Remy sonrió. "Tienes que ver cómo los hacen. Es muy interesante."

Mientras veíamos cómo la masa del crepe se alisaba y volteaba en una plancha caliente circular, estaba fascinada. Una vez cocinado, colocaron rodajas de plátano y lo enrollaron. Llenándolo de helado y rematándolo con nata montada, lo gratinaron hasta convertirlo en crème brûlée. ¡Parecía increíble! Pero nada me pudo preparar para mi primer bocado.

"¡Dios mío!" exclamé, mis ojos luchando por salir de sus órbitas.

"¿Verdad? El mejor millón que he gastado", dijo Remy con una sonrisa satisfecha.

Tosí, al escuchar el precio. Pero luego di otro bocado.

"Sí, probablemente", accedí metiéndome de lleno.

Sentada en una mesa para dos frente al chico del que había estado enamorada toda mi vida, y comiendo el postre más increíble que había probado alguna vez, estaba en el cielo. No quería que este momento terminase. Cuando por fin llegó el final y me quedé sumergida en las profundidades de sus ojos, saqué a relucir lo obvio.

"Bien, estoy aquí. Me tienes. Puedes hacer conmigo lo que quieras. ¿Cuál va a ser mi trabajo? Y si dices probadora de la aplicación de Crepes Japoneses, ten en cuenta que voy a darles una prueba exhaustiva."

Remy rió. "Si eso es tu sueño, adelante. Personalmente, mientras que cada día aparezcas luciendo hermosa, no me importa lo que hagas. Y, por cierto, hasta ahora estás haciendo un excelente trabajo."

Hice una mueca juguetona escondiendo que mi conjunto de sostén y blusa había perdido otra vez la batalla contra mis pezones. Pero finalmente, cuando me sentí de nuevo capaz de ponerme en pie, nos levantamos y regresamos a la oficina.

"Entonces, ¿a qué se dedica tu empresa?" pregunté mientras la sangre volvía lentamente a mi cerebro.

"Durante la última crisis económica, muchas empresas se quedaron sin liquidez. Yo les proporcioné el capital que necesitaban para cumplir con sus gastos a cambio de una participación en la empresa y de unas tasas de interés generosas."

"Espera, ¿eres un usurero?" exclamé de golpe.

Remy estalló de risa. "Cuando eres rico, se llama ser un inversor de la serie D."

Nos acercamos a la puerta del despacho en el edificio de piedra rojiza y entramos. "¿La 'D' significa descarado? Porque eso es lo que son los usureros", solté ocurrente.

"Oficialmente, no lo significa. Pero seamos honestos. A veces, un poco de descaro es lo que algunas personas buscan", respondió Remy, sonriente.

Me ruboricé. "Yo no sé nada sobre eso."

"¿Estás más familiarizada con los descaros mayores? Nunca lo hubiera adivinado de ti. Pero descuida, señorita Harris, mi empresa puede ayudar."

Sabiendo que me estaba poniendo roja como un tomate, ajusté de manera sutil mi blusa preguntándome cuánto se estaba mostrando. Pero al oír a alguien carraspear, ambos levantamos la vista. Al ver quién estaba delante de nosotros, me quedé paralizada de pánico.

Capítulo 6

Remy

Al ver a Eris Clément en la sala de espera de mi oficina me arrancó de la fantasía que brevemente me había permitido sumergirme y me devolvió a la realidad. La mimada princesa de Armand estaba sentada en mi chaise longue de Le Corbusier, con sus perfectas ondas rubias y esos ojos azules helados que mostraban claramente su desdén por cualquier cosa que se interpusiera en su camino.

Instintivamente, me volví hacia Dillon a mi lado. Ella estaba visiblemente perturbada. Odiaba cómo Eris la afectaba.

"¿Qué haces aquí?" pregunté, molesto.

Eris ofreció una sonrisa coqueta. "¿No puede una chica simplemente visitar a su futuro esposo en el trabajo?" preguntó, erizándome la piel de los brazos. Mientras apretaba los dientes, añadió, "Te he traído un regalo de compromiso, tonto."

"¿Qué?" pregunté, desconcertado por su gesto. ¿Qué estaba haciendo?

"Las cosas entre nosotros puede que no hayan comenzado de la forma que cualquiera de nosotros hubiera elegido, pero aún así podemos sacar lo mejor de ello, ¿verdad?" Hizo un gesto hacia una pequeña caja sobre la mesa. "Ábrela."

Volví a dudar, buscando la reacción de Dillon. Estaba tan confundida como yo. Volví a la pequeña caja azul claro con la cinta blanca, la recogí y la miré.

"No es una bomba, Remy. Estoy aquí sentada contigo," dijo con sarcasmo.

Deseando acabar con este intercambio, tiré de la cinta y levanté la tapa. En el interior había un reloj que me cortó la respiración.

"¿Cómo sabías que colecciono relojes?" Tartamudeé, alzando la vista hacia Eris.

"Remy, eres un hombre de clase y gusto. Claro que coleccionarías relojes," respondió con una sonrisa complacida.

Dillon se acercó más, la curiosidad pudo más que ella. "¿Cuál es?"

"Es un Richard Mille RM 56-02 Tourbillon Zafiro. Es un reloj muy raro," dije intentando recordar la última vez que vi uno en persona.

Dillon se inclinó para mirarlo más de cerca. "Se puede ver a través de él. Es como si las piezas que sostienen las agujas estuvieran flotando entre cristales. Es increíble," admitió.

La miré a ella, luego volví a mirar a Eris. "Es increíble de dos millones de dólares," dije, luchando por encontrar las palabras adecuadas. "No puedo aceptar esto. Es demasiado."

Eris cruzó los brazos. "Seré tu esposa, Remy. Nada es demasiado para mi futuro marido."

Al ver la conmocionada expresión de Dillon, me repuse. "Sí, he estado intentando encontrar uno de estos," dije casualmente.

Los ojos de Eris brillaron mientras preguntaba, "¿Puedo ponértelo?"

Luchando contra la necesidad de rechazarla, me rendí y permití que deslizara el reloj en mi muñeca. Aún impresionado por lo que estaba mirando, dije, "Eris, no sé cómo agradecértelo."

"Yo sí," respondió con una sonrisa siniestra. "Nunca te lo quites."

Bromeando, respondí, "No estoy seguro de que quisiera hacerlo."

"Y despídela," continuó Eris, asintiendo hacia Dillon.

"¿Qué?" pregunté, nuevamente sorprendido por ella.

"Creo que me has oído," dijo con aire de superioridad.

"No puedo hacer eso," declaré, dirigiendo rápidamente la mirada hacia Dillon, que parecía impactada.

Eris se rió con desprecio. "¿Por qué no? Las secretarias son moneda común, ¿verdad? Y es una forma tan sencilla de hacer feliz a tu futura esposa."

La fulminé con la mirada mientras sentía a mi lobo trepar a la superficie. "Dillon no es mi secretaria," dije luchando para no cambiar de forma.

"¿Ah, en serio?" Preguntó Eris, entrecerrando los ojos. "¿Y qué es entonces—tu amante? Porque, matrimonio forzado o no, no voy a ser humillada como lo fue mi madre," dijo desenredándose. Al hacerlo, pude oler que estaba a punto de cambiar de forma. Pero rápidamente se controló, hizo una pausa. Enderezándose añadió, "Tendré tu cabeza en un plato antes de permitir que eso ocurra." Y luego sonrió como si acabara de compartir una debilidad por el chocolate.

La observé atónito. No había duda de que Eris era la descendiente de Armand. Y, a diferencia de mí, ambos padres de ella eran cambiaformas. Lo podía notar en su olor. Eso hacía a su lobo más fuerte y peligroso. Pero yo había eliminado a cambiaformas puros mucho más grandes que ella.

Después de dejar que su amenaza flotara en el aire por un momento, rió. La mujer estaba loca. Estaba seguro de que era tan capaz de matar como lo era su padre.

Sabiendo que tenía que hacer algo antes de que la situación se descontrolara, di un paso entre Eris y Dillon.

"Por muy exquisita que pueda ser mi cabeza como comida, eso no es lo que ocurrirá aquí."

Eris arqueó una ceja. "¿No? ¿Entonces qué es?"

Dudé solo un momento antes de decir, "Contraté a Dillon para liderar un proyecto especial, uno para el que está singularmente cualificada."

Eris pareció desconfiada. "¿Cuál es?"

Tratando de pensar rápido, dije, "Está aquí para crear un centro de ayuda a la comunidad."

"¿Lo está?" Preguntó Eris, repentinamente confundida.

"¿Lo estoy?" Dillon preguntó, igual de sorprendida.

"Sí, lo estás," confirmé. "Iba a proponerte un periodo de prueba con la empresa para asegurarme de que trabajamos bien juntos antes de ofrecértelo, pero supongo que ese barco ya ha zarparado."

Eris cruzó los brazos, aún sospechando. "Un centro de ayuda a la comunidad."

Asentí. "Por supuesto. Lo que no sabes es que Dillon es beneficiaria de nuestra beca familiar. No solo eso, viene de la clase de comunidad a la que espero ayudar. Su madre es nuestra fiel ama de llaves. Dillon es prácticamente un miembro de la familia."

Eris consideró esto. "Entonces, ¿es como tu hermana?"

"Es la mejor amiga humana de mi hermana, a quien nuestra familia ha cuidado desde que tenía 14 años," expliqué.

Eris sonrió con superioridad. "Oh, es la causa benéfica de tu familia. Bueno, eso lo entiendo."

"No lo diría de esa manera, pero entiendes el punto."

"Por supuesto," dijo Eris, su tono se suavizó. "Por un minuto allí, pensé que iba a ser un problema con, ya sabes, nosotros."

"¿Estás bromeando? ¿Creíste que yo estaba interesado en alguien como ella?" pregunté, arrepintiéndome tan pronto como lo dije.

Eris se relajó y rió entre dientes. "Sí, supongo que eso habría sido ridículo. Los hombres como tú no están interesados en el tipo frágil", dijo, deslizándose hacia mí y colocando sus manos en mi pecho, con sus labios cerca de los míos.

Recojo sus muñecas y la aparto con delicadeza. "Pero solo porque no me interese ella, no significa que alguna vez me intereses tú. Eris, entre nosotros no hay nada. Creo que deberíamos dejar eso claro ahora. He accedido a casarme contigo y algún día, si es necesario, podríamos tener hijos. Pero eso es todo. Nunca habrá nada más."

Eris pareció incrédula. "Me suena a que me estás lanzando un desafío."

"No lo interpretaría de esa manera", dije, entrecerrando los ojos hacia ella.

"Potayto, potahto", se encogió de hombros casualmente.

Riéndome a pesar de mí mismo, pregunté: "¿Necesito ser más claro?"

Eris levantó una ceja. "¿Y yo? Porque al final, te enamorarás de mí."

"Eris…"

"Esposo", dijo, interrumpiéndome, su voz rezumaba sarcasmo. Ambos nos sonreímos con complicidad.

"Y yo que tenía miedo de que nuestro matrimonio fuera aburrido", dijo. "Disfruta el regalo. Y tú", añadió, señalando a un atónito Dillon, "recuerda que hay espacio en ese plato."

"¡Eris!", exclamé, sintiendo a mi lobo listo para atacar.

"Estoy bromeando", dijo, rodando los ojos. "Fue un placer conocerte, Dillon. Haz que nuestra familia se sienta orgullosa."

Antes de que pudiera decir algo más, Eris se volteó sobre sus talones, su pelo rubio ondeaba mientras se marchaba. Con la puerta cerrada detrás de ella, una punzada de dolor apretó mi corazón al considerar lo que Dillon diría.

Capítulo 7

Dillon

Mi corazón latía con fuerza mientras intentaba procesar lo que acababa de suceder. La humillación que sentía por las palabras de Remy y la presencia de Eris habían desgarrado mi pecho. Nada podía minar mi confianza de esa forma.

No solo me había hecho replantearme mi lugar en su glamuroso mundo, sino que también había desestimado la idea de que podría sentirse atraído por mí. Había sido tan tonta al pensar que alguien como Remy pudiera estar interesado en alguien como yo. Solo era el caso de caridad de su familia que ahora estaba "inigualablemente calificada" para darle a Remy lo que quería.

"¿Es eso todo lo que soy para ti, entonces?" dije, volviéndome hacia él, mi voz quebrándose. "¿Un caso de caridad? ¿Alguien para llenar un vacío en tu perfecto mundito siendo pobre y mestiza?"

Remy pareció sorprendido por mi explosión. "Dillon, no es eso lo que quise decir—"

"¡Pues eso es exactamente lo que pareció!" repliqué, desatando mis inseguridades.

Por un momento, Remy permaneció en silencio. Cuando habló, su confianza casual había desaparecido. Bien, merecía sentirse como yo me sentía.

"Por favor, ayúdame a entender qué dije que te dolió", dijo Remy con angustia.

Por mucho que quisiera enfadarme con él, su vulnerabilidad rápidamente extinguió mi furia. Podía ver a su lobo como una imagen hecha de luz parada donde él estaba. Con las orejas caídas, parecía herido por mis palabras. Parecía importarle más lo que yo pensara de lo que lo hacía Remy.

¿Qué significaba eso? ¿El lobo de un cambiaformas reflejaba lo que pensaba el humano o tenía el animal su propia mente?

De cualquier manera, mis nuevas habilidades me habían revelado un lado de Remy que nunca antes había visto. Eso empujó aún más mi caída por él. Me odiaba por ello.

Con una resistencia que se evaporaba, levanté la vista hacia sus suaves ojos. Empujando un nudo en mi garganta, me di cuenta que estaba a punto de revelarle algo que nunca antes había compartido con nadie.

"Desconoces esto sobre mí porque nunca lo he dicho en voz alta, pero sé que soy básicamente la mascota de Hil. Estaba sola, necesitaba una amiga, así que tu familia fue a la perrera de los pobres y me encontró."

"¿Qué?" dijo Remy simulando sorpresa.

"No lo niegues. Sé lo que la gente piensa cuando me ve con Hil o contigo. No visto como lo hace tu familia. No tengo tu aspecto. No encajo", confesé, mi voz temblando.

"En ocasiones, me permito creer que tal vez realmente tengo un lugar en tu mundo, que podría ser alguien a quien realmente te importa. Pero cada vez vuelvo a estrellarme con la realidad, sintiéndome como poco más que la amiga pobre y negra que todos vosotros mantenéis alrededor para reíros."

Remy escuchó, sus ojos nunca abandonaron los míos. Cuando terminé, él no supo qué decir. No pensé que hubiera nada que pudiera decir. Sabía que tenía razón, por mucho que su lobo pareciera devastado.

Pero cuando su mirada llegó al suelo, encontró su voz y su tranquila confianza.

"Dillon, quiero compartir algo contigo. Es algo que mi padre me dijo antes de que cambiara de forma por primera vez. No sé si lo sabes sobre mí, pero yo era un cambiaformas tardío. Como mi madre es humana, creía que no había heredado la habilidad de cambiar de forma. Pero un día mi padre me tomó a un lado y me dijo: "Cuando aceptes tu verdadero ser, recibirás una recompensa". Unos días después, te llevé a ti y a Hil al carnaval, Hil acabó en una mala situación y salió mi lobo. Había aceptado quien era y pude rescatar a mi hermana."

Lo miré, una pequeña parte de mí osando a tener esperanza en que tal vez no solo estaba hablando de cómo acceder a habilidades sobrenaturales. Que tal vez estaba hablando de nosotros.

"Aceptar a uno mismo nunca es fácil, y puede dar terror", continuó Remy. "Pero… quizás tus antecedentes y experiencias no son tus debilidades, sino tus fortalezas. Te puedo asegurar que nadie en mi familia te ha visto como tú te has descrito. Y yo, personalmente, creo que eres mucho más de lo que te das crédito. Así que escuchar lo que piensas de mí, y de ti misma, me parte el corazón", dijo casi entre lágrimas.

Perdida en las palabras del hombre del que había estado enamorada durante tanto tiempo, intenté alcanzar una idea que estaba tentadoramente a un paso de mi alcance. Mi corazón latía por la posibilidad. ¿Podría haber fuerza en las cosas de las que había huido durante tanto tiempo? No creía que fuera así. Pero aún así, ¿y si? ¿Qué significaría eso para mí? ¿Cómo sería?

"Yo…"

"¿Qué?" preguntó cuando no continué.

No, no podía hacer esto. "Remy, yo…"

Al escuchar mi tono, me interrumpió.

"Dillon, mira, no puedo pretender saber cómo es ser tú. Soy blanco. Soy rico. Soy increíblemente guapo", dijo atrayendo mi atención hacia el breve regreso de su sonrisa arrogante. "Lo que quiero decir es que no sé cómo es ser tú, pero me gustaría. Y, era sincero sobre que crees un centro de atención comunitaria para mí y mi familia.

"Reconozco que no lo pensé hasta que me vi obligado a hacerlo. Me habría contentado con que te presentaras todos los días solo para poder mirarte", dijo con una sonrisa.

"Remy," empecé, incapaz de soportar su coqueteo ahora que sabía que él no sentía nada por mí.

"Considéralo," dijo tocando ligeramente mi brazo. "Piensa en todo el bien que podrías hacer."

"Por favor, hazlo. ¿Lo harás?"

Consideré su oferta por un momento. No era mala. Y que alguien como yo lo creara sería mucho mejor que si él o Hil actuaban como los grandes salvadores blancos.

"Lo consideraré", le dije, preguntándome si estaba cometiendo un error al hacer eso.

La sonrisa de Remy resplandeció. "Brillante. Además, piensa en dónde ubicarías el lugar. Podría ayudarte a tomar tu decisión."

"¿Quieres decir que podría ayudarme a decidir hacer lo que tú quieres que haga?" pregunté con sarcasmo.

"Por supuesto", respondió con la misma actitud. Dejando desvanecer su sonrisa, agregó, "Pero en serio,

Dillon, quiero que hagas lo que te parezca correcto. A pesar de lo que pienses, realmente me importas. Haría cualquier cosa para hacerte feliz."

'Todo menos amarme', pensé. "Vale", le dije antes de terminar mi día temprano y volver a casa.

Mientras el tren de regreso a mi apartamento en Nueva Jersey retumbaba bajo mis pies, la fantasía que tenía de Remy y yo juntos parecía un sueño lejano. No podía sacudirme la herida de lo que había dicho de mí a Eris. Su risa ante la idea de que le gustara alguien como yo resonaba en mis oídos. El peso de eso era un cruel recordatorio de que él no sentía, no podía sentir, lo mismo que yo.

Apoyando mi cabeza contra el frío cristal de la ventana del tren, la escena con Eris se reprodujo en mi mente. Los dos parecían muñecos perfectos diseñados para estar juntos. ¿Por qué había pensado que Remy quería estar conmigo?

No fue difícil de recordar. Podía traer a la memoria el mismo momento en que imaginé tener una vida con él. Fue el día después de aquel bochornoso episodio de baile desnudo en casa de los padres de Remy que aún me hacía estremecer.

Cuando él llegó la segunda noche, dijo que estaba allí porque había recibido una alerta de su sistema de seguridad. Me contó que había venido para asegurarse de que yo no estuviera organizando otra fiesta de baile no autorizada. Debía de haber sido una broma. Pero si no había recibido una alerta, ¿por qué estaba allí entonces?

"No, no hay fiesta esta noche", había dicho yo, poniéndome de quién sabe qué tono de rojo.

"Qué pena. Estaba aburrido y buscando un espectáculo", dijo con su encantadora sonrisa torcida.

"Bueno, aquí no hay ninguno", le aseguré en aquel momento, pensando que nunca me volvería a quitar la ropa en su casa.

Sus ojos se posaron en mí en silencio. Tan consciente de mi misma como estaba, me hubiera derretido bajo su mirada de acero si no hubiera preguntado rápidamente: "¿Ya has cenado?"

La simple pregunta me descolocó. Mi corazón latía con fuerza de forma inesperada ante el pequeño gesto de consideración.

"No todavía. ¿Y tú?"

"No. Estaba pensando en comerme una porción. ¿Te gustaría venir?"

Sabía que se trataba de una invitación inocente de la hermana de mi mejor amigo, pero no pude evitarlo. Mi estúpida cabeza quería que fuera una cita. Y ciertamente parecía una cita.

Remy me abría las puertas, pagaba todo y la forma en la que sus ojos brillaban cuando reía me debilitaba las rodillas. Durante la pizza, me contó historias sobre la infancia de Hil. Cuando le pregunté sobre él, sin embargo, no fue tan abierto. En cambio, vi un dolor parpadear en sus ojos. Eso hizo que me enamorara más de él.

Después de terminar nuestra pizza, esperé que dijera adiós pero no lo hizo. En cambio, caminamos en silencio hacia la casa de sus padres. Y, desesperadamente no queriendo que la noche terminara, controlé mi tembloroso cuerpo joven y pregunté,

"¿Te gusta el helado?"

"¿Me gusta el helado? ¡Claro que sí!" respondió, su cara se iluminó.

Le hablé de un lugar del que había oído hablar a pocas calles de allí que supuestamente era muy bueno. Emocionado, me guió hasta allí. Después de probar algunas muestras, mencionó otra heladería que supuestamente era incluso mejor.

"¿Mejor que este?" pregunté probando el mejor helado de mi vida.

"Solo hay una forma de averiguarlo", dijo, radiante.

Después de probar ese lugar, parecía que nuestro objetivo era encontrar el mejor helado de Nueva York. Sacando mi teléfono, localicé la heladería mejor valorada de la ciudad. Apostó conmigo que nada podría ser tan bueno como el que acabábamos de probar. Así que nos fuimos al siguiente lugar.

Probando ese y viendo que no era tan bueno, busqué en un mapa de la zona con la esperanza de prolongar nuestra aventura.

"Estoy segura de que hay uno mejor", le dije, escaneando las reseñas tratando de decidir cuál sería.

"¿Por qué no los probamos todos?" sugirió Remy, emocionado.

"¿Todos?"

"¿Por qué no? ¿Tienes que estar en otro lugar?"

"Solo iba a ponerme al día con la tele esta noche".

"Entonces, ¿qué dices? ¿Quieres averiguar cuál es el mejor helado de la ciudad de Nueva York?"

Caminamos toda la noche, riendo, y nos entusiasmamos más de lo saludable con el azúcar. Cuando cerraron las últimas tiendas y comimos nuestra última muestra, nos apoyamos en la barandilla mirando el río. La luz lunar centelleaba sobre el agua ondulante y quería que me besara.

El silencio había caído sobre nosotros. Mi cuerpo de dieciséis años necesitaba el suyo. Temblaba ansiando que me abrazara. Pero nunca lo hizo. En cambio, me acompañó de vuelta. Parada en la puerta de la casa sus padres con él sin entrar, podría haber llorado de cuánto lo deseaba.

"Es tarde", le dije. "¿Por qué no duermes en tu cuarto?… O donde sea", dije, invitándolo a mi cama.

"No debería", dijo, su mirada angustiada.

"¿Por qué no?" Me atreví a rozar su antebrazo, esperando atraerlo más cerca.

"Porque no confío en mí mismo", dijo él con una sonrisa torturada.

"Porque no confiaba en sí mismo", dije en voz alta recordando sus palabras.

¿Qué significaba eso? Durante los últimos cuatro años, había elegido creer que significaba que me deseaba. Que sentía algo por mí.

Después de repasar sus palabras en mi mente durante meses, declaré que había dicho eso por nuestra diferencia de edad o porque tenía miedo de que se transformara y su lobo me matara. Así, solo estaba siendo protector conmigo.

La próxima vez que lo vi, intenté decirle que confiaba en él y que nuestras edades no importaban. Pero o no lo entendió, o no quería entender, porque no cambió nada.

Ahora, mientras el dolor de cada latido amenaza con llevarme de rodillas, comprendo que me he equivocado totalmente sobre la noche más romántica de mi vida. Remy solo había venido esa noche por una alerta de seguridad. Y nuestro recorrido por los helados de la ciudad solo era por su amor por el postre.

Habiendo gastado un millón de dólares en su propia tienda, evidente era su debilidad por ello. Nada de lo que ocurrió esa noche tuvo que ver con que él sintiera algo por mí. Siempre había sido simplemente un caso de caridad para su familia.

Durante mucho tiempo, pensé que no era especial. Solo era alguien que una familia rica había considerado una compañera de juegos conveniente para su hija. Lo único que me diferenciaba del resto era la suerte. Mi madre tuvo la suerte de ser asignada a los Lyons como su ama de llaves. Y su hija, a su vez, tenía mi misma edad y estaba sola.

¿Pero no podría haber más en mi historia que eso? El vampiro había dicho que su amo le había pedido hacer creer a mi madre que estaba embarazada. Eso significaba que ella no estaba embarazada. ¿Eso no significaba también que yo no era hijo de mi madre?

Si eso fuera cierto, ¿no podría haber sido planeada también la asignación de mi madre a los Lyons? ¿Fue cada paso de mi vida parte de alguna trama elaborada que yo no controlaba?

Sintiéndome caer en una espiral de confusiones, miré por la ventana del metro al sol poniente. Necesitaba ayuda para entender lo que estaba ocurriendo. Remy seguía siendo mi mejor opción.

No tenía duda de que Eris me odiaba. Incluso mientras ella miraba a Remy, podía sentir a su lobo observando cada uno de mis movimientos. Podía percibir los sentimientos que tenía por Remy incluso si Eris no podía. O tal vez ella sí podía. Sugirió poner mi cabeza en una bandeja.

A pesar de sentir que el lobo de Eris estaba a punto de atacarme, y sabiendo que Remy no sentía lo mismo por mí, aún necesitaba a Remy. Tenía que hablarle sobre el vampiro y eso no parecía algo que pudiera soltar mientras disfrutamos de unos crepes japoneses.

'Oh, por cierto, el hombre que creía que era mi padre es un miembro del no muerto. Y creo que podría ser un monstruo plantado con mi madre para destruir tu familia o tal vez el mundo. ¿Podrías pasarme una servilleta?'

No, tenía que buscar el momento adecuado para contarle. Eso significaba que necesitábamos pasar más tiempo juntos.¿Y acaso no era buena idea la que tenía de abrir un centro comunitario? Era generoso y considerado. Independientemente de si era destino o no, no podía olvidar que gracias a la generosidad de su familia yo estaba a punto de graduarme de la universidad.

Si Remy estaba dispuesto a ser tan generoso con los demás como su familia había sido conmigo, ¿no le debía yo eso a los chicos como yo que nunca recibirían lo que yo había obtenido? ¿No sería lo humano hacer eso? ¿No probaría eso que yo no era un monstruo?

Durante los siguientes días, no fui a la oficina. En vez de eso, aparqué mis intereses personales y hice lo que Remy había sugerido. Recorriendo los condados, consideré un lugar adecuado para su centro de ayuda comunitaria.

Eventualmente, mis paseos me llevaron de vuelta a los proyectos en Brownsville. Fue donde nací y donde mamá y yo vivimos antes de que ella obtuviera su trabajo con los Lyons.

Mientras paseaba por el área, me encontré con un grupo de chicos y chicas que no había visto desde la escuela primaria. Estaban pasando el rato frente al edificio, bebiendo cervezas. Era mitad de semana. Mi corazón se contrajo de pensar que, en otras circunstancias, yo podría haber estado en su lugar.

A medida que continuaba mi recorrido por el antiguo vecindario, mis sentidos fueron abrumados por las duras realidades del área. Los rótulos desteñidos, los motores resonando desde las calles estrechas, el olor de los contenedores de basura llenos. Era día y noche comparado con donde vivo ahora en Nueva Jersey, y mucho menos con el barrio de Remy en Brooklyn.

Continuando por Pitkin Avenue, mis pensamientos volvieron a los desafíos que mamá había enfrentado criándome sola. Nunca podía contener la ira cada vez que pensaba en ello. No debería haber sido así. Y mientras más pensaba en ello, me di cuenta exactamente de dónde Remy debería poner su centro comunitario.

Con la decisión tomada, una oleada de ansiedad me sobrepasó. No solo tendría que decirle a Remy el dónde y el porqué, sino que también esperaría que trabajásemos juntos para construirlo. Tenía sentimientos encontrados respecto a ello.

Por un lado, me permitiría pedir su ayuda. Por otro, la idea de trabajar tan cerca de él, de respirar su aroma masculino a cuero cada día, me debilitaba las rodillas. Solo de pensarlo, un torno parecía apretarse en torno a mi corazón.

Pero tenía que dejar mis sentimientos a un lado. Por encima de todo, este centro de ayuda era más importante que cualquier revuelo interno que pudiera estar experimentando. Se lo debía a niños como yo; vivir en un entorno tan difícil les hacía merecedores de oportunidades similares a las que los Lyons me brindaron. Así que, con una renovada determinación, juré combatir mi dolor egoísta y presentarle a Remy mi propuesta para su centro.

Al día siguiente, ingresé a la oficina de Remy, impulsada por la ansiedad y la resolución. Decidida a no dejarme distraer por los sentimientos, me lancé de lleno. Por un momento, había olvidado lo bien que le sentaba la camisa blanca y nítida con las mangas remangadas. ¿Era realmente necesario mostrar sus antebrazos tatuados de ese modo? Nadie tenía derecho a ser tan atractivo. No era justo.

Desde detrás de su imponente escritorio de caoba, Remy me obsequió una amplia sonrisa.

"¡Dillon! Qué alegría verte. ¿Estás aquí porque has reconsiderado mi propuesta?"

¿Era esa la razón por la que estaba allí? Asentí. "Sí. ¿Has venido en coche al trabajo hoy?"

La expresión de Remy denotó desconcierto. "Sí, ¿por qué?"

"¿Podrías llevarnos a algún lugar? Hay un sitio que quiero que veas."

Remy accedió, la curiosidad brillando en sus ojos. Conduciendo su lujoso coche negro, encaminé nuestras rutas hacia la Avenida Pitkin en Brownsville. Al llegar frente a un edificio de dos plantas, abandonado, con ventanas rotas y maleza enredada entre los ladrillos, Remy lo examinó, confuso.

"¿Este es el lugar?" preguntó, contemplándolo a través del parabrisas.

Un sudor frío cubrió mi piel. Reuní valor para hablar.

"Sí, en este edificio vivía quien creía que era mi padre."

Remy frunció el ceño, alternando la mirada entre el edificio en ruinas y yo.

"No comprendo. ¿Por qué emplazar un centro de ayuda aquí en lugar de un antiguo YMCA o algo por el estilo? ¿No sería mejor un lugar más espacioso?"

Aprieté los puños en mi regazo, luchando por encontrar valentía. Las lágrimas inundaron mis mejillas en un vano esfuerzo por contenerlas. La desolada mirada de Remy era más de lo que podía manejar. Cuando trató de consolarme, rechacé su contacto y me recomuse.

"No, Remy, escúchame." Mi voz se quebró y tuve que tragar para recuperar la compostura. "Hay algo sobre mí que deberías saber."

"Está bien, dime." Remy habló con cautela.

"Crecí pensando que era el fruto de una aventura. Creía que mi padre había sido infiel a su familia con mi madre negra. Nunca quiso tenerme y siempre pensé que no podía aceptarme porque…" alcé mis brazos de tono caramelo, "…era demasiado oscura."

Mi voz tembló al aflorar un recuerdo humillante.

"A menudo, cuando era pequeña, venía aquí y me quedaba al otro lado de la calle, mirando las ventanas iluminadas de su salón. Veía gente con él y me preguntaba cómo era posible que tratara tan bien a su verdadera familia mientras fingía que yo no existía.

"Unas cuantas veces intenté enfrentarlo. Lo esperaba donde solía pararme, lo veía caminar hacia mí y lo llamaba. Ahí es donde se cortaban mis recuerdos. No le había dado importancia hasta que, recientemente, decidí buscar respuestas. La idea de que no me quisiera me atormentaba. Así que hace unas semanas, tracé un plan. No solo lo enfrentaría. Iba a obtener respuestas sobre por qué no me quería.

"¡Oh, Dillon!" Remy dijo, lleno de empatía.

"Déjame terminar", insistí. "Después de vigilar el edificio varias noches, noté algo extraño. No había nadie más viviendo allí; solo él. Es una construcción de tres pisos con un local comercial en la planta baja y seis apartamentos arriba. Pero era solo él, el único habitante."

"Pensando que haría más fácil lo que tenía que hacer, planeé cómo entrar y qué decirle."

"¿Lo hiciste?" preguntó Remy preocupado.

"Lo hice. Y después lo hice una y otra vez."

"¿Qué quieres decir?"

"Resulta que ya había hecho esto antes cuando era niña. Le había enfrentado y él me había hecho olvidar. Incluso hace unas noches, me tomó tres intentos, que yo recuerde, para sacudirme el control que tenía sobre mí."

"¿El control que tenía sobre ti?"

"Sí. Resulta que el hombre que pensaba que era mi padre era…"

"Un vampiro."

Tan pronto como lo dijo, vi a su lobo aparecer por completo. Se puso de pie en su asiento de cuero del coche como un perro ansioso por salir.

Remy miró el edificio con una mirada de acero.

"Ya no está allí," lo tranquilicé.

"¿Cómo lo sabes?"

"Porque la razón por la que ahora puedo recordar haberle enfrentado es porque algo me pasó la última vez que lo hice."

"¿Qué te pasó?" Remy se volvió hacia mí preocupado.

"No lo sé. ¿Algo se despertó quizás? Lo único que sé es que no creo que sea humana," le dije vulnerable.

Remy me miró con el ceño fruncido. No parecía que me creyera. Pero luego comenzó a inclinarse hacia mí. No estaba seguro de lo que estaba haciendo. No se detuvo hasta que estaba a unos centímetros de distancia. Inclinándose sobre mí, inhaló. Estaba usando su lobo. Era como si los dos se hubieran convertido en uno.

"Hueles a humana," me dijo sin moverse.

Sabía lo que tenía que hacer para convencerle. Más exactamente, había algo en mí que sabía qué hacer. Así que, cerrando los ojos, me relajé y permití que lo que estaba en mí tomara el control.

Como si mis ojos estuvieran abiertos, de repente pude ver todo a mi alrededor. Pero esta vez, fue Remy quien se convirtió en una imagen formada de luz mientras su lobo era real. Miré a los ojos de la hermosa bestia mientras ésta me devolvía la mirada. Nos vimos el uno al otro y en su presencia, nunca me había sentido más segura.

Dirigí mi atención al edificio y mostré al lobo lo que veía. No podría decirte cómo lo hice. Simplemente pude. Y cuando el lobo vio la acera que llevaba al edificio convertida en concreto cubierto de cenizas, el lobo retrocedió sobresaltado.

El lobo de Remy no le gustó lo que vio. Eso lo puso ansioso. Eso me puso nerviosa a mí también. Y perdiendo el control de mi estado relajado, volví a mi mente humana y nuevamente me vi rodeada de oscuridad.

Al abrir lentamente mis ojos, volví a encontrar a Remy. No podía descifrar lo que estaba pensando, pero parecía perturbado.

"Hiciste algo conmigo", declaró Remy. "No puedo decir qué fue".

"Le mostré a tu lobo lo que veo".

"Sí. Era algo relacionado con oscuridad y destrucción".

"Supongo que se podría decir eso. Creo que lo que le enseñé fueron huellas de vampiro. Queman todo lo que tocan. Al menos este lo hizo".

"¿Y has dicho que esto comenzó cuando te enfrentaste al hombre que pensabas que era tu padre?"

"Sí. Después de obligarme a irme y resistirme, me empujó contra una pared. Fue entonces cuando sucedió. Y fue cuando vi que no era mi padre. Él había persuadido a mi madre para que creyera que estaba embarazada. Y luego un día, yo aparecí".

"Eres un cambiapieles", dijo Remy sobresaltado.

"¿Cambiaqué?", pregunté.

Remy se tranquilizó.

"Mi padre me contó historias sobre cómo eran las cosas antes de que los lobos tomaran el control de la ciudad de Nueva York. Era gobernada por vampiros. El alfa de mi padre fue quien inició la guerra con ellos.

Unió a las manadas y se derramó mucha sangre. Al final, los lobos ganaron.

"Pero a medida que la manada de mi padre fue despejando los últimos de sus refugios, comenzaron a creer que los vampiros no estaban trabajando solos".

"¿Con quiénes trabajaban?", pregunté con la esperanza de obtener respuestas sobre mis orígenes.

"Los lobos creían que eran demonios".

"¿Demonios? ¿Estás diciendo que los demonios existen?"

"Ningún lobo ha visto uno. Pero uno de los lobos presentes dijo que tuvo una visión y eso fue lo que vio".

Me recliné lentamente tratando de asimilar la idea de que podría ser un demonio.

"¿Qué diablos soy?" pregunté sintiendo un peso abrumador en mi pecho.

"No eso", replicó rápidamente Remy.

"¿Cómo lo sabes? El vampiro dijo que sus amos lo enviaron para influir a mi madre. ¿No podrían los demonios haberme enviado a mí?"

"Todo es posible. Pero colocar bebés en el mundo humano para que los humanos los crien no es la forma de actuar de los demonios".

"¿Quieres decir que has oído hablar de esto?"

"Sí. Es lo que suelen hacer los seres del reino de las hadas".

"¿Las hadas?"

"Criaturas que tienen acceso a la magia del mundo. Es lo que les da su poder a los cambiantes. Podrías ser una de ellas".

"Eso suena un poco mejor que ser un demonio", admití.

"Quizás. Pero hace mucho tiempo que las hadas dejaron de abandonar a sus crías para ser criadas por humanos. Así que la pregunta es, ¿por qué te dejaron? ¿El vampiro dijo algo al respecto?"

"No me dijo nada en absoluto. Todo lo que sé, lo tomé de su mente".

"Entonces, ¿también puedes leer la mente?", preguntó Remy con una sonrisa incómoda. "¿Tengo que cuidar lo que pienso?"

"No puedo hacerlo a voluntad. Fui capaz de hacerlo con él. Y hace unos días almorcé con Hil. En cuanto entró, pude saber inmediatamente lo que estaba pensando. Pero la conozco tan bien que podría haberlo hecho sin habilidades especiales".

"Está bien. Bueno, vamos a resolver un misterio a la vez. Empecemos con, si este es el lugar donde vivía el vampiro, ¿por qué quieres convertirlo en el centro comunitario?"

"Porque, si hay algún lugar en la ciudad que necesita ser purificado con algo positivo, es este".

Al mirar a los ojos de Remy, no necesitaba ser una de las hadas para saber lo que él estaba pensando. Sabía que yo no me refería solo a la cicatriz sobrenatural que el vampiro dejó atrás. Era el dolor que sentí de una infancia de rechazo por parte de alguien que pensaba que era mi padre. Ahora sabía que era un vampiro y, por lo tanto, no podría haberlo sido, pero eso no borraba el dolor que yo, de 12 años, sentía al ser rechazada por la persona que se suponía debía amarme.

Remy se volteó para mirar el edificio que teníamos delante.

"Sabes, si quieres, podría incendiar este lugar hasta los cimientos. Nunca tendrías que pensar en ello de nuevo".

"Este lugar ya ha estado lo suficientemente quemado. Necesita ser llenado de vida otra vez".

Remy asintió, aparentemente pacificado por mis palabras. "No eres un demonio. Eso te lo puedo asegurar", dijo mirándome con una amable sonrisa. "Lo compraré y haremos de este lugar algo mejor. ¿Has pensado más sobre si te gustaría ayudarme a crearlo?"

Mientras consideraba su pregunta, una sonrisa se dibujó en mi rostro. "Sí, lo he pensado."

Capítulo 8

Remy

Acostado solo en la cama, mirando al techo, no conseguía sacar de mi mente la historia de Dillon. Seguí repasando la angustia y el dolor en su voz al compartir sus vivencias de infancia. Me partía el corazón.

Esto también me hizo pensar en mi propio padre: un hombre que, a pesar de ser un alfa brutal con sus enemigos, siempre estuvo ahí para mí y me amó sin cuestionamientos. Lo de Dillon y mi propia experiencia de crecer no podrían ser más diferentes. Sin embargo, había algo en mí que podía identificar con el dolor de Dillon.

¿Cómo podría? Yo tenía todo lo que el mundo dice que necesitas: riqueza, poder, privilegios. Yo era un lobo al que no le faltaba nada. Dillon no tenía nada. Así que decir que podía identificarme con su dolor era más que risible; era ofensivo. Y cada vez que ese pensamiento cruzaba mi mente, le seguía una ola de culpa.

A pesar de todo, estaba ahí, la sensación de que yo, un lobo guapo y rico que creció con un padre amante y todo lo que siempre podía desear, sufría tanto dolor como Dillon, una mujer que creció pobre, negra y rechazada. No era justo, pero se sentía cierto. ¿Cómo podía ser?

Había una inquietud en algún rincón de mi mente que me hacía pensar de nuevo en las expectativas de mi padre para mi vida. Sí, ya sé, que tristeza la mía, que mi rico y cariñoso alfa fuera exigente. Sabía que no tenía derecho a comparar mi dolor con el de Dillon pero…

Dándome la vuelta y enterrando mi cara en la almohada, intenté ahogar mis pensamientos. Al hacerlo, la visión del gesto de dolor de Dillon me atormentaba. Estaba seguro de que conocía su dolor. ¿Cómo podía ser? Estaba a punto de cerrar mis sentimientos como tantas veces lo había hecho de niño cuando me golpeó algo. Tenía una idea.

Al ver a Dillon ya en la oficina cuando llegué al día siguiente, mi lobo se despertó. A pesar de nuestra dolorosa conversación anterior, no podía dejar de fijarme en su hermosa piel color caramelo y sus rizos rebeldes. Pero tragando fuerte, puse mi idea en marcha.

"Quiero mostrarte algo," dije, conteniendo a duras penas la torrente de emociones que amenazaba con desbordarse.

Dillon me miró con confusión y luego asintió. Salimos de la oficina y condujimos en silencio hacia una parte desgarrada de la ciudad donde normalmente no habría puesto un pie. Después de aparcar, entramos en una pequeña tienda de comestibles griega. Al hacerlo, una cabeza se asomó por encima de los bajos pasillos.

"¡Leo!" dije acercándome a un adolescente delgado que encarnaba la rebeldía.

"Señor Lyon," respondió con una mezcla de ira y miedo.

"Leo, quiero presentarte a alguien. Esta es Dillon. Ella fue la primera beneficiada por la beca de mi familia. Dillon, este es Leo. He sugerido a Leo que podría ser el próximo beneficiado de nuestra beca. Pero, él me dice que no la necesita."

"No la necesito," dijo Leo fríamente.

"Claro," respondí sin ocultar mi molestia. Me volví hacia Dillon. "Tú sabes lo que le estoy ofreciendo. ¿Crees que puedes hacerle entrar en razón?"

La frente de Dillon se frunció ante mi petición. Era como si me estuviera juzgando. Sin embargo, sin decir una palabra, se volvió hacia Leo.

"¿Por qué crees que no la necesitas?"

Leo bufó, cruzó los brazos a la defensiva y me miró.

"Puede hablar con libertad. Ella sabe lo que somos," le dije al joven cambiaformas de lobo frente a mí.

"No necesito su ayuda para cuidar de mi manada. Soy un alfa. Él debería recibir órdenes de mí," dijo con convicción.

Dillon lo miró sin pestañear. "¿Cuántos años tienes?"

"17."

"Su padre murió," agregué.

Dillon se volvió hacia mí con un aire cínico. "¿Así que quieres que le cuente mi triste historia sobre crecer sin un padre?"

Mi mandíbula se tensó ante su tono, me calmé a mí mismo y respondí, "Lo que consideres mejor."

Dillon pensó durante un momento antes de que su expresión se suavizara. Volviendo su atención al chico, dijo, "Es Leo, ¿verdad?"

"Sí," respondió a la defensiva.

"Bien, Leo, ¿cuál es tu sueño?"

Leo escupió su respuesta. "No lo sé."

La mirada de Dillon mostró un atisbo de simpatía al volver a hablar.

"No forna lupi como tú. Pero cuando era pequeña, mi sueño era ir a París. No estoy segura de por qué, pero lo había visto en películas y tenía una amiga que solía ir allí todo el tiempo, así que para mí tenía un significado especial, ya sabes. Comer cruasanes junto al río, cenar en Él cima de la Torre Eiffel… para una niña de donde yo venía, poder hacer esas cosas significaba que lo peor de mi vida podía haber terminado. ¿Qué haría sentirte que la parte más dura de tu vida ha pasado?"

"No me importan esas mierdas. Soy un cambiaformas. Tomamos lo que queremos."

"Eres un cambiaformas que tiene que vivir en las sombras obedeciendo las reglas humanas."

"No tengo que hacer nada," dijo desafiante.

Dillon se volvió hacia mí. "Remy, ¿qué pasa con los lobos que deciden que las reglas no se aplican a ellos?"

"Depende," dije viendo a dónde iba. "Por lo general, su alfa se encargará de ponerlos en su lugar. Si ellos son el alfa, entonces las demás manadas eliminarán el problema."

Leo me miró sorprendido. Pude oler su miedo.

"Así que, ¿los matáis?" confirmó Dillon.

"Todos sobrevivimos permaneciendo en las sombras. No vamos a permitir que algún lobo solitario arriesgue lo que tenemos."

Dillon se volvió hacia Leo. "En otras palabras, los cambiaformas tienen que vivir según las reglas, igual que todos los demás. Eso significa que necesitas un trabajo. Necesitas una pareja que consienta. Y necesitas descubrir cómo ser feliz. Eres igual que todos nosotros los humanos."

Leo pensó durante un momento.

"Entonces, te voy a hacer la pregunta de nuevo. ¿Cómo sabrías que la peor parte de tu vida ha terminado?"

Leo bajó la cabeza, pareciendo querer ignorar lo que Dillon había dicho, pero un destello que brevemente encendió sus ojos lo delató.

"¿Qué pasa?" Preguntó Dillon al verlo también.

"Nada", dijo Leo, rehusando mostrar debilidad.

Dillon lo miró fijamente y luego cerró los ojos. Al observarla, noté que algo en ella cambiaba levemente.

"Te gustan los animales", dijo Dillon, para sorpresa de Leo.

"¿Qué?"

"Crees que hay muchos animales abandonados a tu alrededor. Sueñas con darles un hogar. Eso es lo que te confirma que eres un alfa."

"Soy un alfa", repitió Leo.

Dillon abrió sus ojos.

"Podrías serlo. Pero este deseo que tienes de cuidar animales no significa que tengas que arriesgar tu vida liderando una manada."

"¿No?" Leo preguntó confundido.

"No. Realmente te importan los animales. Y estoy hablando de aquellos que siempre tienen cuatro patas", agregó ella con ligereza.

"Si tuviera un lugar donde pudieran vivir, entonces…" dijo él suavizando su mirada.

"¿Como un refugio para animales?" Dillon clarificó.

"Sí, uno de esos. Sería genial, ¿verdad?" dijo él con una sonrisa.

"Sí lo sería. Entonces, ¿alguna vez has pensado en convertirte en veterinario? Ellos tienen refugios para animales y los ayudan. Los mantienen saludables."

"No podría hacer eso."

"¿Por qué no?"

"Tienes que ir a la escuela para eso y yo tengo que cuidar de mi familia, ya sabes."

Dillon permitió que las palabras de Leo se asentaran antes de responder.

"Me gusta tu idea. Es un sueño bonito, Leo", dijo sinceramente. "Sé que en este momento es difícil ver más allá de las dificultades que enfrentas día tras día. ¿Cómo podrías empezar a pensar en el futuro cuando cada día presenta un nuevo desafío?

"Sin embargo, aquí está la cosa, ignorar el futuro no evitará que llegue. Y cuando llegue, puedes estar en el mismo lugar que estás ahora, lleno de luchas y enfado, o las cosas podrían ser más fáciles, más luminosas. Solo tienes que hacer una elección."

Dillon se acercó un paso, su voz se volvió más resuelta.

"Remy te ha dado la opción de mejorar tu futuro. De hacer realidad tu sueño de ayudar a los animales. Tal vez alguien como él no puede realmente comprender lo dura que es tu vida, pero yo sí, al igual que sé que puedes lograr tu sueño. Lo veo.

"Así que créeme cuando te digo que lo último que quieres hacer es mirar atrás en este momento y luego tener que mirar a los ojos de tu madre sabiendo que había algo que podrías haber hecho para facilitar su vida, y no lo tomaste."

Al terminar de hablar, la expresión de Dillon adoptó una cualidad más directa. "¿Entiendes lo que te estoy diciendo, Leo?"

El chico la miró durante un largo momento, sopesando las palabras de Dillon. Finalmente, después de lo que pareció una eternidad, asintió lentamente. "Sí, lo entiendo."

La tensión se desvaneció gradualmente mientras Leo se alejaba para procesar todo. Antes de desaparecer en el cuarto de almacenamiento, miró de nuevo a Dillon.

"Dijiste que eras humana, pero no es así, ¿verdad?"

Dillon apretó los labios en una sonrisa. "No."

"No lo pensé. Eres una de las buenas", dijo antes de marcharse.

No pude evitar sonreír por cómo se habían desarrollado las cosas. Me volví hacia Dillon incapaz de ocultar mi emoción.

"Eso ha ido bien, ¿eh? ¿Qué te parece si regresamos a mi casa para comer un crepe japonés? He aprendido a hacerlo y estoy loco por prepararte uno. Me puedes decir qué te parece."

Dillon dudó, pero finalmente aceptó, pareciendo perdida en sus pensamientos mientras regresábamos a mi casa adosada. Una vez dentro, no perdí el tiempo y empecé a preparar la mezcla de los crepes. Mis manos se movían con una precisión enérgica que no sabía que tenía.

Mezclando la masa, la vertí sobre una plancha redonda que había comprado para este propósito. Alisándola con mi nivelador, permití que se cocinara por un lado antes de darle la vuelta.

Cuando estuvo listo, saqué el helado, las bananas, la nata montada y la salsa de chocolate. Los coloqué sobre el crepe y lo enrollé en forma de cono, lo cubrí con azúcar y lo tosté hasta obtener un tono caramelo. Tenía exactamente el aspecto que esperaba.

"Aquí tienes", dije intentando sonar lo más casual posible.

Pero mientras yo me sentía orgulloso de mi creación culinaria, Dillon hervía de enfado. Miró mi gran logro con ojos duros como el granito y yo no entendía por qué.

"No puedes verme de otra manera que como el caso de caridad que has rescatado, ¿verdad?" Dillon escupió, su voz llena de resentimiento.

"¿Qué? ¡No! Claro que sí. ¿Por qué dirías eso?" Contesté, sorprendido por su acusación.

"Porque me has explotado", acusó, sus ojos rogando por comprensión.

Mi mente repasó nuestras últimas interacciones. "¿Cuándo? ¿Cómo?"

"Allí atrás. Utilizaste lo que te conté de mi infancia y me manipulaste para que usara mis habilidades para obtener lo que querías", aclaró Dillon, el dolor evidente en su voz.

"Eso no es lo que pasó."

"¿En serio? ¿Alguna vez consideraste que mi historia no era tuya para usar como quisieras?" Insistió.

"Yo…" Tartamudeé, sorprendido por la acusación de Dillon.

"No lo pensé", dijo ella, sus emociones a flor de piel. "No puedes verme. Todo lo que puedes ver es a la patética niña a quien nadie ama."

"Eso no es cierto. No entiendo de dónde viene todo esto", argumenté, con el corazón dolido por el impacto de sus palabras.

"Remy, no puedes explotar mi dolor", exigió Dillon, su voz temblorosa.

"No lo estaba. Eso está muy lejos de lo que estaba intentando hacer", dije a la defensiva.

"¿De verdad?" preguntó con escepticismo.

"Sí. ¿No lo entiendes? Es por mi padre que su padre está muerto. Su padre trabajaba para el mío. Mi padre lo mató. Cada noche me acuesto pensando en Leo y en todas las cosas que ha hecho mi padre. Me asfixia.

"Mi vida entera está construida sobre el dolor de los demás. Me ciega. Necesito ayuda. Te estaba pidiendo que me ayudaras, Dillon. ¿No puedes verlo?" dije con lágrimas rodando por mis mejillas. "Solo quería que me ayudaras."

Mi emotivo ruego golpeó a Dillon fuerte. El enojo se fundió de su expresión. Sin decir una palabra, me envolvió en sus brazos y me sostuvo hasta que sus ojos brillaron con lágrimas.

"Solo quería que me ayudaras," repetí, mi voz enmarañada con emoción.

"Lo haré," susurró Dillon en mi oído. "Puedes contar conmigo."

Lentamente me aparté del abrazo de Dillon, mis mejillas mojadas por las lágrimas. Me sentía vulnerable y expuesto como nunca antes.

"Lo siento," murmuré, avergonzado por mi muestra de emoción.

Incapaz de mirarla más tiempo, intenté desviar la vista. Antes de que pudiera, Dillon sostenía mi barbilla, obligándome a volver mi mirada hacia ella. Nuestros ojos se encontraron, y me encontré sumergido en su pura e inquebrantable compasión.

Mientras estábamos allí de pie, la intensidad de nuestra conexión y el aire de vulnerabilidad que persistía entre nosotros, se intensificaron. Se desvanecieron mis defensas y el sarcasmo. En su lugar había un anhelo incontrolable por ella.

El pulgar de Dillon rozó delicadamente el rastro marcado por las lágrimas en mi mejilla, enviando escalofríos por mi columna vertebral. Imposibilitados de resistir la tensión emocional por más tiempo, ambos nos inclinamos, nuestros labios cada vez más cerca.

Fue un golpe en la puerta lo que rompió nuestro fragil momento. Nos arrastró de vuelta desde el borde de un apasionado abrazo, nuestra íntima conexión se desvaneció cuando alguien tocó la puerta de nuevo.

"Debería contestar," dije cuando quedó claro que quien fuera que estuviera no iba a marcharse.

"Probablemente," Dillon acordó, tan conmocionada por nuestro casi beso como yo.

Reuniéndome, entré en la sala de estar y crucé hacia la puerta. Estaba listo para arrancar la cabeza de quien fuera que estuviera cuando la abrí y encontré,

"Eris, ¿qué haces aquí?"

"He estado tratando de localizarte por días. No has devuelto mis mensajes ni llamadas. Incluso fui a tu oficina, pero no estabas," respondió mientras se abría paso adentro.

"¿Por qué estás aquí?" pregunté con una mezcla de preocupación e irritación.

Abrió su boca para responder cuando Dillon apareció por la puerta de la cocina. Al verla, Eris se congeló mirándola con veneno. Por un momento pude oler un atisbo de lobo en Eris. Pero tan rápido como apareció, lo descartó y dijo alegremente,

"Tenemos una boda que planear. No hay forma de que vaya a hacer esto por mi cuenta."

Mi corazón se hundió al recordar el enredo que nuestras vidas habían llegado a ser.

"No puedo participar en eso ahora mismo," respondí, mi voz tensa.

Inconmovible, Eris volvió su atención hacia Dillon.

"¿Te importaría traerme algo de tomar, Querida?" preguntó con desdén.

Dillon vaciló, preguntando, "¿Qué tipo?"

Eris suspiró, fingiendo desinterés. "No me importa. Champán, si lo tienes." Luego, con una risa forzada, añadió, "A estas horas ya es tarde en alguna parte."

Mientras Dillon desaparecía en la cocina, me preparé mentalmente para la diatriba que Eris estaba a punto de desatar. La confiable y casual sonrisa con que la miraba desapareció, reemplazándola por una mirada fría y mortífera. El lobo de Eris estaba de vuelta. Podía olerlo como si estuviera al acecho justo debajo de la superficie, esperando a que le diera la espalda para saltar.

"Remy, permíteme que sea clara. Si no empiezas a comportarte como el hombre que merezco, mi padre podría empezar a pensar que no estás cumpliendo con su trato. ¿Y a quién crees que culparía de eso?" preguntó antes de echar un vistazo hacia la cocina.

“¿Estás amenazando a alguien?” exigí, sintiendo cómo mi lobo empezaba a tomar el control.

Eris, impasible, se acercó más.

“Remy, pregúntate esto sobre mí, ¿estoy aquí porque quiero estar? ¿Crees que el objetivo de mi vida era obligar a algún rechazo alfa a un matrimonio en el que ninguno de los dos quiere estar? ¿Crees que esta es la vida con la que soñé de pequeña?” preguntó sarcásticamente.

“No lo es. Y ahora estoy peleando por la vida que quiero, igual que tú. La única diferencia es que detrás de mí hay un lobo que quemará el mundo para conseguir lo que quiere. Tu lobo loco está muerto. Así que, a menos que te pongas al día con el programa y me encuentres a medio camino en esto, lloverá sangre. No mía. No tuya. Sino la de todos a quienes quieres.

“¿Quieres eso? Por la forma en que me estás mirando, voy a asumir que no. Así que, deja de poner en riesgo a todos a quienes quieres y ayúdame a planear nuestra boda,” continuó con una aterradora calma.

“Hay millones de matrimonios arreglados que terminan con un final feliz. Ayúdame a hacer del nuestro uno de ellos… para que tu amiga de allí no tenga que morir.”

Cuando Dillon regresó de la cocina con la bebida de Eris, notó que mi actitud había cambiado por completo. Era como si una sombra me hubiera cubierto, el peso de las palabras de Eris asfixiando mi espíritu.

Miré a Dillon sabiendo que lo que Eris había dicho era verdad. Los hombres que cruzaban a nuestros padres terminaban muertos. Como el mío, su padre era un lobo loco, una fuerza de la naturaleza que no podía ser detenida, solo resistida.

Necesitaba proteger a Dillon de esa tormenta. Estaba dispuesto a hacer cualquier cosa por ella. Así que, borrando cualquier rastro de afecto que sentía por ella, la miré fríamente y dije, "Dillon, deberías irte."

Su cuerpo se derritió ante mi cambio abrupto. El dolor fluía de sus ojos. Verlo me destrozaba. Pero tenía que permanecer indiferente – no podía permitir que Eris supiera cuánto Dillon significaba para mí. No podía darle más ventaja.

"Dillon", repetí, sintiendo un pinchazo agudo en mi pecho al hablar. "Solo vete. Podemos hablar más tarde."

Mientras dudaba, añadí con un tono de voz firme, "¡Ahora!"

Fue entonces cuando bajó los ojos, se giró hacia la puerta y se fue, dejándome hecho añicos.

Capítulo 9

Dillon

El sol se estaba poniendo sobre Brooklyn mientras dejaba la casa adosada de Remy muy atrás. Dirigiéndome hacia la estación de tren, mis pasos estaban sobrecargados por el agobiante dolor en mi pecho. El aire era inusualmente fresco para finales de primavera, pero el frío no lograba enfriar el calor que me atravesaba.

¿Por qué había permitido que Remy me hiciera esto de nuevo? Había caído en la misma trampa, exponiendo mi corazón vulnerable a la misma persona que lo había destrozado antes. ¿Qué parte rota de mí seguía poniéndome en esta situación?

Hil me había advertido sobre Remy. Había dicho que Remy volvería a su vida de lobo, y así lo hizo. Infiernos, se estaba casando con ello.

Hil también dijo que Remy me haría daño. No sólo Hil había acertado en eso, sino que después de que Remy lo hubiera hecho la primera vez, había permitido que lo hiciera de nuevo. Era una idiota que merecía todo lo que le pasaba.

No es de extrañar que mi padre vampiro huyera de mí. ¿Le daba miedo, o simplemente veía el desastre que era yo? No merecía nada más que lo que tenía.

Por tonta que fuera, sin embargo, finalmente había aprendido mi lección. Nunca más daría a Remy otra oportunidad para tratarme así. Lo entendía; el centro de ayuda era importante. Había vidas reales que podía afectar. Hablar con Leo me lo había demostrado. Y seguía queriendo su ayuda para entender qué era yo. Por lo tanto, le ayudaría.

Pero eso era todo. Había terminado con cualquier juego emocional en el que Remy estuviera participando. A partir de este momento, seríamos colegas. Nada más. Si pensaba que podía herirme y salirse con la suya, estaba a punto de aprender que también podía hacerle daño, pensé mientras una energía giratoria se construía dentro de mí.

No, me negaba a necesitarlo. Al menos ya no. Había terminado. Realmente lo había hecho. Y mientras la finalidad de esto se iba asentando poco a poco, en lugar de explotar como una bomba sobrenatural, las lágrimas rodaban por mis mejillas.

Subiéndome al mismo tren en el que había decidido trabajar con Remy, finalicé mi tonta fantasía infantil. Remy y yo no estábamos hechos para estar juntos. Ni siquiera estábamos destinados a ser amigos.

Estaba destinada a estar sola. Siempre lo había estado. Y mientras el resplandor de los naranjas quemados se desvanecían detrás de los altísimos edificios del centro, me hundí en el asiento del tren y lloré.

A la mañana siguiente, me desperté con una renovada sensación de determinación. Había pasado toda la noche preparándome mentalmente para enfrentarme a Remy, para mostrarle que yo también podía ser tan fría y distante como él había sido el día anterior. Mientras me duchaba y vestía, mi resolución se fortalecía. Empecé a esperar con ansias el enfrentamiento.

Al llegar al trabajo, entré lista para el día con la cabeza bien alta. Sorprendentemente, la puerta del despacho de Remy estaba cerrada. La habitación yacía en silencio. No había señales de él por ninguna parte.

Sacudí mi decepción y me concentré en las tareas a mano. Ocupándome de regar las plantas y limpiar el polvo de los estantes, miraba el reloj cada pocos minutos. Seguramente Remy llegaría pronto, y entonces podría poner mi plan en marcha.

Pero conforme pasaban las horas, el temor que roía mi interior crecía. Remy me estaba evitando tal y como lo hizo el hombre que creí que era mi padre durante todos esos años. Un dolor, como un trueno, atravesó mi pecho. Me dolió más que cuando Remy me pidió que me fuera.

Lentamente, la fría fachada que había estado practicando se desmoronó. Mi hasta entonces firme resolución parecía ahora tonta y vacía. Simplemente era incapaz de herir a Remy como él me había hecho daño.

Con el vacío creciendo dentro de mí, ya no podía concentrarme. Cuando la tarde se desvaneció sin más señales de Remy, el vacío me consumió. Me estaba ahogando en él.

Durante los dos días siguientes, Remy continuó ausente de la oficina. Mi corazón latía un poco más rápido cada vez que la puerta crujía, pero cada vez no era él. Me quedé sola con nada más que hacer que mirar su oficina vacía. Era una tortura.

La imagen del escritorio vacío de Remy me atormentaba incluso mientras yacía en la cama intentando conciliar el sueño. El dolor era como un peso físico en mi pecho, un agudo dolor imposible de escapar.

Había estado dispuesta a darle todo lo que tenía, pero él no lo quería. Me engañé creyendo que su compromiso no era real, pero sí lo era. Y después de hacerme creer que era especial para él, me dejó. Ahora no regresaba.

Esta no era la forma de tratar a alguien a quien amabas. Eso dejaba una conclusión. El hombre del que había estado enamorada desde que tenía 14 años, no me amaba. ¿Y por qué lo haría cuando nadie lo hacía?

Volviendo al trabajo cada día después de eso esperando que él no se presentara, pero sintiéndome herida de nuevo cuando no estaba allí. No había nadie. Pasaron dos semanas antes de que la puerta crujiente fuera alguien más que el servicio de limpieza. Así que el día en que un hombre bajito y formalmente vestido subió las escaleras, me levanté y lo saludé confundida.

"¿Puedo ayudarlo?" pregunté, preguntándome si estaba en la dirección equivocada.

"Mi nombre es Robert Wendel. Soy el abogado del Sr. Lyon", dijo desbordado de ansiedad.

Mis habilidades emergentes se activaron sin que lo quisiera. El hombre frente a mí no era un lobo. Tampoco era humano o vampiro. El nombre que apareció en mi mente fue Ninfa. No sabía qué significaba, pero sabía que poseía magia. No algo que pudiera manejar, pero suficiente para afectar la suerte de las personas.

"El Sr. Lyon no está aquí", le informé.

"Sí. Tengo unos papeles para que los firmes".

"¿Yo?"

"Eres Dillon Harris, ¿verdad?"

"Sí".

"Entonces son para ti".

Mirando al abogado, recordé cuando mi madre comenzó a trabajar en casa de los Lyon. Había un hombre como éste que se presentó en nuestra puerta. Dejó muy claro que nunca debíamos hablar de nada que mi madre escuchara o viera en la residencia de los Lyon. Los papeles que ella firmó eran para un acuerdo de confidencialidad, pero la amenaza a nuestras vidas si hablábamos de lo que vimos no necesitaba estar escrita.

"Ah," dije dándome cuenta de hasta qué punto Remy no confiaba en mí.

Sin preguntar nada, rápidamente firmé mi nombre donde la ninfa me indicó. Cada vez, mi corazón se encogía un poco más. Cuando se firmó la última página, me entregó un gran sobre de manila.

"Esto es tuyo".

"¿Qué es", pregunté sospechando que era mi copia de la documentación.

"Es la escritura del edificio para el centro de ayuda".

Me quedé helada. "Lo siento, ¿qué es?"

"La escritura del edificio", repitió esta vez buscando en mi rostro a ver si entendía. No lo entendía. "Lo que has firmado es la documentación de un fideicomiso que posee el edificio. Ahora tienes un control del 51% del interés en él".

Mi mente se descontroló. "Lo siento, estoy confundida. ¿Qué significa eso?"

"Significa que, en su mayoría, el edificio es tuyo. Parte del acuerdo es que los impuestos del edificio serán pagados por la familia Lyon durante los próximos 10 años. Así que no tienes que preocuparte por eso. Y puedes hacer con él lo que quieras. Que es, supongo, crear el centro de ayuda que propusiste a Mr. Lyon, ¿verdad?"

"Correcto," confirmé aún insegura de lo que estaba pasando. ¿Había hecho esto Remy por razones fiscales? ¿Eran cosas turbias de la vida en la manada? "¿Así que, puedo hacer lo que quiera con él?"

"Cualquier cosa".

"¿Si quisiera venderlo?"

"Podrías".

"Y sólo para tenerlo en cuenta, ¿cuánto vale?"

"No te puedo decir de memoria. Pero he incluido la tasación del inmueble en tu paquete," dijo señalando mi sobre.

Miré lo que tenía en la mano como si contuviera una serpiente lista para morder. Mi corazón latía pensando en lo que había dentro. Abriéndolo lentamente, metí la mano y lo saqué. Hojeando las páginas, encontré una con números en ella. No fue difícil encontrar la tasación. Decía que el edificio que Remy acababa de darme valía $1.5 millones.

"Ahh," exhale incapaz de respirar.

"Mr. Lyon también me instruyó para que te diera esto," dijo su abogado atrayendo apenas mi atención.

Sostenía una tarjeta de visita. "Me dijo que tienes una cita con esta persona," dijo la ninfa de forma críptica.

"¿Cuándo?" dije casi demasiado atónita para tomar la tarjeta.

"Creo que se refería a ahora".

Saliendo de la oficina, me apresuré a la dirección que aparecía en la tarjeta de visita, sin tener idea de lo que encontraría. Al llegar, una mujer chic se presentó.

"Hola, soy Melanie. Seré tu personal shopper. Mr. Lyon me pidió que te vistiese como una representante de la familia Lyon", explicó como si intentara no herir mis sentimientos.

Pensé por un momento y luego miré lo que llevaba puesto. Sabiendo que necesitaría vestirme de manera profesional para Remy, había ido a una tienda de departamentos de descuento. La ropa que compré allí era de la talla correcta y me quedaba como debía.

Mi ropa siempre había sido una de las cosas que me hacía sentir como la mascota de Hil cuando salíamos. Ella se vestía como la hija de un jefe de la mafia multimillonario, y yo me vestía como Waldo. No había forma de ocultar el abismo que existía entre nosotras.

"¿Te importa?" preguntó Melanie cuando vio que vacilaba.

"Para nada," respondí mientras una vida de inseguridades se desvanecía de mis hombros.

Medirme y probar ropa cara fue un poco intimidante al principio. Después de todo, la mayoría de los trajes costaban tanto como un coche pequeño. ¿Y si enganchaba algo? Estaría endeudada por el resto de mi vida.

Pero después de unas horas, tuve que admitir que se volvió divertido. Una vida de inseguridades desapareció mientras me miraba en el espejo. Y al salir con $20,000 en trajes de diseñador, no pude evitar sentir que Remy intentaba decirme algo… ¿Pero qué?

Al llegar a la oficina al día siguiente con un traje de $3,000, tuve que admitir que se sentía bastante bien. No esperaba que nadie más lo viera hasta que encendí mi computadora y me inundaron las notificaciones del calendario.

A medida que avanzaba el día, arquitectos, diseñadores y expertos en construcción desfilaban por la oficina. Cada uno me trataba como a la realeza. Era surrealista. Luego, finalmente, cuando ya no pude aguantar más, pregunté a uno por qué actuaban así.

"Mr. Lyon nos dijo que pagaría cualquier cosa que eligieras y que era vital que te hicieramos feliz," explicó el arquitecto suavemente. "En ese sentido, te hemos traído una degustación de pasteles de Dominique. ¿Te apetece uno mientras discutimos los planes para la reforma?"

"Claro", dije, aún sin poder comprender lo que estaba pasando.

El edificio, la ropa, todo el mundo besando mi trasero, ¿por qué Remy estaba haciendo esto? Había dejado claro que no quería estar conmigo. ¿Era este su intento de mostrarme todas las razones por las que sí? ¿Era para demostrarme que él podía hacer todo esto por mí mientras yo no podía hacer nada de esto por él? No entendía.

La semana siguiente pasó en un borrón de citas y decisiones. Cansada e incierta sobre el objetivo final de Remy, seguí tomando decisiones para el centro de ayuda como si fuera mío. Parecía no tener fin la cantidad de personas con las que necesitaba hablar. Y aunque mis reuniones terminaban puntualmente a las 6, independientemente de si habíamos terminado nuestra discusión o no, todavía pasaba el resto de la noche en la oficina buscando todas las palabras que decían y que no entendía. Estaba muerta para el mundo cuando tomaba el tren de vuelta a casa.

Todo eso continuó hasta el día en que regresé a la oficina y vi que mi primera cita era después del horario laboral. Había algo que me decía que esto era. Cuando entrara donde fuera que fuera, iba a encontrar a Remy. Me estaría esperando armado con su diabólica sonrisa y encantador como siempre.

¿Cómo respondería a eso? Sí, la ropa y el edificio eran geniales. Se sentía que cambiaba la vida. Pero yo no le había pedido ninguno de eso.

Todo lo que siempre había querido era que él me amara. Que me abrazara y me dijera que estaría allí conmigo. No podía perdonarle todas las cosas que había hecho solo porque me había comprado algunos regalos. No podía. Y él iba a descubrirlo esa noche.

Cuando mi día terminó, me preparé para ver a Remy por primera vez en semanas. Endurecí mi resolución. No le iba a gustar lo que tenía que decir.

Podría llevar efectivamente al final de nosotros. El final definitivo. El del cual no podríamos volver.

Y por mucho que supiera que ese podría ser el caso, no podía negar lo bien que se sentiría verlo de nuevo. Era un completo idiota por hacer lo que me había hecho. Pero, lo echaba de menos. La forma en que me miraba me hacía sentir vista. Remy tenía la forma de hacerme sentir la persona más importante del mundo. Era una droga difícil de dejar.

Al acercarme a la dirección, resultó ser un lujoso edificio de apartamentos en el centro de Brooklyn. ¿Me había invitado a su nido de amor? ¿Todo lo que me había comprado era su forma de seducirme? ¿Eso era todo lo que era para él – una conquista?

Bajando del ascensor en uno de los apartamentos más lujosos que había visto, busqué a quien estaba seguro me estaba esperando.

"¿Remy?" pregunté a una habitación vacía.

Caminando lentamente alrededor del lugar, asombrada por su belleza, no me tomó mucho tiempo ver la mesa de comedor de troncos y la nota doblada encima de ella. Frente a mí estaba mi nombre. Al abrir la nota reconocí la escritura.

'Considera esto un perk del trabajo. No más viajes en tren nocturnos. Disfruta tu nuevo lugar. Remy'

Continuando mi tour, entré en la habitación. La vista de la ciudad era impresionante. Al abrir el armario, encontré un guardarropa lleno de ropa nueva. No eran solo trajes. Había algo para cada ocasión.

Esto era. No había una sorpresa adicional. No iba a venir. No esta noche. Nunca más. Realmente se acabó entre nosotros. Al darme cuenta de eso, salí al balcón, renuncié a la última de mis esperanzas y lloré.

Dormir en la cama más cómoda del mundo era raro. Podrías pensar que haría que te durmieras más rápido. Pero, ¿quién podría hacer eso, distraído por pensamientos de lo cómoda que era?

Con una agenda ligera por la mañana, decidí dormir un poco más. Ahora estaba solo a unas pocas cuadras del trabajo en lugar de tener que recorrer 55 millas desde Nueva Jersey. Era como un nuevo mundo. Y también lo era mi actitud hacia la vida. En las últimas semanas, había derramado una vida de lágrimas. Estaba lista para seguir adelante.

Por alguna razón, Remy me había dado un edificio. Pero no cualquier edificio. Era el que había vivido el vampiro que pensaba que era mi padre rechazándome. Remy tal vez no sabía ser un buen novio fantástico, pero entendía una o dos cosas sobre la justicia poética.

"Remy me dio un edificio," dije cuando me volvió a dar cuenta.

Tomando algo de mi nevera totalmente abastecida, decidí hacer un desvío antes del trabajo. Iba a comprobar mi nuevo lugar. Al bajar del tren, di la vuelta a la esquina con el edificio a la vista. Viendo a los renovadores entrar y salir, recordé que tenía un interés dominante en él. Esto era una locura.

Como había hecho muchas veces de niña, me detuve al otro lado de la calle y lo observé. Tenía tantos dolorosos recuerdos asociados con este lugar que no podía contarlos todos. Tal vez en lugar de convertirlo en un centro de ayuda, debería haberlo vendido. No sé qué pasaba por mi cabeza al sugerirlo como un lugar al que podría tener que ir todos los días.

Eso me recordó otra cosa que tenía que hacer: tenía que empezar a pensar en contratar gente. Después de todo, Remy no me había pedido ayuda por mis habilidades gerenciales. Era porque era la mejor amiga pobre y negra de su hermana pequeña.

Pensé en eso por un segundo. Remy no me había pedido ayuda a pesar de quién era. Lo había hecho debido a ello. En este caso, ser pobre y negra era mi ventaja.

Remy una vez me dijo que cuando aceptas tu verdadero yo, te sientes recompensado. ¿Podría haber tenido razón?

Ciertamente, no me habría regalado ninguno de sus obsequios si no hubiera sido quien soy. Cuantas más decisiones tenía que tomar para el diseño del centro de ayuda, más importante me parecía mi opinión. Supongo que no es específicamente mi opinión. Sería la opinión de cualquiera que no haya crecido con un pan en la boca.

En serio, ¿qué estaban pensando estos diseñadores? ¿Un centro de paintball? Sí, eso es exactamente lo que los residentes de Brownsville necesitaban, una forma de dispararse entre sí por diversión. Nada malo podría resultar de eso.

No, el centro iba a ser para niños. En la planta baja habría salas tranquilas donde los niños simplemente podrían sentarse y relajarse; eso es lo que parece un verdadero espacio seguro. En el segundo piso habría tutores y orientadores. Y en el tercer piso estaría el centro de apoyo.

Para ello, podríamos invitar a mentores para que vengan y hablen. Cada noche de la semana podría estar dedicada a un grupo diferente, ya sean cuestiones LGBT, o mujeres que sufren relaciones abusivas.

"Dillon?" alguien dijo, atrayendo mi atención. "¿Eres Dillon, no?"

"Sí," respondí, observando en blanco al joven de piel oscura frente a mi.

Habiendo estado fuera del barrio durante tanto tiempo, escuchar mi nombre me ponía nerviosa. Mi vida había cambiado mucho desde que tenía 13 años. Para empezar, ya no fingía ser heterosexual. Eso no significaba nada en mi universidad de Nueva Jersey. Pero, las comunidades negras pobres no eran exactamente el paradigma de la aceptación.

"Soy James. O, supongo que Jimmy. Fuimos al colegio juntos," dijo el hombre ligeramente mayor.

"¡Jimmy! ¡Exacto!" respondí con energía.

Él sonrió.

"No tienes idea de quién soy, ¿verdad?"

Reí avergonzada. "Lo siento."

"No. No te preocupes. Realmente no nos conocíamos en aquel entonces."

"Oh, está bien," dije, confundida. "¿Pero sí fuimos al colegio juntos?"

"Definitivamente fuimos," respondió con una sonrisa que insinuaba algo más.

Le miré de nuevo. No, no le recordaba. Pero, era guapo, y su sonrisa significaba algo. Bajé la guardia y me relajé.

"¿Tomamos las mismas clases o algo parecido?" pregunté con una sonrisa coqueta, esperando que la captara.

"No. Yo estaba dos años por delante. Pero sí que te recuerdo."

"¿Por qué sería eso?"

"Bueno, uno, eras guapa. Muy guapa. Sigues siéndolo," dijo, confirmando mi sospecha. "Y dos, fuiste la primera chica con la que yo… me atreví a coquetear."

"¿En serio?" pregunté, no esperándome eso.

Se sonrojó. "Sí, siempre fuiste tan… no sé, segura de ti misma. Siempre parecías saber quién eras. En aquel entonces, era mucho más pesado de lo que soy ahora y era realmente inseguro al respecto. Tú simplemente eras tú misma."

Reí. "Me alegra que lo pareciera. Pero te aseguro que no era el caso."

"Puede ser. Pero, debo decir, pensar que lo eras me dio esperanzas, ¿sabes? Tomé muchas decisiones basándome en la chica que creía que eras."

"Vaya," dije, ya no coqueteando con él. "Gracias."

"No, gracias a ti," dijo agradecido. "Entonces, ¿qué haces ahora? Te mudaste del barrio, ¿no es cierto? Fue hace unos años."

"Sí. Mi madre consiguió un trabajo. Terminamos mudándonos más cerca de él. ¿Y tú? ¿Todavía vives por aquí?"

"No. Fui a un colegio comunitario en Virginia. Así que estuve allí durante un tiempo."

"¿Virginia? ¿Por qué allí?"

"Está cerca de la sede del FBI. Quería hacer unos cuantos programas especiales que permitieran una fácil matriculación."

Me quedé congelada. "¿Al FBI? ¿Y te… matriculaste, quiero decir?"

Jimmy sonrió con orgullo. "Lo hice."

"Oh, felicidades. ¿En qué división?" pregunté con hesitación.

Se acercó y bajó la voz. "Crimen organizado."

"¡Oh!" respondí, pensando inmediatamente en Remy. "Bien," dije, tratando de no entrar en pánico.

"Sí. Me pareció que, ¿qué mejor manera de devolverle algo a la comunidad que intentar sacar algunas de las bandas de las calles? ¿Y tú? ¿Qué estás haciendo ahora? ¿Inmuebles?"

Lo miré nerviosa. "¿Qué te hace decir eso?"

"Te vi mirando el edificio. Era como si estuvieras estudiando el lugar. Si no te conociera, estaría preocupado," bromeó.

"Oh," reí. "Quiero decir, supongo que un poco." Hice una pausa para elegir mis palabras cuidadosamente. "Estoy trabajando con la persona que está convirtiendo el edificio en un centro de ayuda a la comunidad."

"¿En serio? Eso es fantástico. Sabes, si alguna vez quieres hablar de algo, como cómo asegurarte de que las bandas no te molesten aquí, cualquier cosa, realmente, deberías llamarme," dijo coquetamente antes de sacar una tarjeta.

Tenía que cortar cualquier pensamiento que tuviera sobre nosotros rápidamente. Lo último que necesitaba hacer era salir con alguien del FBI mientras trabajaba para el hijo de uno de los más grandes jefes de la mafia lobo en la ciudad.

"Seré honesta, apenas me estoy recuperando de un… No sé cómo lo llamarías, ¿un lío amoroso? Así que no estoy dispuesta a nada en ese sentido. Pero podría ser útil hablar sobre estrategias de seguridad para el centro."

"Por supuesto. Cualquier cosa que necesites. Solo avísame. Fue, eh, un placer verte de nuevo, Dillon," dijo, dejando claro su interés.

"Tú también, Jimmy. Quiero decir, James. Te avisaré," dije, levantando su tarjeta mientras se alejaba.

Al salir del barrio, pensé en mi conversación con Jimmy. Era increíble pensar que podría haber tenido un efecto tan grande sobre él. En aquel entonces, me sentía constante miseria por ser gorda y no encajar. Aún así, Jimmy ganó confianza al observarme.

"¿Cómo?" pregunté en voz alta, tratando de entenderlo todo.

Al volver a la oficina, añadí algo nuevo a mi calendario. Necesitaba empezar a contratar. Los programas que imaginaba para el centro tenían que ser diseñados, y yo no tenía idea de por dónde empezar.

Sabiendo que Remy tenía acceso a mi calendario, decidí ponerle a prueba. Bloqueé un espacio de tiempo y lo etiqueté como 'Iniciar Proceso de Contratación'. Al guardar los cambios, me quedé mirando la pantalla esperando una reacción. Cuando no pasó nada, me reí de mis expectativas poco realistas y seguí con mi día lleno de reuniones.

Después de revisar innumerables diseños y luego buscar todas las nuevas palabras que había oído, estaba agotada. Caminando hacia mi nuevo lugar, volví a pensar en mi encuentro con Jimmy. No podía quitarme de la cabeza la sensación de que había algo importante que había pasado por alto en él. Mientras preparaba la cena con los exquisitos dips que llenaban mi nevera, volví a reproducir nuestra conversación.

No fue hasta que me encontré en la cama, a punto de dormir, cuando finalmente lo entendí. Remy había dicho que aceptar nuestra verdadera esencia trae recompensas. Y a pesar de mis problemas personales, Jimmy se había sentido inspirado por mi verdadera esencia.

Mientras el pensamiento me inundaba, una sonrisa tiró de mis labios. Remy tenía razón. Aceptar tu verdadero yo trae recompensas. Volcándome hacia un lado con la sensación de estar más sabia, abracé la almohada y me quedé rápidamente dormida.

Al llegar a la oficina a la mañana siguiente me encontré con nuevas reuniones programadas en mi calendario. Una oleada de cazatalentos, reclutadores de empleo y representantes de páginas web de ofertas de empleo llenaban la agenda. ¿Cómo había sido capaz Remy de conseguir todo esto en una noche? No había forma de que pudiera permitirme volver a sentir algo por Remy, pero tenía que admitir que no todo en él era malo.

Conforme pasaban las semanas, Remy y yo caímos en una rutina de comunicación indirecta. Yo introduciría solicitudes en mi calendario, y él las haría realidad, por lo general al día siguiente. No sabía por qué, pero nuestros intercambios eran extrañamente reconfortantes. Estaba casi empezando a creer que podría manejar todo.

Durante una comida con Hil cuando ella había volado a la ciudad para visitar a su madre, la puse al día de mi trabajo y de todas las ventajas que venían con él.

"Remy dice que estás haciendo un trabajo increíble", dijo Hil orgullosa.

Quizás lo estaba. Pero no podía evitar pensar en las ventajas de Remy como una especie de pago por culpa.

"Gracias. Es bonito oírlo", dije humildemente.

"¡No, en serio! Lo que estás haciendo es grandioso. ¿Eres consciente del efecto que vas a tener en la gente? Amé a mi padre. De verdad. Pero, él hizo tantas cosas mal.

"Era como si no tuviera conciencia. Las historias que Remy me contaba…", dijo, dejando la frase en el aire y luchando contra las lágrimas. "Solo diré que lo que estás haciendo significa mucho… para toda la familia", concluyó Hil con una sonrisa teñida de lágrimas.

Mirando a Hil, me di cuenta de que lo que estaba haciendo significaba más para su familia de lo que había considerado. Seguía pensando que era un proyecto de vanidad de una familia rica. Pero tanto Remy como Hil habían llegado a las lágrimas cuando hablaban del legado de su padre.

¿Qué podría haber hecho que requiriera un centro de ayuda a la comunidad como penitencia? ¿Y cómo era yo la que podía ayudarles? Yo era una don nadie que venía de la nada.

Yo era todo lo que nadie quería ser. Era gorda, negra, y pobre. El hecho de que pudiera tener ese tipo de impacto en una familia que lo tenía todo no tenía sentido.

"Tuviste razón, ya sabes", le dije a Hil cambiando de tema.

"¿Sobre qué?" preguntó secándose los ojos.

"Sobre todo. Cuando te pregunté sobre aceptar este trabajo, estaba segura de que Remy había terminado con el mundo en el que todos ustedes crecieron, y sin embargo, en cuestión de días, estaba comprometido con la hija del rival de su familia".

Hil desvió la mirada triste, "Sí".

"Y dijiste que si me permitía tener sentimientos por él, él me rompería el corazón".

Era mi turno de derramar lágrimas.

"¡Oh, Dillon!", exclamó Hil rápidamente, tomando mi mano para consolarme. "No quería tener razón en eso. ¿No vas a abandonarme, verdad?"

Puse una sonrisa segura en mi rostro. "Nunca. Nunca te abandonaré", dije sinceramente.

Hil apretó mi mano y sonrió.

"¿Al menos ha podido ayudarte a averiguar de dónde vienes?"

"Dice que soy un cambiaformas."

"¿Qué es eso?"

"Por lo visto, las hadas a veces dejan a sus crías con los humanos para que las cuiden. Parece que mis padres hada tampoco me querían."

"Dillon, no digas eso. Sabes que tienes a mucha gente que te ama. Toda mi familia te aprecia mucho. ¿Y qué hay de tu madre? ¿Has hablado con ella sobre todo esto?"

"No he hablado ni creo que lo haga. Si el vampiro tiene razón, entonces ella sigue pensando que me dio a luz. ¿Qué le haría si le dijera que el hombre que creía que la amaba sólo la usaba como alimento mientras una poderosa figura me colocaba como una presa fácil para que me criara?"

"Ciertamente no lo habría dicho de esa manera, pero supongo que veo tu punto."

"Entonces, sabes que eres una hada. ¿Has conocido a otros ya?"

"No, pero creo que he conocido a una ninfa. No sabía que existían."

"¿Qué es una ninfa?", preguntó Hil confundida.

"A la mierda si lo sé. El pensamiento que me vino a la mente cuando lo vi fue que podría hacer algo relacionado con la suerte."

"¿De verdad? ¡Guau! ¿Dónde lo viste?"

"En la oficina. Es el abogado de Remy."

"¿Remy sabe que su abogado es una ninfa?"

"No lo sé. No he hablado con Remy desde que lo vi."

Hil me miró confundida. "¿Cuánto tiempo hace de eso?"

"Han pasado unos meses."

"¿Pero tú trabajas con Remy?", preguntó Hil intentando unir las piezas.

"Sí."

Hil me miró con dolor en los ojos. "Confía en mi hermano para averiguar cómo usar a alguien sin tener que hablar con ellos. Siento mucho eso, Dillon. De todos modos, ya sabes cómo es él ahora."

"Lo sé."

"¿Lo que no te mata te hace más fuerte, verdad?"

"Y él está logrando que sea la persona más fuerte de todas", accedí con una sonrisa forzada.

"Oh, Dillon", dijo tendiéndome la mano a través de la mesa para apretar la mía. "De todos modos, déjame pagar por esto para que podamos ver en qué has estado trabajando tan duro."

"No es necesario. Yo ya he pagado por ello", dije con orgullo.

Hil se mostró preocupada. "¡Dillon! ¿Sabes que no tenías que hacer eso?"

"Lo sé. Quería hacerlo. Estoy ganando dinero ahora. Y si alguna vez voy a superar mis complejos, necesito ser yo quien invite por una vez. Permíteme hacer esto por ti."

Hil todavía parecía dudosa.

"Por favor. Necesito hacer esto."

Finalmente Hil sonrió y accedió. "Por supuesto. Gracias", dijo mirándome con nueva luz.

Meses después, con la apertura del centro de ayuda renovado a solo un día de distancia, me encontré trabajando hasta tarde en lo que solía ser la oficina de Remy. Sola y sumergida en mis pensamientos, me sobresaltó el sonido de la puerta al abrirse lentamente.

Dando la vuelta al escritorio, me quedé helada en incredulidad. Remy caminaba hacia mí, clavando sus ojos en los míos. Me quedé atónita en silencio. Cuando estuvo a una distancia de brazo de mí, un aluvión de emociones me abrumó.

Cuando finalmente pude hablar, mi voz salió monótona. "Estoy enfadada contigo."

"¿De verdad? No puedo imaginar por qué. Parece que tu nueva posición en la vida te sienta bien", replicó Remy, su mirada divagando hacia mi atuendo.

Sonrojándome ligeramente, bajé la vista hacia mi caro conjunto y luego lo fulminé con la mirada. "¿Crees que me importa esto?"

"Lo creo. Sí. Al menos un poco", admitió.

Quería negarlo. Pero en el fondo sabía que tenía razón.

"¿Esperas que te muestre toda mi gratitud por lo que has hecho?" pregunté con tensión.

"No te voy a mentir, tenía esa esperanza", respondió Remy, su encanto regresando lentamente.

Me acerqué a él. "Pues no lo haré. Estoy enfadada contigo."

"Vale, cuéntame. ¿Qué he hecho?"

Fruncí el ceño. "No me trates como si mis sentimientos no importaran."

"No estoy haciendo eso. Sé que importan. Y lo siento."

"Me abandonaste. Me hiciste creer que algo estaba surgiendo entre nosotros y luego desapareciste… durante meses. Rompiste mi corazón."

Remy se detuvo mientras el dolor lo embargaba. "Lo hice. ¿Me perdonarías si te dijera que había un muy buen motivo?"

"¿Porque tenías que planear tu boda?" escupí.

Remy apartó la vista para retirar mi daga de su corazón. "Supongo que sí."

"¿Y sabes qué es lo que más me enfada?"

Remy, ahora a tan solo unos centímetros de mí, preguntó, "¿Qué es eso?"

"Lo mucho que eres un hipócrita."

"¿Soy un hipócrita? Tendré que admitir que en las miles de veces que imaginé este momento, ser llamado hipócrita no cruzó mi mente."

"Pues lo eres."

"Entonces ilumíname. ¿Cómo soy también un hipócrita?"

"Eres un hipócrita porque haces un gran revuelo sobre las recompensas que vienen siendo uno mismo y luego, en el momento en que tienes la misma elección, haces lo contrario."

"¿Crees que mi retirada es negar mi verdadero yo?"

"No lo creo. Lo sé."

"Es interesante porque creo que mi verdadero yo es alguien que hace lo que sea necesario para mantener a salvo a los que quiere. Sufrir, soportar, doler para asegurarme de que nada les ocurra a los que amo. ¿Estás diciendo que no es realmente quien soy?"

"¿A los que amas?" pregunté vulnerablemente.

"A la que amo", aclaró Remy.

Me suavicé ante sus palabras pero aún mantuve mi resolución, "Pero no eres insensible."

"¿Quién dijo que era insensible?"

"Tú lo hiciste. Con tus acciones."

"Por favor, ilumíname."

"Crees que puedes vivir tu vida con tu corazón encerrado, negándote todo lo que necesitas y deseas, pero no puedes. Eres tierno y vulnerable. Eres amable y maravilloso. Sé que piensas que deberías ser este gran y malo cambiaformas lobo, pero no eres como tu padre. Eso es algo bueno. Y como una vez me dijo un hombre sabio, cuando eres tu verdadero yo, eres recompensado."

Con eso, Remy se inclinó hacia abajo. Fijando sus ojos en los míos, los cerró y lentamente cerró el espacio entre nosotros. Al sentir su aliento cálido rozándome la mejilla, pude oler el débil aroma de su colonia, una mezcla de sándalo y cítricos que me erizó el vello. Mi corazón se aceleró mientras mis labios hormigueaban de anticipación.

Como si hubiera esperado toda una vida, nuestros labios se encontraron —suaves, tiernos, como el suave roce de terciopelo. Fue todo lo que había soñado que sería. Cerré los ojos para sumergirme en el momento. Cada nervio de mi cuerpo se despertó mientras le contestaba el beso.

Sus dedos rozaron mi mejilla antes de deslizarse suavemente entre mis rizos y acunar la parte posterior de mi cabeza. Sintiendo su tacto, mis brazos se envolvieron alrededor de su cuello. Cuando su cálido cuerpo se apretó cómodamente contra el mío, nuestros cuerpos balancearon.

A medida que nuestro beso se profundizaba, el sabor de él perduraba en mi lengua. Era dulce como la cereza más jugosa y yo hormigueaba como menta. Con el aliento atrapado en mi garganta, mi pecho se hinchaba de emoción. En su abrazo, finalmente entendí lo que era cierto: aquí era donde pertenecía.

"Espera", dije, alejándome.

"Me pediste que fuera mi verdadero yo. Este soy yo y quiero besarte. Siempre he querido besarte. Cuando te veía jugar con Hil de niña, quería besarte. Nunca he sido otra persona."

"No puedo ser la otra mujer", insistí.

"No lo eres. Eres la única persona. Siempre lo has sido".

"¿Y qué pasa con Eris?"

"¿Qué pasaría? Ella es la loba con la que estoy obligado a casarme para mantener vivos a todos los que están a mi alrededor. Ella no es a quien quiero tener a mi lado. Definitivamente no es con quien quiero acostarme".

"¿Pero sí lo haces?"

"¿Hacer qué? ¿Tener sexo? ¿Con ella? Sería como meter mi miembro en una trampa para osos. Eso no va a suceder. Nunca ocurrrirá. Ella piensa que podría ser. Pero te estoy diciendo, no sucederá".

"¿Qué, simplemente ya no vas a tener sexo nunca más?" pregunté con dudas.

"Ha pasado tanto tiempo", dijo Remy con una sonrisa frustrada.

"¿Cuánto tiempo ha pasado?"

"¿Desde que tuve sexo?"

"Sí".

"Desde el momento en que me di cuenta de que tú eras la elegida".

"¿Y cuándo fue eso?"

Remy reflexionó. "Bueno, diría que desde el momento en que nos conocimos. Pero oficialmente… ¿recuerdas cuando secuestraron a Hil y fui a tu casa a buscarla?"

"Sí".

"Desde el momento en que abriste la puerta y miré tus ojos. Ese fue el momento en que supe que no podía negarlo más. Yo era tuyo y haría lo que tuviera que hacer para que fueras mía".

"Oh", dije mientras me sonrojaba.

Sin saber qué hacer conmigo misma, pregunté: "¿Vas a venir a la inauguración del Centro de Ayuda mañana?"

"Ese es mi plan".

"Bien".

"¿Te importaría si hiciéramos algo para celebrar después?"

Me quedé paralizada. ¿A qué se refería con celebrar? No era que no quisiera que estuviera allí o celebrar con él. No había nadie con quien preferiría estar. Este logro era tan suyo como mío. Incluso cuando me había abandonado, había estado allí para mí. Ahora yo quería estar con él.

"Nada sofisticado", accedí.

"Sin garantías".

"Todo lo que dijiste fue realmente bonito. Pero, no quiero que pienses que te he perdonado por haberme abandonado así".

Remy asintió, comprendiendo mi titubeo. "Entendido".

"¿Entonces, nada sofisticado?"

Remy sonrió. "Sin garantías".

Capítulo 10

Dillon

Hil y Cali salieron de la escalera saludándome efusivamente para captar mi atención. Miré hacia arriba y vi la cara radiante de Hil, sus ojos brillaban con lágrimas no derramadas.

"Estaba arriba en el centro de apoyo", dijo Hil, claramente emocionada. "Has hecho un trabajo fantástico, Dillon".

"Bueno, no solamente he sido yo", respondí, conmovida por su reacción. "Varias personas contribuyeron. Es increíble cuánto trabajo y cooperación se requiere para algo así".

Entonces, agregué con renuencia, "Remy también merece muchos de los créditos".

Hil me interrumpió de inmediato. "No te atrevas a darle crédito a mi hermano por algo que no tuvo nada que ver. No después de cómo te trató".

Cedí sabiendo que Hil aún no había recibido una actualización de las cosas desde el beso de la noche anterior. Pero incluso sin eso, no podía ignorar el papel que Remy había jugado en la creación del centro.

No solo fue su idea, sino que yo era una chiquilla de 21 años que no sabía nada de nada. Él encontró a los diseñadores, a los arquitectos, a los reclutadores, a todos. Y después de convertir la creación del centro en un cuestionario de opción múltiple, puso a personas a mi lado que señalaban las respuestas correctas.

Me habría perdido si no hubiera sido por él. De hecho, eso no es cierto. Ni siquiera habría intentado hacerlo en primer lugar. No habría tenido la confianza ni el impulso para pasar por alto mis inseguridades. Sin decirme una palabra durante meses, Remy había cambiado la dirección de mi vida.

"Hablando de acaparadores de crédito", murmuró Hil.

"¡Mierda!" exclamó Cali al verlo a continuación.

Cuando me giré para mirar a Remy, el deseo inundó mi cuerpo. Me odiaba por ello, pero había renunciado a intentar luchar contra mis sentimientos hacia él. No importaba lo que Remy hiciera, yo lo perdonaría. Porque a pesar de todo, Remy era un buen hombre, y nada me impediría amarlo.

"¡Mierda, en efecto!" estuve de acuerdo, pero por una razón muy diferente.

Hice señas para que Remy se acercara, manteniendo mis emociones en check. A medida que se acercaba, nos saludó con una sonrisa sarcástica.

"Hermana", dijo a Hil, asintiendo. "Rambo de los montes", añadió, dirigiéndose a Cali.

Cali rodó los ojos, su mandíbula apretada. "Voy a ir a buscar una bebida. ¿Alguien más quiere una? ¿No? Bien", dijo antes de alejarse.

"¿Por qué siempre lo tratas así? Eres un imbécil", Hil atacó antes de apresurarse tras su novio.

"¿Por qué siempre lo tratas así? Sabes que él es bueno para Hil, ¿verdad?" pregunté a Remy.

"Es el mejor lobo que conozco. Recibió una bala por mi hermana. Me cago en la leche."

"¿Entonces por qué le dices esas cosas?"

"¿No te parece un poco molesto lo perfecto que es?" Remy respondió con una sonrisa sarcástica. "Digo, o eres una gran persona o tienes un pelo estupendo. Elige algo".

"Sabemos lo que tú elegiste", dije, acariciando sus brillantes mechones negros.

"Sí. ¡Gracias!" dijo resueltamente.

"Dillon", dijo Jimmy, acercándose a nosotros.

Recordando quién era él y qué era Remy, me tensé. "Ah, Jimmy. Quiero decir, James. Este es Remy, el dueño del edificio y la persona que financia el centro de ayuda".

La frente de Remy se frunció mientras me miraba, confundido. "Yo no soy el dueño del centro. Pensé que lo sabías…"

Le corté. "James y yo fuimos a la secundaria juntos. Ahora trabaja en el FBI".

Las cejas de Remy subieron hasta su perfecto flequillo. "¿En serio?"

"¿En qué división otra vez?" le pregunté.

"Principalmente en la rama del crimen organizado", dijo jovialmente. "Pero te sorprendería cuántas veces el crimen organizado coincide con lo sobrenatural."

"¿Qué?" pregunté al escuchar esto por primera vez.

"Sí. Desde que aquel tipo fue absuelto de matar a su esposa alegando que su hijo era un cambiaformas de lobo, el FBI ha estado vigilando."

Remy, visiblemente incómodo, dijo: "Oí hablar de aquel chico. Nunca creí nada de eso.

"Deberías", respondió Jimmy. "Porque resulta que los cambiaformas de lobo podrían parecerse a cualquiera de los que están aquí. Incluso podrían parecerse a ti, Remy", dijo con una sonrisa.

"¿En serio?" preguntó Remy, volviéndose hacia mí, asombrado. "Bueno, por suerte, tú estás en el caso. Buena suerte con eso. Y estoy muy contento de saber que vas a ser parte permanente del centro de ayuda."

"Crecí por aquí. Sé cuánto se necesita un lugar como este."

"¡Brindemos por eso!", dijo Remy, ocultando el pánico detrás de sus ojos. "¿Y lo has hecho socio oficial del centro?" Me preguntó.

"Sí", dije, mirando fijamente a los ojos de Remy.

"¡Excelente! Mantén a tus amigos cerca. ¿No es así?"

"Así es", dijo Jimmy por primera vez, dando a entender que sabía quién era Remy.

Remy apretó los labios, intentando sonreír. "¿Dónde está Cali con esa bebida?"

"Permítenos", dije siguiendo a Remy mientras se alejaba.

Cuando estuvimos fuera del alcance auditivo de Jimmy, Remy susurró: "¿Te asociaste con la división sobrenatural del FBI?"

" No con el departamento. Con James. Y, para ser justa, yo solo pensaba que él trabajaba en crimen organizado."

"Claro. Porque eso es mucho mejor. Y cualquier cosa que descubra mientras usa esto como su base de operaciones seguramente no saldrá de esta sala", replicó Remy, verdaderamente conmocionado.

"Remy, querías un centro comunitario en un lugar donde ayudara a la gente. Este es el lugar. Y asociarse con alguien como Jimmy es un mal necesario. ¿Hubieras preferido que en lugar de él fuera un narcotraficante de alguna de las bandas locales? Porque esas eran mis dos opciones".

Remy se calmó. "No estoy cuestionando tus decisiones, Dillon".

"Ciertamente suena como si lo estuvieras."

"No lo estoy. Créeme, creo que has hecho un trabajo increíble. Este lugar nunca hubiera existido sin tu arduo trabajo y todo lo que has hecho. Gracias, Dillon. Eres increíble."

Dejando que su halago penetrara en mí, una sonrisa brotó desde lo más profundo de mí.

"Aprecio que lo digas", dije mientras miraba sus hermosos y agradecidos ojos. "Y reconozco cuánto esfuerzo has invertido en esto, también. Nadie más lo ve, pero yo sí".

Remy quería envolverme con sus brazos, lo podía sentir. En su lugar, su mano se alzó de manera involuntaria y tocó mi brazo.

"Lo aprecio", dijo con sinceridad. "Y, supongo que no soy el único que le gusta vivir al límite", agregó con una sonrisa.

Sonreí sabiendo que era cierto. "Supongo que no".

Conforme avanzaba el día, presentaba a Remy a todos los presentes. Con cada presentación, sentía cada vez más como si estuviera presentando a mi novio. Sabía que no lo era, y que nunca llegaría a serlo. Pero, esa era la energía entre nosotros.

El modo en que su lobo me miraba no ayudaba. Era como si Remy estuviera imaginándome sobre una cama, dándome la vuelta y tomando lo que quería.

Más aún, el hombre buscaba cualquier excusa para tocarme. Digo, yo hacía lo mismo, pero yo no era la que planeaba mi boda; él sí. Yo era la tonta que no podía dejar de enamorarse de un hombre que planeaba su boda. Así que yo sí tenía permiso.

Parada frente a todos después de que Hil insistiera en que diera un discurso, reflexionaba sobre qué decir. Mirando a mi madre, que había estado conversando con la madre de Remy, se me ocurrió.

"Me gustaría agradecer a todos por estar aquí", empecé. "También, me gustaría agradecer a todos los que se han ofrecido a trabajar y ser voluntarios para el centro. Nací muy cerca de aquí. Solía ver este edificio casi todos los días. Nunca podría haber imaginado que se convertiría en un lugar que podría mejorar la vida de los niños".

Hice una pausa y bajé la cabeza recordando cuando miraba las luces, deseando que "mi padre" me aceptara.

"Creo que es importante que todos sepan que siempre he sido insegura acerca de mi apariencia, especialmente mi peso. Pensé que era importante decirlo. Al crecer en este barrio, no siempre creí que sería aceptada por lo que soy.

"Quiero que este espacio sea el primero de muchos lugares aquí donde la gente pueda sentirse cómoda tal como es. Alguien una vez me dijo que cuando aceptas tu verdadero yo, eres recompensada. Bueno, soy insegura, y soy mestiza, con una madre negra y un padre blanco que no quería nada que ver conmigo". Hice una pausa. "O al menos creo que soy mestiza. ¿Verdad que soy mestiza, mamá?" Le pregunté a mi madre, quien me miraba orgullosa.

"Según tengo entendido", dijo entre la risa del público.

La verdad es que no estaba completamente segura considerando que era una cambiaformas. Pero dado que la gente me trataba como si fuera mestiza, supongo que no importaba si era humana o no.

"Esas son las cosas que me han moldeado. En el pasado, he huido de ellas. Ahora, las acepto. Quiero que este centro sea un lugar donde todos se sientan seguros siendo ellos mismos. Todos, sin importar cómo son. Porque creo que si eres fiel a ti misma, la vida te recompensará", dije mirando a Remy.

Al retirarme ante un aplauso general, todos me felicitaron, empezando por Hil.

Mirándome con lágrimas en los ojos, me miraba de manera diferente.

"¿Ser mestiza realmente juega un papel tan grande en tu vida?" me preguntó sorprendiéndome.

Me reí. "Sí, lo hace. Quizás incluso más".

"No lo sabía".

"Porque nunca preguntaste".

"Supongo que siempre te vi simplemente como humana. ¿Estaba mal?"

"Considerando que ni siquiera soy eso, ¿quién sabe?" suspiré. "Pero sí, sea que sea humana o no, no se me permite olvidar que soy negra".

"Oh, Dillon", me dijo, tirándome a un abrazo. "¿He sido una buena amiga para ti?"

"Hil, has sido la mejor amiga que podría haber pedido. Gracias por todo lo que has hecho por mí."

"No creo que hubiera sobrevivido mi vida sin ti", replicó Hil, con la voz entrecortada.

"Por favor, no llores. Si lo haces, yo seré la siguiente y nunca lograré terminar con esto hoy", bromeé.

Hil me soltó y rió. "Haz lo que tengas que hacer. Tú puedes con esto", dijo, alejándome.

Cuando las cosas empezaban a calmarse, el único con el que aún no había hablado era Remy. Lo mantuve en mi vista todo el día. Había sido su encantador yo de siempre. La mayoría de las señoras mayores y todos los hombres gay con los que habló se enamoraron de él, porque, por supuesto, ¿quién no lo haría? Y después de que todos menos el equipo de limpieza se fue, Remy se acercó a mí, radiante.

"Hoy has sido increíble", dijo dando esa mirada de lobo otra vez.

"Gracias".

"Sabes, cuando sugerí que hicieras esto, no pensaba realmente que lo harías".

Lo miré, sorprendida. "¿No creías en mí?" pregunté, golpeándolo en el brazo.

"No, lo que quiero decir es que sabía que podías. Solo no pensaba que lo harías. La única razón por la que sugerí esto era para tener una excusa para verte todos los días."

"Bueno, eso no pasó", dije con un tono irónico.

"Nope, no pasó".

"Nope".

Podía ver sus pensamientos revoloteando. Estaba a punto de preguntarle qué estaba pensando cuando me preguntó,

"¿Estás lista para tu sorpresa ahora?"

Un destello de emoción me atravesó.

"¿Qué es? ¿Has preparado una cena elegante para mí en la azotea?" pregunté, buscando conocer el final anticipadamente.

"No. Pero esa habría sido una gran idea", dijo en serio. "Eh, solo iba a compartir una barra de chocolate contigo en mi coche".

Mi boca se abrió de par en par.

"Dijiste que no querías que hiciera nada ostentoso, ¿verdad?"

"No, tienes razón. Eso es lo que dije", acepté, sin saber si estaba bromeando.

"Entonces, ¿quieres comer esa barrita de chocolate ahora?"

Miré a mi alrededor, preguntándome si me estaban gastando una broma. Cuando no vi aparecer a ningún equipo de rodaje, volví mi mirada a Remy.

"Ah, claro?"

"Genial", respondió Remy, guiándome hacia la salida. "No me malinterpretes, es una barra de chocolate deliciosa. La encontré en una tienda especializada. Creo que te gustará."

"Está bien", dije, siguiéndolo por la calle hasta su elegante coche.

Al subir, preguntó, "¿Estás lista para esto?"

"Supongo", dije, intentando ocultar mi decepción.

Remy extendió la mano sobre mi regazo y abrió la guantera. Miré dentro cuando lo hizo. Estaba vacía.

"¡Maldición!" exclamó con los ojos cerrados. "Tenía la barrita en el mostrador. No puedo creer que la haya olvidado. Lo siento mucho", dijo Remy sinceramente. "¿Te importaría mucho si la vamos a buscar? Si no te sientes cómoda volviendo a mi casa, podría llevártela mañana."

Remy no estaba bromeando. Estaba hablando en serio. Después de todo lo que había hablado de celebrar, esto era todo lo que se le había ocurrido. Si lo hubiera sabido, habría hecho algo con Hil. ¿Cuántas veces

tendría que decepcionarme Remy antes de que
aprendiera?

"Quiero decir, podemos ir a buscarla ahora", dije,
sin ocultar ya mi decepción.

"No tenemos que hacerlo", dijo, al ver la
expresión de mi cara.

"No, no tengo nada más planeado", dije con
énfasis.

"Genial", dijo con una sonrisa suave. "Te
prometo que merecerá la pena."

"Será mejor que esta barrita de chocolate esté
increíblemente buena", murmuré, ya sin mirarlo.

"Lo estará", dijo, arrancando su coche y saliendo.

Mientras conducíamos, yo miraba por la ventana
del pasajero, perdida en mis pensamientos. ¿Cómo había
permitido enamorarme de él otra vez? No era más que un
desamor. Era mi culpa. Realmente era patética.

"Hemos llegado", dijo Remy, sacándome de mi
trance.

Al mirar hacia arriba, no estábamos en su casa.
Estábamos en el aeródromo. Pero no en LaGuardia o
JFK, sino uno para aviones privados. El coche estaba
aparcado a aproximadamente 10 metros de un jet.

"¿Qué está pasando?" pregunté, confundida.

Remy me miró, igual de confuso. "¡Oh! Creías
que me refería a mi casa en Nueva York. No." Fue
entonces cuando dejó escapar su primera sonrisa.
"¿Sigues estando de acuerdo en ir?"

No sabía qué pensar. "Yo…"

"Solo sí o no", dijo, mirándome a los ojos.

"Sí."

La palabra escapó de mis labios antes de que pudiera pensarlo.

"Bien", dijo, saliendo del coche y entregando las llaves a un asistente.

Deteniéndose para ofrecerme su mano al pie de las escaleras, miré el avión. No era pequeño.

"Remy, ¿qué sucede?"

"Vamos a buscar esa barrita de chocolate. Me dijiste que no querías que hiciera nada ostentoso. Así que lo estoy manteniendo simple", dijo, ya sin ocultar su maliciosa sonrisa.

El calor me llenó al darme cuenta de que Remy era quien yo pensaba que era. Sonriente, tomé su mano y subí los escalones. Dentro había una lujosa cabina decorada con asientos de cuero beige y una iluminación ambiental. A pesar de su tamaño, se sentía íntima y acogedora. Mientras me acomodaba en uno de los cómodos asientos, Remy me susurró al oído.

"Ponte cómoda."

"Supongo que no me vas a decir a dónde vamos", le pregunté mientras él se abrochaba el cinturón en el asiento al otro lado del pasillo.

"A buscar la barra de chocolate", respondió, con un satisfecho orgullo.

Una vez que estuvimos en el aire, miré hacia abajo. Rápidamente nos rodeó el agua. No sabía qué pensar. Afortunadamente, no tuve mucho tiempo para hacerlo. Con el avión nivelado, una azafata instaló una mesa frente a mí. Una vez estabilizada, Remy ocupó el asiento al otro lado.

"Supongo que ya debes estar hambrienta. Espero que no te importe que haya organizado una cena."

"Para nada", le dije antes de que llamara al comisario de a bordo.

No había volado muchas veces, por lo que no tenía mucha experiencia con la comida de avión. Pero no tenía idea de que podría ser tan buena. Nos sirvieron una ensalada con nombre de emperador, un bistec con nombre de jugador de baloncesto y de postre, un helado con nombre de estado. ¿Todo lo que se servía en un avión tenía el nombre de algo?

"No sé, estás viniendo peligrosamente cerca de violar la regla de 'no ostentoso'."

"¿Esto? No, esto era simplemente lo que tenían guardado. Créeme, si tuvieran hot dogs, habríamos comido eso. Si algo soy, es un hombre que siempre cumple las reglas", dijo, con su encanto habitual.

Me reí. "Sí, claro. Nómbrame un momento en tu vida en el que elegiste seguir las reglas."

Remy tuvo que pensarlo, pero tenía una respuesta. Se le ocurrieron algunas. Y lo que siguió fue la conversación más larga que había tenido con él. Al mirarlo, nunca habría adivinado cuán profundamente pensaba.

"¿Cómo fue crecer de la manera en que lo hiciste?", le pregunté.

"¿Qué aspecto? ¿Te refieres a tener acceso a una cantidad infinita de dinero porque estaba escondido en cada recipiente de nuestra casa? ¿Te refieres a trabajar para mi padre, que también era el jefe de la mafia más temido de Nueva York? ¿O te refieres a tener que demostrarme todos los días a lobos que literalmente podían oler tu miedo?"

"Háblame de las chicas", le dije, sabiendo que en todos los años que lo conocía, nunca había mencionado a una.

"¿Por qué querrías hablar de eso?"

"No sé. Tal vez me excita", sugerí coquetamente.

"¿Por qué no me hablas de tus chicos?" dijo él, inclinándose hacia adelante mostrándose interesado.

"No escabullas la pregunta, señor Elusivo. Te pregunté acerca de tus chicas. Sé que ha habido muchas."

A Remy parecía costarle hablar de ellas.

"¿Qué quieres que te diga?"

"¿Ha habido alguien especial?" pregunté, disimulando el terror que sentía por su respuesta.

"No."

"¿Nadie?"

"No realmente."

"¿Por qué no?"

Remy tomó una respiración profunda.

"Supongo que hay muchas razones. Una es que nunca me sentí cómodo llevando a alguien a mi mundo. Parecía mucho pedir, incluso si era un lobo. Así que no permití que ninguna de ellas se acercara demasiado."

"De ahí el encanto ofensivo."

"¿Qué quieres decir?"

"Eres muy encantador, Remy. No finjas que no lo sabes. Pero es como cuando siempre te burlas de Cali, ¿verdad? Es porque no quieres mostrar quién eres realmente, alguien dulce y atento."

"¿Qué estás tratando, que me maten? Porque en el mundo donde crecí, eso es lo que le pasaría al lobo que describes."

Mi corazón se rompió por Remy.

"¿Cómo fue crecer con ese pensamiento? Debió ser una tortura."

Los ojos de Remy se apartaron de los míos. Por primera vez, vi su verdadero yo, aquel que se protegía por autopreservación y lo detestaba. Su encanto había desaparecido. Sus defensas estaban abajo. Era sólo él, el chico al que había echado un vistazo desde que tenía 14 años.

"No es nada divertido", admitió, dejando ver el peso que llevaba.

"Lo siento", le dije, acercándome a la mesa y pidiendo su mano.

Al mirar mis manos, pensé que no las tomaría. Pero, de mala gana, lo hizo. Y por un momento, estuve con el hombre que siempre supe que estaba en su interior. Era una versión de Remy que amaba.

Nos sentamos en silencio por un rato antes de que el auxiliar de vuelo nos ofreciera bebidas, rompiendo el ambiente. Eso estaba bien, ya que permitió que nuestra conversación continuara. Cuando lo hizo, Remy me habló sobre sus pasatiempos y sus programas de televisión favoritos. Incluso hablamos acerca de nuestro estilo favorito de ropa interior. El suyo era un boxer ajustado. ¡Rico! El mío era un bikini.

"Interesante", dijo con una insinuación que me hizo sonrojar. "Tendrás que modelármelos. Quizás me convenzas de cambiar".

"Quizás lo haga", dije, sintiendo el alcohol y deseando sus grandes manos por todo mi cuerpo.

Al iniciar el descenso del avión, ya era de noche fuera. ¿Cuánto tiempo habíamos estado volando?

"¿Dónde estamos?" pregunté, viendo las luces de la ciudad debajo. Escrutando el paisaje, de repente lo supe. "¡París! ¡Estamos en París!"

"¿Estamos?" preguntó Remy inocentemente.

"¡Esa es la Torre Eiffel!" exclamé.

"¿Estás segura de que no es Las Vegas?" preguntó, bromeando.

Rápidamente volví a mirar por la ventana. Al hacerlo, el avión giró, brindándome una mejor vista.

"Eso es el Arco de Triunfo… y el Louvre", dije, volviéndome rápidamente hacia él, llena de emoción.

"Bueno, supongo que entonces sí estamos en París", dijo él con indiferencia.

Lo miré como si fuera una niña en Navidad. Me había dejado sin palabras. Él, simplemente se estaba sentado allí, complacido con su éxito. No podía decidir si quería darle una bofetada o arrancarle la ropa.

Al aterrizar, había un coche esperándonos en el aeropuerto. Durante el trayecto a nuestro destino, no podía dejar de mirar todos los lugares que pasaban rápido por la ventanilla.

"¿Qué hora es?" pregunté, observando las calles desiertas.

Remy miró su reloj.

"Las 5:30 de la mañana."

Volví a mirar por la ventanilla. Todavía no podía creer lo que estaba viendo. Esta no era mi primera vez fuera del país. Había acompañado a Hil y su familia a las Bahamas hace unos años. Pero como estaba tan cerca, no se sentía extranjero. Esto, sí. Estaba prácticamente perdiendo la cabeza de asombro.

Cuando llegamos a un impresionante edificio de piedra y nos adentramos en un estacionamiento subterráneo, el sol comenzó a salir. Subimos en un ascensor hasta un apartamento con un techo de doce pies de altura, ventanas de pared a pared, y un balcón totalmente arbolado con capacidad para 20 personas, y entramos.

"¡Ahí esta!" exclamó Remy, atrayendo mi atención a la barra de chocolate que había sobre la mesa de café. La mesa se encontraba entre los dos sofás tipo chaise longue más grandes que jamás había visto.

Recogiéndola, Remy me mostró el envoltorio rojo.

"Se llama Côte d'Or. ¿Te gustaría probar?" preguntó con malicia.

"Quiero decir, hemos venido hasta aquí", respondí con una sonrisa.

Remy la desempaquetó y partió un trozo de chocolate.

"Cierra los ojos", dijo, acercándose a mí.
Lo hice.

"Ahora abre la boca. Solo quiero que te concentres en el olor y el sabor. En nada más."

Cuando acercó el chocolate a mis labios, lo último en lo que me enfocaba era en el chocolate. En su lugar, me perdí en la sensación del aliento cálido de Remy en mi piel, y el aroma de su tenue colonia llenando mis fosas nasales. La anticipación que creó me enloqueció.

Cuando el chocolate tocó mi lengua, su rica y aterciopelada suavidad se derritió. La explosión de sabores bailó en mi boca con el equilibrio perfecto de dulce y amargo. Fue una sinfonía de sensaciones.

"Guau", susurré, aún con los ojos cerrados.

"¿Te gusta?" preguntó Remy suavemente.

"Es increíble."

"Puedes abrir los ojos."

Al hacerlo, encontré a Remy mirándome con un deseo ardiente. La intensidad de su fijación me enviaba escalofríos por la columna vertebral. No pude hacer otra cosa que devolverle la mirada.

"Podemos volver ahora si lo deseas."

"¿A Nueva York?" pregunté, riendo.

"Si quieres."

"Quiero decir, ya que estamos aquí. Sería una lástima no conocer un poco de París."

"Sería un placer mostrarte alrededor", dijo él, con un temblor en su voz que me conmovió hasta el fondo de mi ser.

"Me gustaría eso", le dije, incapaz de resistirme a ninguna de sus peticiones.

"Te mostraré tu habitación. Deberías descansar. Hay mucho que ver".

Al entrar por una puerta en medio del pasillo, me adentré en una elegante habitación con ventanas de suelo a techo y una suave iluminación que arrojaba un cálido resplandor en toda la estancia.

"¿Y tú dónde estarás?", le pregunté, con la esperanza de que dijera aquí.

"Mi cuarto está al final", dijo, dejándome sin aliento. "Encontrarás un cambio de ropa en el armario. Deberías tener todo lo que necesitas".

"¿Y si te necesito?", pregunté, mirando fijamente en sus seductores ojos.

"Sabes dónde encontrarme", dijo, haciendo que me derritiera mientras se alejaba.

Estaba a punto de explotar viéndolo marchar. Nunca deseé a alguien más. Una parte de mí quería perseguirlo por el pasillo y montarlo como si fuera un semental. ¿Me habría detenido? ¿Podría yo detenerme?

Afortunadamente, no tuve que averiguarlo. Desapareciendo en su habitación, cerró la puerta. Fue suficiente para romper el control que tenía sobre mí. Cuando se fue, me retiré a mi cuarto.

"¿Cómo terminé aquí?", me pregunté con el corazón latiendo a mil.

Mientras observaba la estancia para centrarme de nuevo, no pude evitar notar el lujo: la lujosa moqueta, los robustos muebles y la vista del balcón cerrado. Me quedé sin aliento al asimilarlo todo.

Aventurándome hacia el armario, abrí lentamente las puertas. Tan pronto como lo hice, me envolvió el aroma del cedro. Desbordó mis sentidos. Cerrando los ojos y dejándome llevar, me relajó.

Con los ojos ya calmados, exploré la ropa frente a mí. Había algo para cada ocasión. Pasando mis dedos por encima, todo se sentía caro. La lana de los trajes, la seda de las camisas, incluso los pantalones informales se sentían sorprendentemente suaves. Más que eso, todo era de mi talla.

Girando desde el armario hacia la cama, quedé igualmente impresionada. No solo era tan grande que tendría que trepar para entrar en ella, sino que la sábana flotaba sobre el colchón como si envolviera un malvavisco. Parecía increíblemente cómoda. Y sin poder resistirme, salté sobre ella sintiendo el roce del viento que cosquilleaba mis oídos mientras el edredón se acomodaba a mi alrededor.

No pensé que fuera posible conciliar el sueño con toda la emoción que recorría mi cuerpo, pero supongo que estaba equivocada. A medida que mis músculos se relajaban y mi mente se soltaba, el agotamiento de la gran inauguración, el vuelo en avión y el cambio de horario tomaron el control. Mientras mis párpados se tornaban pesados, no lo luché. Había llegado al único lugar en el que siempre quise estar. Y con mi corazón llenándose, dejé ir mis pensamientos y me entregué al sueño.

Cuando desperté, lo primero que sentí fue un arranque de pánico. ¿Cuánto tiempo había pasado? Saltando de la cama en un torbellino, salí de mi habitación en dirección a la de Remy. Al escuchar una cucharilla en una taza de café, cambié de rumbo. Al volver a entrar en el salón, encontré a Remy sentado en el sofá cerca del balcón, absorto en un libro. Alzando la vista y viéndome, me miró con preocupación.

"Dillon, ¿qué pasa?" me preguntó, su lobo listo para correr hacia mí.

"Dormí todo el día", dije angustiada. "¡Me perdí todo!"

Remy me sonrió con una calidez en sus ojos que derretía mi ansiedad.

"Relájate, Dillon. Nada importante pasa en París antes del mediodía", me dijo, calmando mi corazón. "Todavía tenemos todo el día por delante".

Exhalé un tembloroso suspiro sintiendo un leve embarazo por mi exagerada reacción. Remy se rió.

"No te rías. Estaba preocupada", le dije sinceramente.

"Sé que lo estabas. Eso es lo que lo hace divertido", dijo Remy con picardía.

Bufé ante sus bromas y, a cambio, él extendió sus brazos.

"¡Ahh! Ven aquí", me llamó.

Tal vez todavía estaba algo aturdida. Tal vez algo más estaba ocurriendo. Pero en cualquier caso, al ver sus brazos abiertos, me metí en ellos. Acurrucándome junto a él, me abrazó. Podría haberme quedado allí para siempre.

"Dos preguntas", dije cuando la emoción de estar en París me devolvió a la realidad.

"¿Cuáles son?"

"Una: ¿lees? Dos: ¿Desde cuándo lees?"

Levanté la vista hacia Remy, quien sonrió. Pasando las páginas de la cubierta de su libro, dijo, "Sí, leo, y siempre he leído. Mi siesta ha sido más corta que la tuya, así que decidí tomar un café y ver si podía avanzar un poco más en mi lista de lectura en francés".

Miré a Remy.

"¿Cómo es que nunca te he visto leer antes?"

"No me has visto hacer muchas cosas. Por ejemplo, ¿sabías que también me ducho?"

"Te he visto hacer eso", le dije casualmente.

"¿Qué? ¿Cuándo me viste ducharme?"

"La despreocupación de tu familia hacia el bloqueo de sus puertas del baño es asombrosa", le dije, recordando todas las veces que los interrumpí a él y a Hil.

Remy se rió. "Supongo que sí. Somos franceses."

"Digo, kind of. No sé si puedes reclamar ser francés si creces en América. Tal y como lo veo, eres tan americano como yo. Y los americanos cierran la puerta del baño."

Remy rió. "Tendré que recordar eso".

"Dije que lo hacen. No dije que debieras", aclaré, coquetamente.

"¿Ah, sí? ¿Y por qué no debería?"

"No sé. ¿Qué pasa si hay una emergencia o algo así?" Expliqué.

"¿Una emergencia? ¿Como cuál?"

"¿Qué pasa si alguien necesita verte en la ducha? ¿Cómo lo harían si la puerta está cerrada?" pregunté, mientras mi cuerpo se inundaba de calor.

"Supongo que tendrían que preguntar. Todo lo que necesitarían hacer es preguntar", dijo, mirando directamente a mis ojos.

Tragué saliva, preguntándome si este sería el momento. Había sido difícil no pensar en nuestro beso a cada instante desde que ocurrió. Pero la gran inauguración me había distraído. Después de eso, me llevaron en un jet privado a París. Ahora, todo eso era pasado. Frente a mí estaba Remy, con sus ojos brillantes y sus suaves labios rosados.

"Deberíamos tomar algo de comer," le dije, apelando a toda mi autocontrol.

Por mucho que lo deseara, y créanme que era mucho, no podía olvidar que él no era mío. Quisiera o no, estaba comprometido y yo no quería ser esa persona. No quería ser su plan B.

"¿Tienes hambre?" preguntó Remy aflojando su agarre sobre mí.

"Sí," respondí sintiendo cómo se alejaba e inmediatamente preguntándome si había cometido un error al no besarlo.

"Conozco el lugar perfecto," dijo, haciendo un gesto para que me levantara. "¿Quieres ducharte primero?" preguntó con una sonrisa burlona.

"Debería," le dije levantándome.

"¿Y esa puerta del baño estará desbloqueada?" preguntó insinuante.

Fingiendo cerrar con llave una puerta, me di la vuelta y me alejé. No tengo idea de por qué hice eso. Seguro, pensé que sería divertido desde que mencioné lo que pensaba sobre los americanos. Pero lo último que quería era que él pensara que no sería bienvenido en mi ducha.

¿O sí lo sería? Me pregunté a mí misma mientras me retiraba a mi habitación y entraba al baño privado. Desnudándome, me quedé mirando fijamente al gran espejo ovalado que se curvaba hacia mí por ambos extremos. Observé mi esbelta figura desnuda. Pasando mi mano por mi pecho, imaginé cómo se verían las grandes manos de Remy en contraste con mi piel bronceada.

Eso me hizo estremecer. Tomando mis pechos, apreté imaginando que era Remy quien lo hacía. Mi cabeza se echó hacia atrás por el placer.

Con los ojos cerrados imaginé a Remy inclinándose y besándome los labios. Era gentil pero firme. Y cuando abrí mi boca, su lengua entró.

Desnudo detrás de mí, podía sentir su gran pene. Sería aún más grande de lo que había visto cuando me tropecé con él desnudo cuando era niña. Y probando mi húmeda rendija, entraría como si hubiera sido hecha para él.

Frotándome el clítoris, imaginé a Remy haciéndolo mientras me penetraba. Gemí de placer. Era tan grande. Todo acerca de él me hacía sentir tan pequeña.

Levantándome en el aire, mis piernas se doblarían alrededor de las suyas. Y perdiéndome al ritmo de sus embestidas, me penetraría cada vez más fuerte hasta que explotara.

"Ahh," gemí, escuchando el tono reverberar en la gran, escueta habitación.

Recuperando el aliento, me incliné hacia adelante, apoyándome en el lavamanos. Mi mente estaba alborotada. Quería desesperadamente refugiarme en sus brazos. Pero a medida que el mundo real volvía a mí, mi realidad emergía.

Al abrir los ojos, lo primero que vi fue mi reflejo en el espejo. La chica anhela encontrarse con la mirada, verla hacerme sentir triste. Durante tanto tiempo, nadie la había amado. Había tenido relaciones esporádicas con chicos en la universidad, pero nunca había sido más que un cuerpo cálido para ellos.

Solo había habido dos personas que habían afirmado importarles más. Pero más allá de Hil y mi madre, nadie lo hizo. Podría perderme en las calles de París y nunca volver, y solo dos personas me echarían de menos.

Me dirigí a la bañera independiente con su ducha de mano adjunta. Mientras el agua se abría paso a través de mis gruesos rizos hasta mi cuero cabelludo, reconsideré lo que acababa de pensar.

¿Podría desaparecer y no volver nunca? Eso podría haber sido cierto antes de ayer, pero acababa de inaugurar el centro comunitario. ¿Aún era cierto?

Mientras el agua tibia cubría mi cuerpo, pensé en lo que sucedería si desapareciera y nunca volviera al centro. Sí, había puesto en marcha a todas las personas necesarias para manejarlo sin mí, pero aún tenía responsabilidades. Había gente que dependía de mí. Si volvía o no, importaba.

Dejé que ese pensamiento girara en mi mente. Era una nueva forma de verme a mí misma. Durante mucho tiempo, no le importé a nadie. Ni siquiera la persona que pensaba que era mi padre se preocupaba si vivía. Pero eso ya no era cierto. Se me necesitaba… y se sentía bien.

Remy me había dado esto. El trabajo, la ropa, el apartamento de lujo, nada de eso se comparaba con este regalo. Y probablemente ni siquiera sabía lo que había hecho.

Terminando, me sequé con una toalla y me vestí. Cuando regresé a la sala de estar, fue justo a tiempo para verlo salir de su dormitorio. ¿Cómo era posible que de repente hubiera algo en él que lo hacía parecer aún más atractivo? Siempre había sido hermoso, pero ahora, todo lo que podía hacer era morderme el labio y esperar que no se diera cuenta de lo ruborizada que estaba.

"Te ves refrescada," dijo, mirándome divertido. "¿Cómo estuvo la ducha? ¿Bien?"

"Sí," respondí, luchando por hablar.

"¡Genial! Como probablemente suponías, mi puerta estaba desbloqueada, ya sabes, en caso de emergencia. Supongo que no surgieron emergencias."

Reí tontamente como una niña de diez años. Él se dio cuenta y rió a carcajadas. Tenía que controlarme. Podía ser una idiota, pero no tenía que actuar como tal.

"Digo, el lugar no estaba en llamas, así que…" dije, intentando recuperar mi auto respeto y fallando.

"¿Voy a tener que quemar el lugar para que entres? Ok. Bueno, recuérdame comprar cerillas luego."

Reí en respuesta. Bueno, ahora estaba haciendo que me riera a propósito. ¿Estaba obteniendo un morboso placer de verme humillar a mí misma? Era un idiota, un idiota irresistible y atractivo.

"Comida", dije, cambiando de tema con la única palabra que pude forzar a salir de mi boca.

"¡correcto! Y de nuevo, conozco el lugar perfecto", me dijo con una sonrisa.

Como dije, el tipo era un idiota. Porque el lugar que eligió fue un café con vistas al río. Sentados al aire libre, compartimos un pan francés tostado y una cesta de cruasanes mientras saboreábamos nuestros cafés. Parecía una película. Y con cada segundo que pasaba, me enamoraba más de él.

Al salir del café, Remy me llevó a los famosos Campos Elíseos, donde insistió en que debíamos hacer algunas compras. Pensé que se refería para él hasta que entramos en la tienda más cara que jamás había visto y él dijo,

"Vamos a encontrarte algo atrevido. Siempre te vistes tan conservadora. Necesitas algo que llame la atención de todos. Necesitan verte como yo te veo", dijo, guiándome a través de una tienda de alta gama en la Avenida Montaigne que hizo llorar a mi billetera.

"Esto", dijo, seleccionando una chaqueta y pantalones de un estante.

"¿Sin camiseta?" pregunté, mirando alrededor la selección.

"¿Con un cuerpo como el tuyo?" bromeó. "Sería un desperdicio. Vete", dijo, instándome a marcharme.

Al probarme ese atuendo y otros, y luego modelarlos para él, me sentí como una muñeca. Cada vez que deslizaba su mano por las costuras para verificar su ajuste, mi corazón latía con fuerza. Tenía que saber lo que me estaba haciendo, ¿no?

No poder tocarlo mientras él me tocaba era una tortura. Y la forma en que me miraba cuando encontraba un atuendo que le gustaba hacía que en mi cabeza surgieran pensamientos de él empujándome al vestuario, desnudándome y posesionándose de mí.

"Quizás estas gafas, para resaltar tu lado intelectual", sugirió, mientras se inclinaba y me colocaba un par de gafas de sol de tono suave en la cara. Su aroma me envolvía. Mis rodillas se debilitaron al sentir su aliento en mi mejilla.

"O este vestido para realzar tus encantadoras curvas", continuó, envolviendo mis costados con sus grandes y poderosas manos.

Mientras lo miraba en el espejo, su irritantemente encantadora sonrisa me devolvía la mirada. Sí, sabía exactamente lo que me estaba haciendo. Pues que le den, no iba a ceder a ello. Resistiría todo. Crearía una barrera entre nosotros de cincuenta metros de altura. No iba a dejarlo entrar.

Pero, con cada momento que pasábamos juntos, mi determinación se desmoronaba. Con cada caricia, el estar separada de Remy se volvía insoportable. Estaba entrando en territorio peligroso, y no podía detenerme. Así que cuando abandonamos las tiendas, con el sol proyectando hermosas rayas de amarillo y naranja en las calles de París, enredé mis dedos entre los suyos.

Fue suficiente para acallar los dolorosos gritos en mi cabeza. Por ese breve tiempo, era mío. Era todo lo que me permitiría tener con el hombre comprometido a mi lado. Y por el momento, era suficiente.

"Este es uno de mis lugares favoritos", dijo Remy mientras nos acercábamos a un restaurante informal pero concurrido para cenar.

"¿Qué lo hace tu favorito?" pregunté, queriendo saber todo sobre él.

"No lo sé. No es pretencioso."

Me reí. "Pensé que te gustaba lo pretencioso."

"¿Yo? ¿Estas bromenado? Todo lo que necesito es una botella de Château Pétrus Pomerol y un poco de Époisses de Bourgogne en una galleta y no podría estar más feliz." Remy hizo una pausa. "Vale, lo oí. Pero todavía lo niego".

"Ahh, el pobre niño rico que no puede reconocer su privilegio", burlé.

Eso lo desconcertó. "Te traje aquí por la sopa de cebolla francesa. ¿Qué podría ser menos pretencioso que eso?"

"¿Qué la sopa de cebolla francesa?" pregunté, sorprendida. "¿Qué tal cualquier cosa?"

"Pero estamos en Francia. Aquí simplemente se llama sopa de cebolla".

Lo miré y negué con la cabeza. Era tan ingenuo que era adorable. Y mientras comía lo que tenía que ser la sopa más increíble de mi vida, me divertí viendo al grandote que estaba sentado frente a mí haciendo pucheros.

Seguía haciendo pucheros cuando salimos del restaurante y fuimos a buscar postre.

"¿Estás bien?" pregunté, tomando su mano de nuevo.

"¿Viste cuánto queso agregué a la sopa? No soy pretencioso. No podría ser más básico si lo intentara".

"Remy, pediste Gruyère aparte", señalé.

"¿Y? Ese es el queso que ponen en la sopa de cebolla".

Me reí. "Remy, eres pretencioso. Acéptalo. ¿Por qué te molesta?"

"Porque no quiero que haya una distancia entre nosotros".

"¿Una distancia? ¿Qué quieres decir?"

"No quiero que haya una parte de mi vida en la que tú no te sientas cómoda", dijo, llevando mi mano alrededor de su brazo.

"Quizás esté bien que no seamos exactamente iguales. Tal vez nuestras diferencias son lo que el otro necesita. Y al ser auténticos el uno con el otro, llegaremos a un lugar al que no podríamos llegar por nosotros mismos", dije con vulnerabilidad.

"Entonces, ¿estás diciendo que hay un "nosotros"?" contestó Remy, con arrogancia.

"¿No escuchaste nada de lo que acabo de decir?"

"¡No! Pero he confirmado que hay un "nosotros". ¿Dijiste algo después de eso?" preguntó, contento con él mismo.

Rodé los ojos y negué con la cabeza. "¡Hombres!"

"¿No los amas?" bromeó Remy.

"¡Apenas!" bromeé.

Probando una variedad de postres, nos metíamos y salíamos de entre las luces de la calle, encontrando nuestro camino de regreso al Sena. Caminando sobre los adoquines junto al río, mientras el bullicio de la ciudad se desvanecía en el fondo, los dos nos perdimos explorando los dulces. Cada uno era mejor que el anterior. Y cuando se terminaron, ambos estábamos repletos y en silencio.

"No podría haber imaginado un día mejor," le dije mientras las luces de la calle parpadeaban sobre el agua ondulante.

"Este podría ser mi día preferido en la vida," admitió Remy, sin mirarme mientras lo decía.

"¿Qué ocurre?" Le pregunté, acercándolo a mí.

"Deberíamos volver. Hay lugares a los que quiero llevarte por la mañana y ninguno de los dos ha descansado mucho."

"No estoy segura de que dormir sea parte de mi futuro cercano. ¿Estás seguro de que no quieres ir a un bar a probar un poco de vino francés?" Le pregunté, sin querer que el día terminara.

Se giró para mirarme. Una tristeza profunda llenaba sus ojos. No lo entendía. ¿Dónde estaba aquel seductor incansable que me había vuelto loca durante todo el día?

"No. Debemos terminar por hoy. Pero mañana," dijo con melancolía.

"De acuerdo," respondí, ocultando mi decepción.

¿Estaba pasándome de nuevo? ¿Me había hecho enamorarme de él solo para romperme el corazón?

No. No iba a pensar en eso. Remy era mucho más que un simple coqueteo. Durante estos últimos meses, había hecho más por mí de lo que jamás podría soñar. Si su humor había cambiado, o si había decidido que ya no quería estar conmigo, tenía que haber una buena razón para ello.

No iba a dejar que me hiciera daño. Pero tampoco podía dudar de que se preocupaba por mí. Tenía que dejarle ser él mismo.

"¿No estás enfadada, verdad?" preguntó Remy, diciéndome cuán mal estaba ocultando lo que sentía.

"Remy, incluso si lo estuviera, espera un minuto, cambiará."

"¿Tus sentimientos y el clima, huh?"

Sonreí dolorosamente, reconociendo que era cierto.

Con eso, Remy pasó su brazo alrededor de mí, apretándome fuerte. Fue un bonito premio de consolación. Mientras caminábamos de vuelta a su lujoso apartamento, sujetó mi rostro entre sus manos y miró desesperadamente en mis ojos.

El calor recorrió mi cuerpo. No sabía si venía de él o de mí. En cualquier caso, podía ver que me deseaba tanto como yo a él. Entonces, ¿por qué no se acercaba? ¿Por qué no me besaba?

"Buenas noches," dijo, tocando mis labios con la frente.

"Buenas noches," le dije, haciendo todo lo posible por esbozar una sonrisa antes de que me soltara y desapareciera en su habitación.

Escuché en silencio. ¿Había cerrado la puerta con llave? No parecía que lo hubiera hecho. ¿Era esa mi invitación? No lo creía.

Decepcionada, fui a mi habitación, me desvestí y me acosté. Soñé con Remy. En el sueño, él probó mi pomo de la puerta. Al encontrarlo sin cerrojo, entró y me encontró desnuda y dormida.

Incapaz de resistir la vista, se subió encima de mí y consumió mi cuerpo. Viéndolo hacerlo como si mi cuerpo fuera de otra persona, ansiaba tenerlo. Y los gritos que hicieron los dos mientras él dominaba, me volvieron loca.

Al abrir los ojos sola en mi cama, mi corazón latía. Al darle la vuelta para escapar de la luz de la mañana, encontré que mis sábanas estaban húmedas. Dios mío, era como si volviera a tener 14 años soñando con el único chico que quería entonces.

Remy siempre había sido el único chico que deseaba. Anhelaba genuinamente a aquel hombre.

Fue entonces cuando me di cuenta de algo. Que estuviera o no con alguien, nunca podría dejar de sentir lo que sentía por él. Tenía que aceptarlo.

Y cuando lo hice, perdoné a mi madre. Antes de descubrir que el hombre que creía que era mi padre era un vampiro, siempre veía gente en la ventana de su apartamento. Pensaba que esa era su familia. También pensaba que yo era el producto de una aventura amorosa.

No estoy segura de por qué pensé eso. Quizás fue algo que el vampiro me obligó a creer una de las muchas veces que lo confronté. Tal vez pensó que eso me haría dejar de aparecer en su puerta.

Cualquiera que fuera la razón, crecí pensando que era el producto de una aventura y resentía a mi madre por ello. Era simplemente parte de mi realidad. Ya fuera cierto o no, se había convertido en algo que tenía que superar. Y ahora lo había hecho. Estando con Remy, finalmente entendí cómo las personas se enamoraban de alguien que ya estaba en una relación.

Mientras yacía en la cama preguntándome qué iba a hacer, miré el techo con incrustaciones. Me perdí en ello. Cuando volví a la realidad, fue pensando en compartir mi cama con Remy. Me imaginaba a los dos mirando juntos el techo. Mi pecho se encogió de dolor al pensar en ello.

Esto dolía demasiado. Necesitaba levantarme. Al salir de la cama, me quedé de pie frente a la puerta de cristal que llevaba al balcón, dejando que la luz de la mañana tocara mi piel desnuda.

Mirando hacia afuera, admiré la terraza de madera rodeada de cómodos muebles de patio. Desearía poder salir y tumbarme desnuda al sol. Tal vez lo hubiera hecho si más de un lado hubiera sido un muro de árboles.

Por otra parte, ¿no eran los franceses menos puritanos con la desnudez que los estadounidenses? Si alguien saliera a su balcón y me viera tomando el sol desnuda, ¿le importaría?

Decidiendo que era mejor no averiguarlo, en lugar de eso me dirigí al armario. Al abrirlo, me sorprendió encontrar los conjuntos que había probado el día anterior añadidos a la selección. ¿Cuándo había comprado Remy incluso esos, mucho menos los había enviado aquí?

Eligiendo el que más le gustó a Remy, me vestí y fui a la sala de estar emocionada por ver su reacción.

"Buenos días," dijo con una sonrisa mientras sus ojos me recorrían.

"Buenos días," respondí, complacida con su reacción.

"¿Has dormido bien?"

Recordando mi sueño, sentí mis mejillas arder. "Supongo", dije, sopesándolo contra la inquietud que había creado. "¿Y tú?"

"Fue una noche agridulce", admitió.

"¿Por qué?"

"No dejé de pensar en ti en toda la noche", dijo, volviendo a sus formas coquetas.

Lo miré. "Sabes, si sigues hablando así, más te vale estar preparado para dar seguimiento, Señor", dije, acercando mi cuerpo a centímetros del suyo.

Esperaba que me besara. Al menos, eso esperaba. Pero en lugar de eso, él dejó de lado su encanto y dijo tranquilamente: "Entendido".

Me decepcionó. ¿Significaba esto que su coqueteo siempre había sido sólo un acto?

"Creo que he planeado un día bastante bueno", dijo mientras caminaba casualmente. Mi pecho dolía al verlo marcharse.

"¿Ah sí? ¿Por qué no compartes?"

"¿Eres del tipo que le gusta saber cómo terminará la historia o prefieres las sorpresas?"

Pensé en ello. Era una buena pregunta. Si supiera que nunca sucedería nada entre nosotros dos, ¿querría saberlo?

"Sorpréndeme", le dije, forzando una sonrisa.

"De acuerdo", dijo, devolviéndome la sonrisa débilmente.

Recogiendo nuestras cosas, nos dirigimos a un restaurante. Nuestro desayuno consistió en salmón y un huevo frito sobre un donut. ¡Vaya!

De ahí fuimos a un museo llamado Orsay. En él había pinturas de las que había oído hablar toda mi vida. Van Gogh, Monet y Gauguin habían sido solo nombres. Pero ahora, allí estaban sus pinturas frente a nosotros. Y nosotros nos sacábamos selfies con ellas mientras hacíamos tonterías.

Después recorrimos la exposición itinerante del museo. Contaba con el cuadro "El Grito", que estoy bastante segura de que fue mencionado en 'Plaza Sésamo'. Mi cerebro casi explotó al considerar que estaba de alguna forma parada en frente de él.

Por fascinante que todo fuera, cuando salimos del museo, era tarde. Un día entero había pasado volando. Al principio, me sentía demasiado vestida y cohibida entre los turistas. Pero rápidamente me perdí en el arte. Había mucha más belleza en el mundo de la que jamás había considerado.

"Gracias por mostrarme esto", le dije a Remy mientras salíamos, pasando por un gran reloj y una pared de cinco pisos de ventanas que recordaban a la estación Grand Central.

"Pensé que te gustaría", dijo con una sonrisa.

"Considerando que era un poco pretencioso, supongo que es uno de tus lugares favoritos", lo provoqué.

Remy se sonrojó. "Lo es."

Sonreí. "Ahora también es uno de los míos."

Remy me miró, conmovido. Fue entonces cuando tomó mi mano. Nunca antes había hecho algo tan íntimo. Me gustaba. Quería más.

"¿A dónde vamos ahora?" dije, sin querer que este día terminara.

"Los spoilers arruinan la sorpresa", dijo, luciendo complacido consigo mismo.

Cuando llegamos, tuve que admitir que su arrogancia estaba bien merecida. Porque allí estaba ante nosotros, el símbolo más icónico de Francia, la Torre Eiffel. Quedé atónita.

Se veía exactamente como en las fotos. Y con la puesta del sol, sus luces la iluminaban.

Mirándola, una lágrima recorrió mi mejilla. No sabía por qué estaba llorando, pero lo estaba. Todo era simplemente perfecto. Sin apartar mis ojos de ella, apoyé mi cabeza en su hombro.

"Gracias", susurré, sin poder decir nada más.

"De nada", respondió, atrayéndome hacia sus brazos.

Ya no podía resistirlo, tenía que besarlo. Necesitaba estar más cerca de él. Así, con mi corazón palpitando y mi puño apretándose, estaba a punto de atraerlo hacia mí cuando…

"¿Qué fue eso? ¿Qué está pasando?" dije mientras la Torre Eiffel comenzaba a parpadear.

"Eso es por nosotros", dijo.

"¿Qué?"

"Dije que me avisaran cuando nuestra mesa estuviera lista. Ahí está", dijo, señalando hacia la torre.

"No lo hiciste", dije, sin saber ya qué creer.

"Ahí está", repitió, señalando de nuevo. "Nuestra mesa está lista."

"¿Nuestra mesa donde?"

Sonrió.

Subir en el ascensor al restaurante dentro de la Torre Eiffel fue increíble por sí solo. Pero la vista desde el restaurante era impresionante.

Sentados junto a la ventana, París brillaba debajo de nosotros. Apenas podía apartar la vista. Cuando lo hice, fue para ver a Remy sonriendo.

"La primera vez que vine aquí de niño con mi familia", dijo, atrayendo mi atención. "No supe apreciarlo. Debo admitir, que experimentándolo ahora a través de tus ojos, estoy empezando a ver cuánto me perdí. Estoy empezando a aprender que el privilegio tiene sus desventajas."

Quería contradecirle, pero no pude. ¿Cómo debe ser dar por hecho vistas como esta? ¿Qué espacio deja para la maravilla cuando tu vida es tan asombrosa que no puedes apreciar esto?

Por primera vez desde que conocí al guapo hombre frente a mí, sentí lástima por él. No de una forma cruel. Más bien sentía simpatía.

No era un dios, no importa cuánto se pareciera a las esculturas de ellos en el museo. Tampoco era un estereotipo de hombre lobo. Era un hombre lleno de esperanzas, sueños y miedos. Quizás los dioses de la leyenda eran igual. Tal vez, eso es todo lo que somos sin importar cuánto poder o dinero tengamos.

Estiré la mano por encima de la mesa pidiendo la de Remy. Me la dio. Lo amé por eso. No la solté hasta que el camarero trajo nuestra comida, todo cuatro cursos de ella.

"Eso fue increíble", le dije, más feliz que nunca.

"Me alegro de que te gustara. Es tradición terminar las cosas con un vino de postre. ¿Te interesa?"

Lo consideré. "Sí. ¿Vi algunos en la estantería de vinos de tu casa?"

"Buen ojo. Así es.", el respondió.

"No lo hice. Solo adiviné," confesé.

Remy rió a carcajadas. "Buena suposición. ¿Te gustaría volver y probar un poco más?"

"Creo que me gustaría eso," le dije, sin querer que saliera de mi vista.

"Entonces deberíamos ir," dijo, con las mejillas sonrojadas.

Al salir del restaurante y entrar al ascensor, tomó mi mano. Sentí una corriente de calor fluyendo por mí. Me sentía eléctrica. Vestida como estaba, no había cómo ocultar lo que él me provocaba. Mi cuello y pecho expuesto brillaban pidiendo su toque. Mi corazón palpitante suplicaba por su beso.

Cuando la fresca brisa de la noche acarició mi cálida piel, temblé. No podía pensar. Mi cerebro dejó de funcionar. Lo único que podía hacer era seguir su guía y estaba dispuesta a hacerlo. Porque a medida que las cosquillas danzaban alrededor de mis bolas haciéndome dura, supe que ya no podía resistirme a él.

Con mi corazón acelerado mientras la puerta de su apartamento se cerraba detrás de nosotros, no podía respirar. Cuando se giró dandome una mirada ardiente, lo miré fijamente. Estaba a punto de lanzarme.

"¿Vino?" preguntó alejándose hacia la cocina.

"Sí," dije sin aliento.

Incapaz de moverme, lo observé. Se movía sin esfuerzo. Tomó una botella y dos copas, me condujo al sofá. Estaba en llamas.

"¿A qué brindamos?" preguntó, su voz era un bajo manto que vibraba mi perineo.

Me reí. Era todo lo que podía hacer. Remy rió en respuesta.

Me entregó una copa, la llenó. Llenando la suya, dijo, "Sabes, Dillon, siempre me lo pones difícil."

Me detuve. "¿Cómo?"

"Siempre he sabido mi destino. Era el hijo mayor y un Lyon. Mi futuro estaba establecido. Pero desde el momento en que te conocí, he querido ser una buena persona. He querido ser digno de ti. Y luego tendría que hacer cosas que sabía que no lo eran."

"Eres una buena persona," forcé a decir.

"No lo soy. Y el problema es que sé que no lo soy. Podría haber dejado la vida de manada antes. Podría haber tomado decisiones mejores una vez que me di cuenta de que me volvías lo suficientemente loca como para arrancar puertas de las paredes. Y ahora, conociendo lo que una buena persona debería hacer, quiero abrazarte con tanta fuerza que quemaría el mundo para tenerte. Yo…"

Y fue entonces cuando lo besé. Tiré mi cuerpo sobre él y nuestros labios se presionaron. Con mi gesto, Remy se liberó.

Tomando el control, sentí su fortaleza debajo de mí. Envolviendo sus brazos a mi alrededor, sujetó la parte de atrás de mi cabeza. Rodándome y presionando mi espalda contra el sofá, acercó nuestros cuerpos y abrió mi boca.

Mientras su calor me envolvía, su lengua buscó la mía. Rápidamente la encontró, e invitó a la mía a bailar. Mi cabeza giraba mientras se enredaban la una con la otra. Y cuando su otra mano agarró mi culo y apretó, chillé de placer.

Lo quería. Lo necesitaba. Clavando las yemas de mis dedos en su espalda, tiré de su camiseta. Tenía que quitársela. Y cuando la levanté lo suficiente como para que no pudiera ignorarlo, me soltó el tiempo suficiente para quitársela.

Tirándosela por la cabeza, dejó mis labios. Su cuerpo desapareció tan solo un instante antes de volver, pero fue suficiente. Pude ver que su pecho era perfecto. Las ondulaciones de sus abdominales rivalizaban con un océano. Y su torso esculpido erosionaba el mármol. Estaba embriagada por su cuerpo.

Envolviendo mis piernas alrededor de su torso mientras nuestro beso se reavivaba, él me levantó. Mi piel ardía por tocar la suya. Desesperadamente uniendo nuestros pechos, la sensación fue todo lo que había soñado.

Cuando el mullido edredón nos envolvió, me relajé en el colchón. Subiéndose sobre mí, se alejó lo suficiente para quitarme la chaqueta. Mientras lo hacía, admiró mi cuerpo.

" Preciosa," dijo mientras me miraba.

Mi respiración se entrecortó. Me había vuelto adicta a su tacto. Retorciéndome debajo de él, tiré del edredón necesitando volver a conectar con él. Me vio retorcerme y sonrió de medio lado.

"Dime que me quieres," demandó.

No podía hablar. Lo quería. Quería todo de él. Pero nada salía de mi boca.

Su mirada me quemaba esperando hasta que dijo, "Dígalo o no, te voy a follar," declaró haciendo que mi cuerpo se estremeciera.

Fue entonces cuando lo hizo. Tomando posesión de mi cuerpo, agarró mi pecho. Su poder me quitó las fuerzas. No podría escapar aunque quisiera.

Con mis movimientos domados, aligeró su toque y trazó un camino a través de mi estómago. Masajeó las curvas. Le gustó lo que sintió. Su placer era mi droga.

No paró allí, su dedo llegó a la cintura de mis pantalones. No podía respirar. Sobrevolándola, la tiró. ¿Qué iba a hacer, desabrochármelos? ¿Parar?

No fue ninguno de los dos. Sin permiso, continuó más allá. Sabiendo a dónde se dirigía, mi coño se contrajo. Cerré los ojos sintiendo cada sensación.

Él no fue directo al grano. Presionando la tela a su alrededor, sentí su cercanía. Me puse tensa necesitándole que me tocara. Se negó.

En lugar de eso, trazó su contorno, mi mente gritaba por él para que me tomara. Cuando finalmente lo hizo, fue con agresividad. Era como si su dique hubiera roto. Había terminado de jugar. Estaba tomando lo que era suyo.

Al agarrar mi coño, gemí. Necesitaba sentir su cálida carne sobre mí. Así que cuando finalmente desabrochó y quitó mis pantalones, me derretí en la cama.

Cuando sus labios besaron mi montículo hinchado, encontré el cielo. Esto era lo que había soñado durante tanto tiempo. Remy Lyon me estaba complaciendo y se sentía maravilloso.

Con sus manos separando mis muslos, la punta de su lengua exploró mi clítoris. Apenas podía soportarlo. Agarrando las sábanas, estiré los dedos de los pies.

Aplicando presión, deslizó su lengua por mi botón de placer. Mis caderas danzaban. Al danzar conmigo, parecía disfrutarlo tanto como yo. Y cuando sus movimientos me llevaron al borde del orgasmo, me liberó. Desnudándose y colocándose un preservativo, deshizo mi cuerpo en besos ardientes.

Con la parte trasera de mis muslos presionada contra su pecho, elevó mis caderas. Inclinándose para besarme, separó mis labios. Su lengua no era la única parte de él que deseaba estar en mí, su punta buscaba mi entrada. Cuando encontró mi sexo, se detuvo.

¿Qué estaba haciendo? ¿Qué estaba esperando? Inmovilizada bajo él, no podía moverme. Estaba a su merced. Ansiaba tenerlo todo dentro de mí.

Así que cuando apoyó sus manos a ambos lados de mi cabeza y empujó, grité. Dolió pero se sentía tan bien. Lo había visto desnudo. Era grande. Pero al adentrarse en mí, parecía inmenso.

Esperaba que Remy fuera delicado, pero no lo fue. Me estaba tomando. Con su miembro poseyéndome, conocí al verdadero Remy, esa parte de él que había ocultado.

Este Remy era dominante e implacable. Me hubiera escabullido si hubiera podido, pero él no me lo permitió. Yo era suya para hacer conmigo lo que quisiera. Era arcilla en sus grandes y poderosas manos y él iba a remodelarme a su imponente imagen.

Penetrándome, gemí. Podía sentir cada centímetro. Anidado dentro de mí, mi entrada se adaptó al borde de su glande y a cada vena sobresaliente. Mi sexo ya no era mío. Le pertenecía a él. Y ahora que lo tenía, hizo lo que me dijo que haría, me hizo suya.

Lento al principio, su ritmo aumentó. Tan grande como era, su entrepierna aún golpeaba mi carne. Estaba muy dentro de mí, pero tras haberme adaptado a él, le encajaba como un guante.

Perdiéndome mientras un cosquilleo empezaba a trepar por mi muslo, me revolqué los ojos. Estaba al borde del clímax. Por los sonidos que venían de él, parecía que Remy también.

"Ahh", gemí.

No pude contenerlo. Un impulso eléctrico se abría camino a través de mí. Clavando mis uñas en su espalda, rasgué. Él se desmoronó bajo mí. Y cuando mis gritos alcanzaron un crescendo, él también lo hizo.

La descarga que liberó en mí reflejó mis temblores espasmódicos. Por un momento, fue como si mi dedo estuviera en un enchufe. No podía parar.

Pero agotado y satisfecho, el cuerpo de Remy se derrumbó sobre el mío. Sentía un cosquilleo por todo el cuerpo, abrumada por la experiencia. Ebria de éxtasis, me enredé en mi amor. Sabía que nunca lo dejaría ir. Nunca volvería a estar separada de él.

Lo amaba. Siempre lo había hecho. Y fue entonces cuando escuché las palabras que destrozaron mi corazón, cambiando el curso de mi vida.

Capítulo 11

Remy

No podía creerlo. Estaba desnudo, sobre la mujer de mis sueños con mi verga todavía dura en ella. ¿Cuántas veces lo había fantaseado? Había habido semanas tras conocerla en las que ella era lo primero en lo que pensaba al despertar y la última imagen que llenaba mi mente antes de caer dormido.

Durante tanto tiempo, ella había sido mi todo. Y ahora, aquí estabamos. La poseía. Era mía. Ya no sabía cómo vivir sin ella.

Estaba listo para huir con ella. A cualquier lugar al que ella quisiera ir, yo quería llevarla. Más que dispuesto a dejarlo todo atrás.

Que jodan mis responsabilidades, mis obligaciones. No había nada que me importara más que Dillon. Con ella entre mis brazos, mi vida parecía completa.

"¡Remy!" Escuché su voz desde el umbral de la puerta detrás de mí.

Al instante, sentí un nudo en el pecho. Mi sueño había durado justamente lo que me había llevado alcanzar el climax.

"¿Pero qué cojones, Remy?" Dijo, robándome la fuerza.

Rápidamente, me achiqué y salí de Dillon, cegado por la oscuridad mientras me daba la vuelta y enfrentaba la realidad desnudo.

"¿Qué cojones haces aquí?" Dije, mirando a mi prometida.

"¿Qué cojones hago yo aquí? ¿Y tú? ¿Estás follando con ella? Después de todas las veces que me has dicho que no había nada entre vosotros, que era sólo tu caso de caridad…"

Sus palabras eran como agua en acero fundido. Hirviendo, listo para que mi lobo estallara, salté de la cama y me puse de pie. Señalándola con intención de arrancarle la cabeza, gruñí, "Nunca dije eso. Nunca la llamé mi caso de caridad. ¡Nunca!"

"Bien," dijo retrocediendo al darse cuenta de su error. "El novio de tu hermana, o lo que sea."

"Nunca te he hablado de Dillon. No te atrevas a fingir que sí lo hice," dije, dispuesto a hacer lo que fuera para esclarecer las cosas.

"Bien. No hablaste de ella. Pero eso no te da permiso para desaparecer y follártela."

Mi lobo retrocedió.

"Es que mírate. Entro y te encuentro follándotela y tienes el descaro de decir algo."

"No te debo nada", dije desbalanceado por la situación.

"¡Me debes todo! Por lo que a ti respecta, tu vida y la de todos los que te importan están en mis manos. ¿A quién crees que matará primero mi padre cuando le cuente esto, eh? ¿Crees que podría ser la basura en la que metiste tu polla?"

"No la llames así", dije, con mi lobo resurgiendo.

"¿O quizás a tu hermana? ¿O a tu madre? ¿O crees que simplemente contratará a alguien para asesinar a todos y terminar con ello? Conoces a mi padre. ¿Cuál de esas cosas crees que no sería capaz de hacer?"

Por mucho que la odiara, sabía que decía la verdad. Su padre era un psicópata. La familia de mi padre también lo era. Nada se interponía en su camino para conseguir lo que querían y su venganza era legendaria.

"Sí, eso es lo que pensaba," dijo Eris al darse cuenta de que me tenía sometido.

Estaba dispuesto a sacrificar mi vida por cualquiera de las personas que Eris había mencionado, especialmente Dillon. Sin embargo, no podía arriesgar un sólo pelo de su cabeza para salvarme.

Para protegerlos, mi sentencia tenía que ser una vida encerrado. Lo odiaba, pero era cierto. No había salida a esta situación sin que alguien muriera. Y si yo era el que iba a matar, tendría que hacerlo a costa de estar con Dillon.

Dillon creía saber quién era yo. Pero lo que ella no sabía… no podía saber, es que era un Lyon. Provenía de la sangre de mi padre. Era capaz de hacer lo que él había hecho y más. De eso estaba seguro.

Nunca me había permitido llegar a ese punto. Soñar con tener un día una vida con Dillon me contenía. Nunca quise cruzar la línea y convertirme en un hombre con el que ella nunca podría estar. Y para liberarme de mi sentencia, ese era el hombre en el que tendría que convertirme.

¿Me convertiría en ese hombre ahora con las puertas de la cárcel cerrándose ante mí? Sería muy fácil. ¿Quién sabía que Eris estaba aquí? Con ella fuera de la ecuación, tendría ventaja sobre su padre. En cuestión de horas, su imperio podría ser mío. Podría ser el hombre más temido de Nueva York. Y todo lo que me costaría sería la forma en que Dillon me miraba.

Miré a la hermosa mujer que yacía asustada en mi cama. Sus grandes ojos, su piel cremosa, los necesitaba para respirar. El precio de mi libertad era demasiado alto. Al darme cuenta de eso, bajé la cabeza.

"Esto es lo que va a pasar", empezó Eris. "Mírame".

Sin pensarlo, me giré hacia ella.

"Dado que no soy una monstrua, te voy a dar una hora. Cuando esa hora termine, te despedirás de ella y luego nunca más la volverás a ver. ¡Nunca! ¿Me has entendido?"

Mirándola, quería romperle el cuello. No lo hice. En su lugar, aparté la vista derrotado.

"Bien. Ves, puedo ser razonable. Tengo un corazón. Pero, no te confundas y tomes mi simpatía por debilidad, porque así es como la gente termina muerta. Dime que lo entiendes."

Iba a apartar la vista en señal de vergüenza, pero no lo hice. No podía porque ya no estaba en control. Antes de poder evitarlo, mis huesos se fracturaron. La sensación punzante de la piel emergiendo me cubrió el cuerpo. Él estaba fuera, y podía oír todo lo que estaba pensando.

Haría lo que yo me negaba a hacer. Mataría a Eris. Y no había nada que pudiera hacer para detenerlo.

Con sus ojos cada vez más estrechos fijos en la asustada mujer frente a mí, mostraba sus dientes y se agazapaba listo para saltar. Pronto todo habría terminado. Mi lobo me convertiría en el hombre que había luchado por no ser durante tanto tiempo.

"¡No!" Escuché decir a una voz amable.

Mi lobo conocía esa voz. La anhelaba. Girándose hacia ella vimos a Dillon. Al menos parecía ella.

Se veía cambiada. Había alguien nuevo detrás de sus ojos. Y se sentó medio aturdida.

"Vas a matarla. Si lo haces, morirán todos los que amas. Lo puedo ver. No está mintiendo. Llegó aquí con un plan. Sabía lo que encontraría."

Mi lobo se giró de nuevo hacia Eris. Sus ojos desorbitados confirmaron lo que Dillon dijo. No parecía que había sido atrapada en una mentira, estaba asombrada por la verdad.

"Correcto," respondió ella asustada al encontrar su voz. "Justamente. Sabía lo que encontraría. Y diseñé un plan por si no lograba regresar."

En un instante, mi lobo había desaparecido. Yacía desnudo en el suelo y dije,

"Estás loca."

"Quizás," respondió ella parte confesión y parte amenaza.

"Está bien, Remy. Creo que finalmente entiendo. Entiendo todo," dijo Dillon mirándome con ojos tristes que otra vez recordaban a los suyos.

"Ya era hora," repuso Eris lentamente encontrando su fuerza. "Ahora os dejaré a los dos. Y cuando haya terminado, espero con ansias comenzar el resto de mi vida con mi futuro esposo."

Con sus palabras desgarrándome, no pude mirar mientras se iba. Esperando escuchar la puerta principal abrirse y cerrarse, me encontré atrapado en las cadenas creadas por pensar que podría tener por una vez lo que quería.

El silencio entre Dillon y yo se prolongó. Estaba demasiado avergonzado para mirarla.

"Esto no es tu culpa, Remy," dijo Dillon con voz suave.

"Es toda mi culpa," respondí.

"¿Cómo? Dime cómo algo de esto es tu culpa," insistió Dillon.

La miré preguntándome cómo podía siquiera ser una pregunta.

"Pude haber hecho más."

"¿De qué?"

"No lo sé. Más."

"Remy, tú no pediste nacer del hombre que naciste, lo mismo que yo. Ambos somos hijos del destino."

¿Era eso cierto? ¿Podría ser por eso que sentí que la conocía cuando todo lo que sabía era su nombre?

La boca de Dillon se abrió como si hiciera una última petición. "Por favor, recuéstate conmigo. Si solo nos queda una hora para estar juntos, déjame pasarla en tus brazos," dijo rompiéndome el corazón.

La miré desde el suelo. "No quiero que termine así. No lo permitiré."

"Entonces, lo haré yo. Lo terminaré. No porque tenga miedo de lo que su padre me haría. Sino porque tengo miedo de lo que te haría a ti… y a Hil, y a tu madre. No puedo ser la causa de que todos ustedes salgan heridos. No puedo," dijo con lágrimas en los ojos.

"No lo permitiría…"

"Por favor," me cortó. "Solo recuéstate conmigo. Terminemos de hacer de esta una noche perfecta," dijo limpiándose la cara con el dorso de su mano.

Sin decir una palabra más, me levanté y volví a la cama. Acogiendo su cuerpo desnudo en mis brazos, encajaba a la perfección. Con sus brazos encogidos frente a ella, mis alas la cubrían haciendo de los dos uno solo.

Pasó la hora y no hablamos. Cuando nuestro tiempo se acabó, ella se retiró amablemente y buscó su ropa. Para mi sorpresa, parecía aceptar todo.

"Dijiste que lo entiendes todo. ¿Fue porque lo viste?"

"En parte," admitió.

"¿Podrías decirme cómo supo que estaba aquí?"

"El reloj," dijo con tristeza. "La vi pagar por poner un rastreador en él."

"Esa maldita perra," dije mientras me levantaba de un salto, me lo quitaba, y lo destrozaba con una esfera de mármol que hasta ese momento no había servido para nada.

"¿Acabas de destruir dos millones de dólares?"

"Así que, era real," pregunté a Dillon.

"Sí," confirmó Dillon. "Y ella pagó casi tanto por poner el rastreador en él."

"A mí me importa un carajo."

"Vale," dijo mirándome ya completamente vestida. "Entonces, ¿esto es todo?"

"¿Acaso alguna vez es "todo" entre los dos de nosotros?" pregunté con una sonrisa.

"Sí. Porque esta vez no eres tú quien lo dice, soy yo," dijo luchando por tener valor. "Se acabó. No quiero verte nunca más. Nunca," dijo en voz baja rompiéndome el corazón.

Y con eso, salió de mi dormitorio y de mi vida mientras yo la observaba desnudo.

El inmenso dolor en mi pecho no cesaba. Miré la puerta del dormitorio cerrada mientras el eco de la partida de Dillon resonaba por la habitación. Los recuerdos de ella recorrían mi apartamento como su suave fragancia persistente.

Por mucho que quisiera sumergirme en ello, perderme por completo en el recuerdo de ella, no podía. No estaba terminado. No podía ser. Mi corazón se negaba a aceptarlo.

En el silencio ensordecedor de la habitación, un nombre se me vino a la memoria. Lucien era un lobo y había sido lo más parecido que tuve a un amigo durante mi infancia. Vivía en París y mi lobo necesitaba correr.

Agarré mi teléfono, marqué su número ya poco usado.

"Vaya momento para llamar, Remy," la fresca voz de Lucien vibró aligerando la tensión firmemente enrollada alrededor de mi pecho.

"Estoy en la ciudad. ¿Te apetece correr?"

"Hace tiempo. ¿Qué tal una copa primero?"

"Claro. Bien," dije tratando desesperadamente de escapar de los ecos del adiós de Dillon.

"¿Le Bar Diamant?" Propuso Lucien con calidez genuina igual que en los viejos tiempos.

"Ahí estaré," murmure antes de colgar.

Me puse una camiseta blanca y unos vaqueros oscuros y salí de ahí. Entrando en Le Bar Diamant, eché un vistazo. El bar estaba envuelto en una oscuridad aterciopelada.

Viendo a mi primo por primera vez en años, capté su atención. Nos dirigimos a una mesa de rincón y nos sentamos. El murmullo de las conversaciones a nuestro alrededor nos envolvía en soledad. Tan pronto como me senté, me dieron una copa, la cual tomé, y miré a mi antiguo amigo.

"Oí que te vas a casar", comenzó Lucien, moviendo suavemente el líquido ámbar en su vaso.

"Me arrinconaron", admití antes de dar otro trago.

Sus agudos ojos verdes me estudiaban. Podía ver su empatía resplandeciendo bajo la superficie endurecida de una crianza en la manada de lobos. Al ver mi incomodidad, Lucien cambió de tema.

"Tengo algo que hacer. ¿Te apetece acompañarme? Podemos salir después", dijo, su voz cobrando un tono misterioso.

"¿Ah sí? ¿Y eso qué es?" pregunté con la esperanza de que incluyese una pelea.

"Voy a una subasta."

"En serio, Lucien, ¿cuántas chucherías inútiles necesitas?"

Encogió los hombros y sonrió con un destello de picardía en sus ojos.

"De acuerdo. Vamos", le dije, terminándome mi bebida de un trago.

Siguiendo a mi primo fuera del bar y hacia la fresca noche parisina, finalmente llegamos a la subasta. Al entrar por las pesadas puertas metálicas del almacén, me di cuenta de que esto no era como las subastas a las que me había arrastrado en el pasado.

El recinto, apenas iluminado, estaba lleno de lo más rico y mimado de la sociedad francesa. Aunque sólo conocía alguno de sus nombres, reconocía a todos. Todos aquí eran humanos.

Giré hacia mi primo para descubrir qué estaba ocurriendo, parecía tenso. Sus ojos verdes saltaban de persona en persona buscando a alguien.

Mirándolo con recelo, mi lobo se puso en alerta. Era un lado de Lucien que no había visto antes. Su intensidad contenida y su extraña inquietud hicieron que pareciera que su lobo estaba de caza.

El murmullo de la multitud se desvaneció cuando comenzó la subasta. Cuando se presentaron los primeros objetos, entendí al menos parte de lo que estaba ocurriendo. Las máscaras indígenas y las espadas de hace siglos no eran piezas que pudieran venderse en una casa de subastas respetable. Porque aunque no hubiesen sido robadas de un museo, tenían que haber sido sustraídas de sus hogares culturales sin el permiso de la población nativa.

Observando a Lucien a medida que los objetos se volvían más interesantes, él no se movía. La despreocupación que había demostrado apenas una hora antes había desaparecido. En su lugar, había una seriedad mortal que no reconocía en mi amigo. Y cuando los asombros por el premio final de la noche llenaron la sala, pude oler a su lobo luchando por salir.

Volviéndome hacia el estrado de la subasta, lo vi. El último artículo de la subasta era un tigre de Bengala. Latiendo de un lado a otro en su jaula, parecía tan peligroso como aterrorizado.

No podía apartar la vista de él, era impresionante. Su majestuosidad estaba devastadoramente desubicada en el sórdido mundo en el que se había encontrado. Y al volver a mirar a Lucien en busca de sus pensamientos, vi cómo la concentración de mi primo se endurecía.

Con cada nueva puja, sus ojos se fijaban en el postor. Podía ver casi su cálculo. Era por esto por lo que había venido. Estaba aquí en una misión.

Bajo el peso de mi realización, la tensión de repente se sentía increíblemente alta. Mientras el ruido de la sala se apagaba, el subastador anunció al ganador.

Era alguien con quien mi padre había tratado. Era un jefe mafioso humano notoriamente cruel que conocía el mundo sobrenatural y conservaba partes de sus kills de cambiaformas como trofeos.

Instintivamente eché un vistazo a Lucien. La chispa en sus ojos brillaba más intensa.

"Lo compra para cazarlo y convertirlo en una alfombra", siseó Lucien, sus ojos verdes se oscurecían llenos de determinación. "¿Qué te parece si me ayudas a robarlo?"

Al oír sus palabras, mi lobo se levantó.

"Y si lo conseguimos, ¿qué harías con él?" Pregunté, sin tener claro a dónde iba todo esto.

El miró fijamente mis ojos, con una sonrisa de picardía, dijo: "¿A quién no le gustan las alfombras?"

Reí, sin estar seguro de si hablaba en serio. No sólo habíamos crecido en la vida de la manada, sino que pertenecíamos a una línea de alfas que aún gobernaban el underworld francés. La frialdad era el precio de la entrada al liderazgo en nuestra manada. ¿Era lo que mi viejo amigo había dicho una broma? ¿O me estaba presentando un lado de él que no quería conocer?

Por mucho que me inquietase su propuesta, había una parte de mí que admiraba su audacia. Más que eso, había un fuego en sus ojos al que respondía mi lobo.

"Vale, estoy dentro", dije finalmente.

La sorpresa en la cara de Lucien no tenía precio. No estaba seguro de qué esperaba que dijera, pero al mirarme, sonreía.

Al descifrar todo lo que sugería la sonrisa de Lucien, pensé de nuevo en lo que había accedido a hacer. Estaba a punto de ayudar a mi amigo a robar un tigre a un jefe mafioso rival. Luego, si sobrevivíamos a eso, tendría que convencerle de que diera la bestia a un zoo en lugar de colgar su cabeza en su pared. Nada de esto sería fácil.

Escuchando a Lucien exponer su plan, mi lobo flotó a la superficie. No era una broma que había improvisado. Estaba mortalmente serio. No sólo conocía la disposición del edificio sino que se había memorizado cada puerta y alarma.

¿Había trabajado aquí para recopilar información? Porque Lucien estaba preparado. Y todo lo que tenía que hacer era seguir su guía y ayudar a empujar la jaula cuando llegase el momento.

Deslizándonos por los pasadizos traseros del almacén, el plan de Lucien se desplegó como una creciente neblina. Nos abrazábamos sigilosamente a las paredes y nos deslizábamos bajo intrincadas alarmas. Saliendo por una ventana, nos lanzamos a un balcón que parecía demasiado lejano. Habiendo vivido una vida llena de momentos de frenesí, este tenía que ser el que más los superaba todos.

De vuelta en el interior y ahogados en adrenalina, el plan de Lucien había funcionado. Eso fue hasta que un simple traspié activó una alarma. Nos quedamos inmóviles, listos para movernos. Mi mente giraba a toda velocidad. ¿Estábamos descubiertos? Los segundos parecían eternos antes de que la alarma se apagara de repente.

Lucien suspiró de alivio, una media sonrisa jugando en su rostro. Yo simplemente moví la cabeza, mi estómago tensándose por la tensión. Este temerario juego entre la vida y la muerte resultaba dolorosamente familiar. Y si yo sabía algo acerca de situaciones como ésta, era que el peligro apenas acababa de comenzar.

No pasaron más que segundos para que se demostrara que tenía razón. Mientras descendíamos por los pasillos, un hombre grande vestido con un esmoquin barato dio la vuelta a la esquina y se dirigió directamente hacia nosotros. Había venido a investigar la alarma y cuando su chaqueta ondeó a su lado, vi que estaba armado.

Antes de que pudiera reaccionar, Lucien respondió lleno de encanto. Hablando en francés, tejió una extensa historia de confusiones con el papeleo y repartidores ausentes. Llegó hasta mostrar una identificación para corroborar sus afirmaciones. Fue una actuación impecable.

El guardia de seguridad, a pesar de estar reassuredpese a su molestia porque no seguíamos el código de vestimenta, pidió mi identificación para confirmar nuestra historia. Mientras abría la boca para hablar, Lucien me interrumpió.

"Oh, él es mi hombre nuevo. Todavía no tiene identificación. Carne fresca. Ansioso, pero no distingue su izquierda de su derecha."

Su encanto y radiante sonrisa finalmente desarmaron completamente al hombre de seguridad. Para cuando Lucien terminó con él, nos estaba escoltando hasta el tigre. Tuve que hacer un esfuerzo por no sonreír mientras lo seguía.

Cuando surgió más confusión frente al hombre que custodiaba la jaula, Lucien se ocupó también de eso. Al final, fue el hombre de seguridad quien insistió en que el guardia nos cediera el tigre. Fue una obra de arte.

Riendo mientras empujábamos la jaula por el sombrío pasillo, dije: "Eso fue más fácil que entrar en los clubes americanos cuando éramos niños."

"Ayuda cuando ambos parecemos haber pasado la pubertad", replicó Lucien acusadoramente. "Pero no eches a perder esto, Remy. Aún no hemos terminado", afirmó, sin desviar su concentración.

"Por cierto, ¿cómo planeas sacar esto de aquí? ¿El metro?"

Él sonrió con picardía y luego señaló delante de nosotros hacia una furgoneta discreta en el estacionamiento.

"Genial. ¿Eso es tuyo o también lo vamos a robar?" Pregunté confundido.

Sin decir una palabra, Lucien rodeó la furgoneta mientras nos acercábamos y abrió las puertas traseras. Bajó unas rampas metálicas y me miró esperando a que yo hiciera mi parte.

"¿Así que me trajiste para hacer el trabajo pesado?" Bromeé.

"No te traje por tus sesos", Lucien replicó pícaro.

"Canalla."

"Norteamericano."

"¿Cómo te atreves?" Exclamé, entrecerrando los ojos listo para pelear.

Conteniéndolo tanto como pude, no tardé en estallar en risas. Este era nuestro habitual intercambio de palabras. Su familiaridad se sentía bien en medio de la absurdez de todo lo que estaba sucediendo. Y no me refería solo al tigre que miraba mi mano en la jaula como si fuera un chorizo.

Riendo conmigo, Lucien bajó y me ayudó a empujar la jaula hasta la furgoneta. Mientras nos alejábamos, mi mente se volcó hacia el animal que transportábamos. Era mi turno de ejecutar una misión. Tenía que convencerlo de que lo donara a un zoológico en lugar de hacer cualquier otra locura que tenía planeada.

Consideré apelar a su orgullo y luego a su conciencia. Pero antes de que pudiera decir una palabra, él entró en un callejón y apagó el motor. Tan pronto como todo se quedó en silencio, un hombre africano de menor estatura se acercó a la furgoneta.

"Lucien", declaró, "¿dónde está?"

"En la parte trasera."

"Muéstramelo", insistió el hombre con un acento africano.

Yo seguí a Lucien fuera de la furgoneta y rodeé hasta la parte trasera. Al abrir las puertas, la bestia agitada rugió.

"Es precioso. Te prometo que le ayudaré a recuperar su capacidad de transformarse."

Los ojos de Lucien se encontraron brevemente con los míos.

"Cumple tu palabra y no tendré que venir a buscarte."

El hombre pequeño miró a mi musculoso primo sin intimidarse.

"No te preocupes. Lo haré. Él es uno de los nuestros."

Tan pronto como Lucien dijo eso, inhalé buscando ese tenue aroma que solía acompañar a los cambiaformas. Estaba allí.

"Bien", dijo Lucien, extendiendo las llaves de la furgoneta para que el hombre las cogiera.

Lo suficientemente cerca para tomarlas, la atención del hombre se desvió abruptamente hacia mí.

Me miraba intrigado. Con las llaves en el bolsillo, su mano regresó con algo pequeño.

"¿Puedo?" preguntó, sosteniéndolo entre nosotros.

Me acerqué para verlo mejor.

"¿Es eso un hueso?" pregunté confundido.

"Es un sangoma."

"¿Qué es eso?"

"Piensa en él como un brujo africano."

"¿Quién lleva huesos en su bolsillo?" pregunté inquieto.

"Los huesos me conectan con los antepasados de mi gente."

"Los lee como las brujas leen las cartas del tarot y las hojas de té."

"Ya veo. ¿Y quieres leerme a mí?" Le pregunté.

"Si me lo permites."

Miré a Lucien.

Él se encogió de hombros.

"De acuerdo", acepté divertido.

El moreno sacó un puñado de huesos de su bolsillo y se arrodilló. Los echó al suelo delante de él, tocando cada uno y observando su posición relativa con respecto a los demás.

"Dicen que estás enamorado…"

Estaba a punto de quedar impresionado cuando añadió,

"…de una profecía".

Contuve la risa por respeto.

"Entiendo".

"No tienes idea de lo que estoy hablando, pero lo tendrás. Cuando lo hagas, te sorprenderás."

"Lo espero con ansias," dije siguiéndole la corriente. "Lucien, ¿no había algo que debíamos hacer esta noche?"

"Quieres huir," dijo el hombre pequeño mientras recogía sus huesos. "Pero no puedes huir de esto. Mis antepasados lo han previsto."

Miré a Lucien preguntándome qué debía decir a continuación.

"Le agradecemos por la lectura," respondió Lucien preparándose para marcharse. "Cumple tu promesa con el cambiaformas."

"Restauraré su orden natural," dijo el hombre mirándonos serenamente.

"Bien. Vamos," dijo Lucien guiándome lejos.

Cuando nos habíamos alejado lo suficiente por el callejón como para que el hombre que se subía a la furgoneta no pudiera oírnos, pregunté,

"¿Qué fue eso?"

"Ya sabes cómo son las brujas. Siempre hay alguna profecía de la que están hablando. Aunque, es la primera vez que oigo que alguien está enamorado de una. ¿Es algo casual o estás en esto a largo plazo?" bromeó.

"¿Yo? ¿Establecerme con una profecía? Me conoces mejor que eso," dije con una sonrisa.

Lucien se rió.

"Pero, en serio," comencé. "¿Cómo supiste que el tigre era uno de nosotros? No podía olerlo. Ni siquiera de cerca."

"Historia larga."

"Tengo tiempo."

"Pensé que dijiste que querías salir corriendo", dijo Lucien cambiando de tema y apresurándose a continuar.

Al ponerme al día con él mientras volvía a subir por el callejón, observé a mi amigo de la infancia. No era la persona que una vez conocí.

Había crecido junto a Lucien. Durante un tiempo, los dos éramos prácticamente uno. Él conocía todos mis secretos y yo conocía los suyos.

Pero aquel era el pasado. Nada de lo que sabía sobre él me podría haber preparado para esta noche. ¿Se había convertido en algún tipo de salvador de cambiaformas? Considerando la complejidad de su plan, esto no podía haber sido su primer golpe.

¿Era este el verdadero yo de Lucien? ¿Era esto lo que le daba su mayor alegría? Quizás nunca había conocido a mi primo en absoluto. ¿Era culpable de eso? ¿También era mi culpa que él no me conociera?

Las semanas pasaban y la continua ausencia de Dillon parecía grabarse cada vez más profundamente en mi alma. Se habían ido los momentos robados, los regalos que la hacían sonreír y la creencia de que eventualmente estaríamos juntos. Lo único que me quedaba eran los amargos recuerdos de lo que tuvimos y podríamos haber sido.

Eris, por supuesto, era ajena a lo que yo sentía. Lo único que le importaba era planificar nuestra boda. ¿Tenía que saber que todo era falso, no? ¿Que yo solo estaba ahí para salvar la vida de todos los que amaba?

Tal vez lo entendió y actuaba mejor que incluso yo. Una vez dijo que tenía tan poca elección para casarse como yo. Pero la forma en que sus ojos brillaban mientras elegía la vajilla y las piezas centrales me hacía preguntarme.

Sentado en mi mesa de comedor junto a Eris con nuestra planificadora de bodas dando forma a la sentencia que tendría que cumplir, volví a cuestionar cada decisión que había tomado alguna vez. Mientras lo hacía, Eris extendió la mano a través de la mesa hacia la mía. Sus dedos apenas rozaron los míos antes de que retiré mi mano.

No había sido intencional. Tenía que estar completamente concentrado para que mi cuerpo actuara en contra de lo que quería y hoy mi mente estaba en otro lugar. Simple y llanamente había reaccionado.

Al levantar la vista hacia Eris, atrapé el atisbo de dolor en sus ojos. ¿Por qué? Más que nadie, ella sabía que lo que teníamos era una mentira. Trataba de hacer lo que estaba bien.

¿No podía ver el esfuerzo que estaba haciendo? Estaba aquí, ¿no? En ningún momento había matado a ella o a su padre para evitar esto. ¿Qué derecho tenía a sentirse herida por algo que no podía evitar?

Horas después, cuando la planificación de la boda había finalizado misericordiosamente, me encontré a solas con Eris. Ya habíamos estado aquí antes. Nunca había tenido que decirle a Eris que se fuera. Siempre lo había hecho sin preguntar. Pero esta noche había algo diferente en ella. Esta vez, mientras se sentaba mirándome, vi un brillo en sus ojos.

"Quiero hacer algo por ti," dijo con una sonrisa.

"¿Quieres regalarme otro reloj?"

La mandíbula de Eris se tensó antes de relajarse. "No. Esto es mejor. Te va a gustar".

"¿Verdad?"

Negó con la cabeza antes de ponerse de pie. Buscando el control remoto para el sistema de sonido, lo encendió. La música que sonaba no era de ninguna de mis listas de reproducción. Ella la había programado. ¿Qué estaba haciendo?

A medida que los sonidos lentos y sensuales emanaban de los altavoces, bajó las luces. Estaba creando ambiente. ¿Para qué? Cuando se colocó a un brazo de distancia frente a mi silla, lo descubrí.

Eris no tenía un mal cuerpo. Todo lo contrario. Sus suaves curvas, las sutiles líneas que cruzaban su estómago, era el sueño de todo chico de 14 años. Y la forma en que movía sus caderas al ritmo de la música me provocaba pensamientos. No pude evitarlo. Incluso un hombre gay apreciaría lo que estaba viendo.

Mirándola, no había duda de lo que estaba haciendo. Se había cansado de esperar a que yo diera el primer paso, así que me estaba seduciendo. Extrañamente, estaba funcionando sorta.

En el tiempo antes de que Dillon se convirtiera en mi mundo, las mujeres como la que tenía delante eran mi escape. En otro tiempo y lugar, Eris y yo podríamos haberlo pasado muy bien juntos.

Alcanzando mi bebida, di otro sorbo mientras Eris se quitaba la camiseta. Llevaba un sujetador que apenas estaba allí. Dios, que bien se veía. Objetivamente hablando, la mujer estaba hot. Tomé otro sorbo, y antes de inclinarme y hacer algo de lo que me arrepentiría, consideré mi bebida.

¿Cuántas copas había tomado? Sin duda, había bebido una para ayudarme a superar la planificación de la boda, pero ¿cuántas después de esa? ¿Fue solo una? No había vuelto a llenar mi copa.

Recordando la noche, podía recordar a Eris preguntándome si necesitaba otra. Había dicho que sí a regañadientes. Después de eso, nunca hubo un momento en el que mi copa estuviera medio llena. ¿Cuántas había bebido sin darme cuenta, siete? ¿Ocho? ¿Cómo de borracho estaba?

Miré de nuevo a Eris quien ahora estaba desnuda excepto por dos piezas de tela transparente que cubrían sus pezones y pechos hinchados. Sí, ella estaba jodidamente caliente. No había duda al respecto. Pero ¿es esto lo que quería?

¿Quería que esta mujer me follara como lo había estado haciendo su padre durante demasiado tiempo? No lo quería. Así que cuando se arrodilló frente a mí acariciando mi pecho como un gato, me tensé. Mi polla dura podría haberle dado una impresión equivocada, aunque. Frotándose contra ella y estrujándola, se excitó.

"Únete a mí," dijo levantándose y contoneándose hacia mi habitación.

Sin quitarme los ojos de encima, se quitó lo que quedaba de su sujetador y lo tiró al suelo. Sí, tenía unas tetas bonitas. Y al quitarse lo que quedaba de sus bragas, se apoyó desnuda completamente en el marco de la puerta.

"Podrías tenerme de la manera que quisieras," dijo antes de desaparecer dentro.

¿La deseaba? ¿Deseaba algo de ella? ¿Cómo sería mi vida si simplemente dijera sí?

Capítulo 12

Dillon

Las escaleras crujían bajo mi peso mientras descendía a la cocina de Cali, llena de cosas pintorescas. El aroma de tocino y gofres me atraía hacia ella, podía olerlo desde mi habitación.

¿Puedes imaginarte mi sorpresa al entrar y encontrar a Hil en la estufa? Estaba cocinando todo por sí misma. Ajustaba el tocino con una mano y apilaba una montaña de gofres con la otra.

"¿Quién lo hubiera pensado?" bromée, tratando de aligerar mi propio estado de ánimo mientras entraba. "Hil Lyon, príncipe de la mafia convertido en chef maestro."

Fue Cali quien rió primero. Sus hombros se sacudieron mientras vertía café en un conjunto de tazas que no coincidían. "Deberías haberla visto cuando nos conocimos por primera vez."

"Oh, puedo adivinar. Hil, ¿le has contado a Cali sobre la vez que vine y decidiste que querías huevos revueltos?"

"¡Ay Dios!" se lamentó Hil.

Con toda la atención de Cali, comencé con la historia.

"Mi madre estaba de compras para algo. No sé qué."

"Necesitaba nata montada para hacer el tortellini favorito de mi padre." Hil miró hacia arriba, le divirtió una idea. "Y ahora sé lo que significan todas esas palabras."

"¿Tortellini?" Cali bromeó.

"Nata montada. Recuerdo que ella nos lo dijo y yo pensé, ¿qué tiene que ver el peso con algo? ¿Era crema para personas regordetas?"

"De todas formas," interrumpí. "Hil decidió que iba a hacernos huevos. Así que sacó dos huevos de la nevera y los metió en el microondas porque era lo único que sabía hacer."

"Los microondas cocinan cosas y yo quería los huevos cocidos. Así que los metí en el microondas," explicó Hil entre nuestras risas.

"Oh no," exclamó Cali.

"Oh sí", confirmé. "Mi madre tuvo que pasar el resto del día limpiando huevos explotados de todo."

"¿No hizo que Hil lo limpiara?" preguntó Cali.

"¿La príncipe?" bromeé.

Hil miró a otro lado avergonzada. "Lo habría hecho si me lo hubiera pedido. Me sentí mal."

"No, cariño, mi madre quería que estuviera limpio. Si te hubiera pedido que lo hicieras, todavía estarías trabajando en eso hoy."

"¿Y quién habría preparado este desayuno increíble?" Cali intervino como buen novio.

"Os odio a los dos," bromeó Hil, lanzando un paño de cocina a Cali.

Observé la interacción de Hil y Cali. Los celos retorcían mis entrañas. Se reían. Se burlaban. Eran felices.

Deslicé mis dedos sobre la mesa desgastada mientras mi mente volvía a Remy, la causa de mi pena. Su ausencia resonaba en el vacío que sentía. El peso de eso me agotaba.

"Odio lo que te ha hecho, Dillon," murmuró Hil después de un breve silencio.

"¿Quién?"

"Sabes quién. Remy debería haberlo sabido."

"No te permitiré que le culpes, Hil," replicé, mis palabras cortantes – más de lo que había pretendido. Ante la expresión desconcertada de Hil, dejé escapar un suspiro, pasándome una mano por mis rizos sueltos.

"Me advertiste exactamente lo que pasaría si me dejaba caer por él. Me lo dijiste y elegí ignorarlo. Así que lo que pasó depende tanto de mí como de Remy. Si no es más."

Jugando con los cubiertos, evité la mirada empática de mis dos amigos. Cali aplaudió, mirándome significativamente. "No, Dillon. Y lamento decir esto sobre tu hermano, Hil, pero ese hombre es un imbécil y un gilipollas."

"Así que, ¿estás diciendo que puede irse al diablo?" pregunté después de pensarlo un poco.

Cali se quedó pensando en lo que había dicho antes de relajarse en una risa. Hil y yo nos unimos.

"Sí, puede irse al diablo," aclaró Cali.

"Pero, si pudiera hacer eso, ¿por qué dejaría mi casa?" preguntó una voz, atrayendo nuestra atención hacia la puerta.

"¿Remy?" dije inmediatamente, inundada por todas mis emociones dolorosas.

Cruzando la cocina y agarrando la camisa formal de Remy con sus puños, Cali estaba furioso.

"Tienes mucho valor apareciendo aquí después de la mierda que has hecho," espetó Cali.

No lo había visto desde que lo dejé en su dormitorio en París. Pero allí estaba, enmarcado por el sol de la mañana. Sus anchos hombros llenaban la puerta de la cocina y, a pesar del agarre amenazador que Cali tenía sobre él, sus oscuros ojos se encontraron con los míos.

Parecía… destrozado, como si una tormenta hubiera lastimado su espíritu. Esto estaba muy lejos de su acostumbrada compostura. Incluso su habitual camisa, siempre impecable, le colgaba descuidadamente.

"No te pongas nervioso, paleto. Solo estoy aquí para hablar con Dillon," dijo sin su combatividad habitual.

"No," Hil escupió, poniéndose delante de mí como si quisiera protegerme de la mirada de Remy. Cuando Hil habló de nuevo, su voz burbujeaba de rabia. "No, has perdido ese derecho."

La negativa rotunda de Hil penetró en la fachada de Remy. Su expresión habitualmente controlada se suavizó. Tristeza destelleaba en sus ojos. "Hil, no entiendes," comenzó Remy, la rudeza en su voz me desgarraba el corazón.

"¿Qué? ¿Que hiciste lo que tenías que hacer porque Armand había amenazado de manera no muy sutil con matarnos a todos?" dijo Hil fríamente.

"No, que no soy nuestro padre," corrigió Remy.

"¿Qué?" preguntó Hil desconcertada.

Remy suspiró.

"El padre simplemente hubiera resuelto algo así. Se hubiera llevado a algunos de sus hombres y hubiera empezado una guerra que dejaría un rastro de sangre en las calles," dijo Remy, frunciendo el ceño.

"Sé que piensas que yo también soy así. Y quizás por un tiempo, yo también lo creí. Pero no soy yo. No puedo hacer eso. Quiero ser capaz de proteger a las personas que quiero de esa manera, pero no soy él. No soy padre.”

Con su admisión, Cali dejó ir a Remy y se retiró. En libertad, los dos hermanos se miraban. No podía decir qué pensaba ninguno de ellos.

Sabía lo que significaba para mí. Remy estaba reconociendo lo que siempre supe de él. Él era un buen hombre que nunca había querido la vida en la que se vio obligado a entrar.

“Remy, nadie aquí quiere que seas Padre”, interrumpió Hil en medio del silencio y apretó el hombro de su hermano mayor.

“No tienes idea de cuánto he sacrificado por esta familia, Hil. Pero, por mucho que lo haya pensado, solo hay una cosa que lamento”.

“¿Y eso qué es?” pregunté, captando su atención.

Remy dejó a su hermana para colocarse a pocos centímetros frente a mí.

“Lamento no haberte dicho lo que sentía antes”, declaró Remy, entregándose a la emoción.

Se me cortó la respiración.

“Dillon, he estado enamorado de ti durante tanto tiempo. Desde el momento en que te conocí, nunca fue suficiente. Cada vez que venías a pasar el rato con Hil, me preguntaba si me veías. Por eso, cuando te tenía tan cerca, cuando tenía todo lo que siempre quise entre mis brazos, era el más feliz que pudiera ser.

"Cuando me dejaste, intenté vivir sin ti. Sabía que al hacerlo mantenía a salvo a todos los aquí presentes. Pero la petición era demasiada. No puedo alejarme de ti, Dillon. Te necesito. Estoy aquí para decirte que si me aceptas, nunca te volveré a abandonar".

Reuní mis emociones, tratando de contener la abrumadora ola que amenazaba con estallar.

"Remy", comencé suavemente, "te dejé por una razón. Tienes que estar con Eris. La vida de todos depende de ello. E, incluso si no fuera así, no puedo ser la otra mujer. Si pudiera, lo haría por ti. Pero no puedo. ¡Lo siento!"

"Pero por eso estoy aquí", explicó Remy. "Sé que no puedo simplemente alejarme de Eris. Pero tampoco puedo vivir sin ti", declaró Remy, mostrando su corazón. "Así que aquí estoy nuevamente solicitando tu ayuda. No tengo todas las respuestas como mi padre. Y no soy él, no puedo hacer esto solo. Necesito la ayuda de las personas que amo. Y te amo".

Cada palabra de Remy era como un bálsamo para mi alma atormentada. Me amaba. Soltando el aliento que no sabía que estaba reteniendo, me rendí ante él.

"Yo también te amo, Remy", confesé.

Así, Remy deslizó su mano detrás de mi cuello y me atrajo hacia él. Un placer me inundó como una cascada. Sus labios conocidos eran mi hogar. Al sentir su calor abriéndome la boca, me perdí. Y cuando su lengua entró en busca de la mía, nunca quise que se fuera.

La electricidad fluía entre nosotros. ¿Cómo pensé que podría mantenerme alejada de él? No podía. Y mientras nuestras dos lenguas danzaban y su otra mano encontraba mi trasero, el momento se rompió por la reacción de mi mejor amiga al verme besar a su hermano por primera vez.

"¿Deberíamos irnos?" preguntó Hil sinceramente.

Remy mordisqueó mi labio mientras se alejaba, nuestras dos frentes se tocaron mientras encontrábamos la realidad de nuevo. Mirándonos a los ojos, las risas escaparon.

"De nuevo, ¿deberíamos irnos?"

"No, no se vayan", dijo Remy poniéndose serio. "Voy a necesitar vuestra ayuda también." Se giró de Hil a Cali. "Y la tuya también", admitió de forma vulnerable.

Cali lo miró fijamente.

"Aún pienso que eres un imbécil", concluyó Cali.

Remy se rió. "Es mi mejor cualidad", bromeó.

"Pero, me ayudaste a recuperar a Hil", concedió Cali, con una mirada más suave. "Así que, te ayudaré con esto."

"Los dos lo haremos", aceptó Hil. "Es hora de que el resto de nosotros en esta familia también demos un paso adelante. No todo depende de ti. Estamos en esto juntos."

El alivio se apoderó de Remy. "Gracias. No sabéis lo que esto significa para mí. Entonces, ¿alguna idea brillante?"

Lo consideré, mi mente se llenó de posibilidades. "¿Crees que Armand tiene algo que podría derribarlo?"

"¿No todos nosotros?" respondió Remy con una sonrisa traviesa. Al ver nuestras caras desconcertadas, agregó: "Mal público. Sí, hay muchas posibilidades de que Armand tenga algo que podría derribarlo. Qué podría ser y dónde podríamos encontrarlo, no tengo ni idea".

"¿No todos los jefes de la mafia siguen el mismo manual", provocó Cali.

"Claro, pero devolví mi copia a la biblioteca. Si no fuera por esas malditas multas por retraso…", respondió Remy sarcásticamente.

"Como dije, imbécil", concluyó Cali.

"Y como dije yo, mi mejor cualidad", bromeó Remy volviendo a ser el hombre que amaba.

"En serio, ¿crees que tiene algo que podríamos usar en su contra?" repetí lentamente, formando una idea.

"Otra vez, sí. Pero no es que siga al hombre. Podría ser cualquier cosa y estar en cualquier lugar. No sabría por dónde empezar".

"¿Y si hubiera alguien que lo supiera?" pregunté.

"¿Eris? No hay manera de que ella me ayude a derribar a su padre. Está bastante enfadada conmigo ahora mismo".

"¿Qué ocurrió?" pregunté, incapaz de resistirme.

"Solo digamos que la dejé en un momento inoportuno".

“¿Por qué?”

“Porque cuando te das cuenta de que quieres pasar el resto de tu vida con alguien, quieres que comience de inmediato”, dijo Remy, llegándome al alma.

“Cali, ¿por qué nunca me dices cosas así?” preguntó Hil a su novio.

Cali gimió y miró a Remy. “Imbécil.”

“Incestuoso”, respondió él sin perder el ritmo.

“Bueno, vosotros dos”, dije, terminando las cosas antes de que comenzaran. “Estoy pensando en Jimmy”.

“¿El agente del FBI?” preguntó Remy sorprendido.

“¿Eres amigo de un agente del FBI?” preguntó Hil confundida.

“Oh, no solo del FBI. Está en la división de crimen organizado sobrenatural”, explicó Remy, feliz de encontrar a alguien que pudiera entender.

“¿Eres amigo de un agente del FBI que trabaja en crimen organizado sobrenatural?” preguntó Hil, dejando a Cali para que me interrogara.

“Es un amigo de la escuela primaria. Crecimos en el mismo edificio. Me lo encontré cuando estaba buscando una ubicación para el proyecto de Remy”, traté de explicar.

“Y luego le pidió que fuera a la junta de la comunidad”, concluyó Remy, disfrutando un poco demasiado.

"¿Invitaste a un agente del FBI a formar parte de la junta del centro comunitario?" Preguntó Hil, asombrada.

"¡Eso es lo que dije!" Agregó Remy con entusiasmo.

"Hay muchas bandas en la zona. Se ofreció a ayudarme a hacer del centro un espacio seguro".

"¿No ves cómo eso pudo haber sido una decisión cuestionable considerando quién estaba pagando todo?" Insistió Hil.

"No tú también, Hil. Mira, hice lo que creía que era lo mejor para todos. Y, para que conste, no mencionó la parte sobrenatural cuando me dijo en qué trabajaba", dije empezando a arrepentirme de mi decisión. "Pero si quieres que lo retire del consejo, lo haré."

Viéndome empezar a sudar, Remy intervino.

"No, no. Estoy seguro de que cualquier decisión que tomes es la correcta. ¿Y ofrecen visitas conyugales en prisión, no es así? No es como si 10 a 20 años aparte pudieran rompernos."

Cediendo bajo la presión, chillé. "Lo siento. Lo eliminaré de inmediato".

"Te estamos fastidiando", explicó Remy con una sonrisa. "Hil, dile a Dillon que solo te estás burlando de ella."

Cuando Hil no respondió, Remy lo dijo de nuevo. "Hil, dile a tu mejor amiga que era una broma."

"Fue una broma", dijo ella con desgano.

Miré a Remy cuyos ojos saltaban entre su hermana y Cali.

"Bien gente, solo voy a decir esto una vez más. No soy mi padre. Soy un empresario legítimo. Nuestra familia ahora está completamente limpia. No hay nada en lo que el amigo del FBI de Dillon nos pudiera conseguir por más que Dillon lo desee".

"¿Remy?"

"¡Bromeaba!"

"¡Idiota!"

"Montañés."

Hil nos miró. "Ahora que hemos superado esa parte de la mañana, ¿qué sigue, Remy?"

"¿A qué te refieres?"

"Encontraste a Dillon. La has recuperado. ¿Ahora qué?"

"Pensar en un plan, supongo", dijo Remy, inseguro.

"Bueno, has dicho que necesitas nuestra ayuda para ello. ¿Qué tal si te quedas aquí con nosotros?"

"¿Con nosotros?" protestó rápidamente Cali.

"Dillon ya está aquí. Se quedará en su habitación." Hil se dirigió a nosotros dos. "¿Verdad?"

Miré a Remy. "Eres bienvenido a quedarte. Nos llevará unos días elaborar un plan".

"¿Estás sugiriendo que me quede en el pueblo de los paletos?".

"Si va a faltar al respeto a nuestro pueblo de esa manera…"

"Estoy bromeando. ¿Qué tienen los montañeses que los hace incapaces de tomar una broma? ¿Es todo el cruce de genes?"

Cali, se abalanzó hacia Remy y agarró su camisa con aspecto de querer cambiar de forma. Remy lo miró con una sonrisa.

"Está tratando de provocarte", explicó Hil.

"Lo está consiguiendo", dijo Cali.

"No lo permitas."

"Y Remy, dijiste que necesitas la ayuda de todos. Eso incluye a Cali. ¡Así que sé amable!"

"Está bien, está bien. Seré amable. Estoy seguro de que tienes un pueblo precioso lleno de gente encantadora."

La intensidad de Cali se desvaneció eventualmente, dejándolo ir.

"Y estoy seguro de que solo la mitad de ustedes comparten el mismo padre", agregó Remy, incapaz de contenerse.

La cabeza de Cali se volvió hacia Remy, pero esta vez no reaccionó. Sólo lo miró.

"¿Remy?" Lo reprendí.

"Bien, un cuarto de vosotros."

"¡Remy!"

"Sólo hay tanto…"

"Remy, necesitas su ayuda."

Suspiró y se recompuso.

"Esto", dijo señalando el Bed 'n Breakfast. "Esto es… encantador. Verdaderamente encantador. Deberías sentirte orgullosa de haber crecido en un lugar así. Hil y yo no lo hicimos y estoy seguro de que eso nos perjudicó".

Remy se volvió hacia mí.

"¿Estás feliz?"

"Lo estoy", dije de nuevo sorprendida por su lado más suave.

"Gracias", respondió Cali, repentinamente confundido y desarmado. "¿Quieres algo de desayuno? Tu hermana realmente sabe lo que se hace en la cocina".

"¿En serio?" Preguntó Remy con sorpresa. "Eso es algo que tendré que ver para creerlo", dijo antes de sentarse a la mesa y convertirse por primera vez en parte de nuestro grupo.

Después de disfrutar del impresionante desayuno de Hil, Cali lavó los platos mientras los cuatro ideábamos un plan. Remy describió las ideas de Hil y mías como ridículamente ingenuas, aunque se aseguró de añadir un cumplido cuando venían de mí. Y mi hombre describió las ideas de Cali como sociópatas, pero siendo justos, lo eran.

"Solo podríamos bombear el lugar y acabar con todo", sugirió Cali mientras lavaba un plato.

"Y esa es una opción", respondió Remy antes de decirme en voz baja '¿Habla en serio?'

Miré a Hil en busca de la respuesta. Los ojos de Hil saltaban entre nosotros dos con una expresión que decía que no lo sabía.

"Eso es lo que él nos hizo", aclaró Cali. "¿No es eso lo que gente como él hace?"

"Correcto. La cosa de la bomba en el maletero", dijo Remy recordándonos lo que el matón de Armand hizo mientras intentaba matar a Hil. "Digamos que plantamos una bomba en su casa y lo matamos. Habríamos matado a un hombre. Vosotros, con vuestro encanto de pueblo pequeño, con vuestros 'Vaya vaya', y los por favor y los gracias, ¿crees que podrías vivir con eso? "

"¿Por qué deberíamos preocuparnos por lo que le suceda?" Preguntó Cali, amargamente.

"Vale", dijo Remy empezando a sentirse incómodo. "Sé que te disparó…"

"Sí, me disparó", dijo Cali volteándose con veneno.

"Sé que te disparó", repitió Remy intentando calmarlo. "Pero, no habría forma de que pudieras vivir contigo mismo si fueras parte de eso. Sí, Armand es un pedazo de basura que no merece vivir. Pero, no quieres ser la persona que hace que eso suceda. Créeme".

Un nudo en mi estómago se desarrolló escuchando el ruego de Remy. Al hacerlo, me golpeó una verdad desgarradora. Era lo mismo para Hil y Cali.

"¡Nunca he matado a nadie!" Gritó Remy sintiendo las miradas de todos. "¡Jesús! ¿Qué pensáis todos de mí?" preguntó antes de levantarse y salir enfurecido.

Miré a Hil y Cali mientras ambas me devolvían la mirada. Remy tenía razón. Todos lo estábamos pensando.

"Supongo que debería hablar con él", dijo Hil con aprensión.

"No. Yo lo haré", dije esperando que el tiempo que pasamos juntos hiciera que la conversación fuera más fácil.

Al salir de la cocina y del bed and breakfast, vi a Remy sentado en su coche. Casi esperaba que se marchase, pero no lo hizo. Simplemente se quedó allí, tras el volante. Así que me uní a él.

"Que la gente pensara eso era mucho más fácil cuando me importaba un carajo", se adelantó a decir Remy cuando cerré mi puerta.

Me acomodé en el asiento para mirarlo y puse una mano sobre su rodilla.

"¿Cómo fue crecer de la manera en que lo hiciste? No debió haber sido fácil".

"Nuestro padre se preocupaba por dos cosas, su familia y su manada. Nunca dudé de si nos quería. Lo decía constantemente. Pero mi padre no era un buen hombre. Le vi hacer cosas a otras personas por las que ardería en el infierno, si existiera".

"¿Cómo qué?", pregunté con vacilación.

"No quieres saber".

"Tienes razón. No quiero. Prefiero pensar en tu padre como el hombre que trataba bien a mi madre y pagó mi universidad. Nunca tu padre fue más que amable conmigo y me gustaría creer que ese era él".

"Y así es como deberías recordarlo".

"No, no debería".

"¿Por qué no? Ya se ha ido. ¿Qué importancia tiene?"

"Importa porque no deberías tener que llevar el peso de lo que has visto tú solo."

Remy me miró suavizándose. "No podrías soportarlo. Las cosas que he visto…"

"Sabes, no soy tan indefensa como la gente piensa que soy. Soy bastante fuerte."

Remy sonrió. "Lo sé. Eres la persona más fuerte que conozco. Pero tienes tus propios problemas que enfrentar. Al menos yo tuve un padre, por loco que fuera. Tú tuviste que criarte a ti misma".

"Tuve a mi madre", añadí rápidamente sintiéndome a la defensiva.

"Sí, pero sé que trabajaba mucho. Pasaba más tiempo con nuestra familia que contigo", dijo con un toque de tristeza.

Eso me calló. No estaba equivocado. Y esa podría haber sido la razón por la que empecé a observar al vampiro desde el otro lado de la calle.

"Tienes razón. Durante un tiempo sentí que estaba criándome a mí misma. Pero tú creciste con una madre y un padre a tiempo completo. ¿Tienes menos problemas que yo?"

Remy bajó la mirada pensativo.

"Quizás no. Mira, no quería decir nada…"

"No lo hiciste", dije sabiendo que no lo había hecho. "Sólo estoy tratando de decirte que quiero estar ahí para ti. Quiero ayudarte a llevar lo que te está pesando. Soy lo suficientemente fuerte. Puedo soportarlo. Y no quiero que te sientas solo. No conmigo cerca", dije apretando su rodilla.

Remy me miró considerando. Cuando tomó su decisión, dijo, "Una vez vi a mi padre amputar a un vampiro".

"¿Qué quieres decir?"

"Quiero decir que empezó cortándole cada dedo con tijeras de podar antes de pasar a sus extremidades con una sierra de mano".

Asombrada y náusea se apoderaron de mí. "No entiendo. ¿Por qué?"

"Los vampiros no pueden entrar en territorio de lobos".

"¿Y simplemente le amputó las extremidades como castigo?"

"Y me obligó a verlo", admitió Remy con dolor en sus ojos.

"¿Qué?"

"No sólo a mí. A toda la manada. Creo que quería que viéramos de lo que era capaz si alguien alguna vez lo desafiaba. Y sé que era un vampiro, y por lo tanto estaba muerto, pero gritaba como si aún estuviera vivo".

Tuve que recobrar mi compostura mientras asimilaba la información.

"¿Estás bien?", me preguntó Remy esta vez tocando mi rodilla.

"Dame un segundo", le dije sinceramente.

Y lo hizo, y eso fue suficiente para que empezara a procesar lo que había escuchado.

"Así que, ya ves, cuando Hil o tú pensáis que soy como mi padre, significa algo un poco diferente para mí."

"Lo entiendo", dije con compasión. Hice una pausa. "Espero que eso sea lo peor que viste hacer a tu padre".

Remy rió. "¿Qué tal si lo dejamos ahí por hoy? Estamos hablando de una vida entera. He tenido tiempo para digerirlo. Podría ser mucho escucharlo de una vez".

"Eso es justo", dije aliviada de que no tuviera que escuchar más.

Remy se giró y quedó mirando el colorido edificio de estilo colonial que teníamos delante.

"¿En qué estás pensando?", pregunté temiendo lo que escucharía.

"Tenías razón. Contártelo me ha ayudado." Se volvió hacia mí. "Es mucho, ya sabes. Pero me siento un poco más ligero", dijo con una sonrisa.

"Me alegra", dije fingiendo mi entusiasmo.

"No debería habértelo contado, ¿verdad? Te he traumatizado", dijo con arrepentimiento.

"No", dije antes de bajar la cabeza sabiendo que era una mentira. "Quiero decir. Sí, es mucho. Pero eso es lo que significa compartir la carga. Significa que no una sola persona tiene que llevar todo. Compartimos la carga. Y yo, soy lo suficientemente fuerte. Puedo soportarlo. Aunque, tal vez no esté lista para volver a entrar sólo aún", dije forzando una sonrisa.

Mirándome por un segundo, Remy se volvió y puso en marcha el coche.

"¿A dónde vamos?"

"Creo que podemos tomarnos el resto del día libre. Había algunos lugares por aquí que había localizado cuando planeaba cómo recoger a Hil."

"¿Te refieres a cuando la secuestraste?"

"Patata, papas fritas."

"No son lo mismo."

"Eh," dijo Remy con un encogimiento de hombros antes de arrancar.

Condujimos durante lo que me parecieron 30 minutos y finalmente nos paramos al borde de la calle.

"¿Dónde estamos?" dije, mirando a través del parabrisas un mar de árboles frente a nosotros.

"¿Sabías que hay más cascadas en esta zona que en cualquier otra parte del país?"

Me volví hacia Remy, sorprendida. "¿Cómo sabes eso?"

"Tuve que pasar días aquí esperando el mejor momento para acercarme a Hil. Tenía mucho tiempo libre."

"¿Así que investigaste la ciudad?"

"Hice una búsqueda en Google."

"¿Y luego qué? ¿Fuiste de excursión?"

"Por tu tono, me da la impresión de que no entiendes cuánto tiempo tenía que matar."

Me recosté en mi asiento y lo pensé.

"Entonces, después de que Hil te viera aparcado fuera de su casa, ¿qué hiciste?"

Remy lo pensó. "Probablemente desayuné en la cafetería. Quizás hice una caminata que tenía marcada en mi aplicación de senderismo."

"¿Tienes una aplicación de senderismo?"

"La descargué cuando estuve aquí. Hay tantas rutas de senderismo aquí."

"Entonces, déjame entender esto. Después de hacerle pensar a Hil que alguien estaba aquí para matarla, ¿te ibas a pasear por la naturaleza?"

"Primero, sí había alguien aquí para matarla y no era yo. Segundo, no sabes cuán hermosos son estos senderos. Te lo voy a mostrar. Ven, vámonos," dijo tocando mi pierna y luego saliendo del coche.

Siguiendo a Remy al bosque, tuve que admitir, tenía razón. Me había negado a hacer algo de esto cuando Hil lo sugirió porque, ya sabes, bichos. Pero, nunca había visto un lugar más hermoso en mi vida.

Los frondosos árboles que se extendían hasta el infinito, el arroyo que cruzamos varias veces, me tranquilizaban. Y cuando después de una milla llegamos a un estanque alimentado por una cascada, estaba lista para sentarme y empaparme de todo.

"No sabía que existían lugares así," admití, abrumada por todo.

"Pensé lo mismo."

"¿Pero siempre te burlas de Cali por ser de aquí?"

"Oh, ser de un lugar hermoso no impide que sea un paleto. Ambas cosas pueden ser ciertas," dijo Remy con una sonrisa diabólica.

No quería, pero me reí.

"Cali es un buen tipo," aclaré.

"Lo sé, lo sé. Es perfecto. Nunca vio a su padre desmembrar a un antiguo humano. Lo entiendo. Él es mejor que yo."

"No es mejor que tú. Simplemente no es tan malo como lo haces parecer. Sabes que podría terminar siendo tu cuñado, ¿verdad?"

"Y estaré encantado de tenerlo. Tendré que pensar en unas cuantas bromas más sobre paletos para añadir a la rotación. Pero es lo que se hace por la familia," dijo con una sonrisa irónica antes de desabotonarse la camisa.

"¿Qué estás haciendo?"

"¿Pensaste que te traje aquí para mostrarte los árboles? Estamos aquí para desnudarte," dijo con una sonrisa maligna.

Me reí, insegura de si estaba bromeando. Resultó que no. Observé a Remy quitarse todo hasta quedarse desnudo y luego se zambulló de cabeza al agua. Estaba impresionada.

"Ven, el agua está perfecta."

Miré a nuestro alrededor preguntándome si Remy había perdido la cabeza.

"¿Estás bromeando? Estamos en medio de la nada. Podríamos ser comidos por un oso o algo así."

"Creo que te saltaste la parte más importante de lo que acabas de decir. Estamos en medio de la nada. No hay nadie alrededor durante kilómetros," dijo chapoteando en el agua.

"Exacto, así que no habrá nadie cerca para escuchar mi grito."

"Exactamente. No hay nadie cerca para escuchar tus gritos," dijo finalmente haciendo su punto.

Mi corazón latió al mirar al hombre que había deseado toda mi vida. Era hermoso. Con sus pómulos marcados y mandíbula cincelada, parecía tallado en mármol.

"¿Vendrás conmigo?" preguntó Remy insinuante.

"No debería," dije sintiéndome confundida.

"¿Pero lo harás? Me gustaría mucho si lo hicieras," dijo seductoramente.

Los ojos ardientes de Remy me penetraron. Era como si ya no estuviera en control. Necesitaba unirme a él. Tenía que estar cerca de él. Así que, de pie y quitándome la ropa, lo hice.

"¡Este agua no es perfecta, está helada!" exclamé cuando emergí.

"Entonces, deja que te caliente," dijo Remy atrayéndome hacia él.

Encontrando un lugar donde podía pararse, Remy me acercó a sus brazos. Su carne desnuda se presionó contra la mía. Podía sentirlo todo, su pecho musculoso, su estómago plano y su cada vez más duro pene.

"No quiero…ahh…darte la idea equivocada," le dije, perdiendo lentamente el control de mis pensamientos.

"¿Y cuál es esa idea?" dijo, con los labios tan cerca de mi oído que podía sentir su caliente aliento.

"Que quiero que ocurra algo entre nosotros."

"No haría nada más allá de lo que quisieras que hiciera. ¿Qué quieres que haga, Dillon?" preguntó provocando escalofríos en mi espina dorsal.

De repente, me sentí excitada.

"¿Qué quieres que haga, Dillon?"

Si no estuviéramos en agua fría, habría estado sudando.

"Quiero que…"

"¿Qué?"

"Me beses," dije temblorosamente.

Apoyando su mejilla contra la mía, nuestras barbillas se rozaron. Fue suficiente para que moviera sus labios más cerca de los míos. Sintiendo su caliente carne presionar contra mí, no reaccioné. No sabía por qué, pero me sentía tímida. Era como si fuera mi primera vez. Y sin preguntar, se convirtió en mi dispuesto maestro.

Suavemente abriendo mis labios, sentí su lengua tocar la mía. Hizo chispear mi cerebro. Frotando y empujándola, invitó a la mía a unirse a la suya. Cuando las dos danzaron, su dominio sobre mí era evidente. Estaba a su merced, y quería todo.

Perdiéndome en nuestro beso, volví a despertar al sentir su dura erección restregándose contra mí. Me robó la voluntad. Cuando su mano inferior envolvió mi trasero, mi corazón aceleró. Necesitaba más, balanceé mis caderas intentando acercarme más a él.

"¿Qué más quieres que haga?" Preguntó de nuevo, susurrando en mi oído.

No respondí.

Frotó su miembro contra mí, llenándome de deseo.

"Dime lo que quieres", insistió disminuyendo mi resistencia.

"Quiero…"

"¿Qué quieres?"

"Quiero…" comencé de nuevo, instantáneamente embriagada por el pensamiento.

"Dímelo", pidió. "Quiero oírte decirlo."

"Te quiero a ti", dije sabiendo que era verdad.

Inmediatamente me levantó en sus brazos y me aferré a él. Con mis brazos alrededor de su cuello, mi timidez desapareció. Mientras caminaba hacia la cascada, besé sus labios. No sabía a dónde me llevaba, pero mientras estuviera con él, no me importaba.

Al ingresar a la cascada, el agua nos envolvió. La sensación fue intensa. Mientras estábamos allí, sentía su punta penetrando entre mis muslos. Buscaba mi entrada y yo quería que la encontrase. Cuando lo hizo, aflojé mis piernas sintiendo su cabeza presionando contra mí. Me volvía loca.

Necesitaba más, volví a mover la cadera intentando que entrara en mí. Todo lo que sentía era la presión. Dejé que mi peso completo se sentara en su miembro, rogándole silenciosamente que me penetrara. Pero él no lo hizo. Era el agua. La fricción era demasiada.

Entonces, con mi trasero aún meciéndose en su brazo, cruzamos debajo de la cascada hasta su parte trasera. El eco de las salpicaduras del agua me indicó que estábamos en una cueva. El estanque aquí era más somero.

Remy me llevó fuera del agua y me depositó en el suave suelo de la orilla. No queriendo interrumpir nuestro beso, me aferré a él todo lo que pude. Pero no duró mucho. Con el circuito roto, él agarró la parte trasera de mis rodillas y levantó mis caderas al aire.

La sensación de la lengua de Remy en mi entrepierna fue eléctrica. Nunca había sentido algo así. Retorciéndome bajo su toque, mi intimidad se abrió para él. Y cuando la punta de su lengua jugueteó dentro de mi húmeda entrada, ambos supimos que estaba lista.

Deslizándose hacia abajo por mi cuerpo, colocó mi talón contra su hombro y se inclinó para besar mis labios. Su lengua volvió a entrar en mi boca. Fue bienvenida.

Al separar mis labios, su cabeza tocó mi entrada. Al envolver su lengua con la mía, mi mente giró mientras él empujaba.

El dolor me recorrió. Su tamaño dolió hasta que, con un estallido, entró en mí. Mis entrañas apretaron su miembro.

Lentamente se hundió en mí, me congelé sintiendo cada centímetro de él. Se sentía tan bien que podría haber llorado. Con su ingle contra la mía, se retiró poco a poco. Mi hombre no solo era grueso, sino también largo. Se tomó una eternidad el retirar su cabeza simulando salir.

Pero cuando lo hizo, volvió a posicionarse sobre mí y empujó de nuevo. Remy me estaba haciendo el amor. No estaba lista para ello, pero no quería que parase. Me llenó por completo. Mis ojos se revolvieron de placer. Y cuando pellizcó mis pezones al ritmo de sus movimientos, perdí el control.

"Ahhh", gemí indicándole que estaba cerca.

"Sí", gimió él dándome permiso para gritar.

"¡Sí! ¡Sí!"

"Eso es. Quiero oírlo", dijo mientras me lo hacía con más intensidad.

"Más, dame más."

Remy accedió de inmediato. Nunca antes había sentido un placer así. Si no me estuviera sujetando, me habría desvanecido. Y cuando la sensación cosquilleante encendió mi cuerpo, bailó a través de mí asentándose profundamente.

"Ya casi, ya casi", grité mientras mis dedos de los pies se encogían casi hasta romperse.

"Aaaah", chillé mientras mi cuerpo se contraía dolorosamente y luego se liberaba en éxtasis.

Al soltarme, Remy me sujetó más fuerte. No tardó mucho en caer agotado sobre mí. Yo también estaba exhausta.

Por mucho que sentir su cuerpo tocar la piel sensible de mi clítoris me mandara a un raudal de contracciones, rodear a Remy con mis brazos me hizo relajarme. Todo se sentía tan bien que apenas podía pensar con claridad. Era cálido y confortable y no había otro lugar en el mundo donde quisiera estar. Nunca quisiera que esto acabara.

"Te amo", susurró Remy en mi oído.

"Yo también te amo", le susurré de vuelta.

"No quiero estar nunca más lejos de ti", dijo con una emoción desgarradora.

"Eres el único que siempre quise", le dije sabiendo que no podría dejarlo de nuevo aunque lo intentara.

Parecía que habíamos estado allí tumbados juntos durante una eternidad, pero finalmente tuvimos que levantarnos. Sabiendo que teníamos que limpiarnos, volvimos al frío agua del estanque. Al enjuagarme en la cascada, no podía quitarle los ojos de encima a Remy. Tenía que ser el hombre más maravilloso del mundo y era mío. Estaba dispuesta a hacer cualquier cosa para tenerlo. Remy se había convertido en mi todo.

Al volver a la casa rural horas después de haber salido, encontramos a Cali y a Hil en la terraza de la parte trasera hablando con dos chicos.

"Estos son mis hermanos, Titus y Claude", dijo Cali para nuestro asombro.

No es que no se parecieran a él. Lo hacían. Pero resultó que Claude era negro y él era más oscuro que yo.

Al buscar de nuevo el parecido familiar, era innegable. Cuando sonreían, sus profundas fosas nasales engullían su cara. Dios, eran guapísimos.

"Pensé que podrían ayudarnos con eso en lo que estabas trabajando", le dijo Cali a Remy.

"¿Por qué pensarías eso?" replicó Remy, empleando la sonrisa para enmascarar su enfado.

"Me ayudaron a mantener a Hil a salvo cuando…"

"¿Cuando fui a buscarla?"

"Cuando casi murieron por una bomba", dijo Cali, molesto.

"Cierto. Y estoy agradecido por eso. Pero estoy seguro de que estos caballeros tienen cosas mejores que hacer que… ayudarme a mudarme", habló Remy en clave.

"Estos son mis hermanos. Si les pido que te 'ayuden a mudarte', lo harán. Y yo pensaría que estarías agradecido porque necesitamos la ayuda."

"No necesitamos ayuda."

"¿Crees que nosotros cuatro podemos manejar eso?" Dijo Cali, mofándose de Remy.

"Por supuesto que no", se defendió Remy. "Por eso contratas a profesionales."

"¿Profesionales para… ayudarte a mudar?"

"Sí."

"¿Conoces a profesionales que podrían ayudarte a mudar?"

Remy estaba a punto de recurrir a su encanto para desviar la conversación cuando se paralizó. Su encanto se había ido.

"Conozco a alguien que puede ayudar", dijo sorprendido.

"¿Sí? ¿Quién?" Pregunté, sin esperar lo que sucedería a continuación.

Capítulo 13

Remy

Cruzo las puertas del centro comunitario, impresionado por el bullicio de la actividad en su interior. Los niños saltaban de una habitación a otra mientras los voluntarios daban tutorías, preparaban comidas y distribuían donaciones. Dillon había creado algo increíble aquí.

Mis ojos escanean la multitud hasta que caen sobre ella. Al encontrarla, mi corazón omite un latido. Es difícil creer que finalmente sea mía. La única cosa que todavía nos impide estar totalmente juntos es Armand y quitarlo de la escena es lo que pretendo hoy.

"Hola, guapa", dice Dillon acercándose con una tímida sonrisa que me cautiva.

"Este lugar se ve genial. Realmente has construido algo especial aquí", le digo sinceramente.

Las mejillas de Dillon se sonrojan ante el cumplido. "Lo hicimos ambos. Nada de esto hubiera sucedido sin ti tampoco".

Comienzo a protestar pero me detengo. Dillon tiene razón, mi papel en todo esto no se puede negar. Pero su corazón y su visión fueron los que dieron vida a este lugar.

"¿Ya llegó todo el mundo?" pregunto, cambiando de tema.

Ella asiente. "Casi todos. Te están esperando en mi oficina. Te advierto, Cali está un poco más tenso de lo habitual".

"¿Y qué le dijiste?" bromeo.

"¡Nada!", declara con sus hermosos ojos color chocolate derribando mis defensas.

"¿No mencionaste nada sobre duelos de banjo, verdad? Porque ese recurso me lo guardo para mí".

"No entiendo la referencia", dice Dillon mirándome confundida.

"Hay una escena en esta clásica película llamada 'Deliverance' donde dos paletos secuestran a este tipo y le dicen que grite como un cerdo. ¡Grita como un cerdo! ¡Grita como un cerdo!", recito con mi mejor acento de paleta.

"Remy, la única razón por la que él está aquí es para ayudar. ¿Podrías ser amable con él hasta que deje de arriesgar su vida por nosotros?"

Bajo la cabeza sabiendo que el amor de mi vida tiene razón. "Cuando se trata de Cali, simplemente no puedo evitarlo. Es demasiado fácil burlarse de él".

"Inténtalo. Por mí. Por favor", pide Dillon, asegurándose de que lo haría.

"Cualquier cosa por ti", le digo antes de tomarla por los hombros y besarla. Hacía demasiado tiempo que no lo hacía.

"¿Hacemos esto?", pregunta Dillon cuando la suelto.

"No hay mejor momento que el presente", le digo antes de conducirla hacia su oficina.

Al entrar, miro alrededor. Cali camina nerviosamente de un lado a otro, mientras que Hil y el amigo del FBI de Dillon, Jimmy, se sientan en el sofá.

"¿Dónde está tu amigo profesional?", pregunta Hil al verme solo.

"Sí. ¿Dónde está ese genio del crimen del que siempre te jactas?", estalla Cali.

Mis ojos se dirigen hacia Jimmy.

"Genio del crimen en los juegos de mesa, te refieres", aclaro.

"¿En los juegos de mesa?", pregunta Cali sin entender por qué lo había dicho.

"Sí. Eso fue lo que te dije, recuerdas. No conozco a nadie que pueda vencerle en el 'Clue'."

"¿De qué estás hablando?", pregunta confundido.

Jimmy interrumpe a Cali. "Mira, no me importa en qué juegos sea bueno. La única pregunta es, ¿puede ayudarnos a encarcelar a Armand?"

"¿Es esa la postura oficial del FBI?", pregunto tensamente.

"Oh", dice Cali antes de volver a caminar de un lado a otro.

"Lo único que le importa al FBI es poner detrás de las rejas al mayor jefe del crimen lobizón de Nueva York."

Cali se detiene y mira en silencio a Jimmy.

"El término es lobos cambiantes", corrijo.

"Lobos cambiantes. Da igual", replica Jimmy molesto. "El punto es que la seguridad de las calles para los humanos es lo único que le importa al FBI".

"Bien. Recordémoslo", digo justo a tiempo para que entre mi as en la manga.

"Disculpen el retraso", dice un acento francés atrayendo nuestra atención. "Fue difícil encontrar un estacionamiento que no incluyera que me asesinaran", bromea con una sonrisa.

Mi primo elegante entra y mira a su alrededor. "Ah, los americanos", dice, desechando inmediatamente a nuestra variopinta tropa.

"¿Quién demonios es este?", ruge Cali odiando instantáneamente todo acerca de él.

Sonrío. "El mejor jugador de juegos de mesa que jamás conocerás".

Lucien alza una ceja. "¿Qué es esto de 'jugador de juegos de mesa'?"

"Lucien, me gustaría que conozcas a Jimmy. Trabaja con el FBI."

Un destello de comprensión cruza la cara de mi primo. "¡Ah! Jugador de juegos de mesa, como, cómo se dice, videojuegos? Sí. Claro", dice mientras estrecha la mano de Jimmy.

Jimmy nos mira, no impresionado por nuestra subterfugio. "¿Comenzamos con esto?"

"Sí, deberíamos", dice Lucien sentándose a mi lado. "¿Para qué estamos aquí, otra vez?"

Jimmy me mira molesto. "¿Él no lo sabe?"

"Por supuesto que no", dice Cali volviendo a caminar de un lado a otro con más tensión.

"¡Sí que lo sabe!", aclaro. "Pero lo diré de nuevo para que todos estemos en la misma página. Estamos aquí para robar libros a Armand."

"¿Libros?" pregunta Lucien confundido.

"Libros de contabilidad", añade Jimmy. "Una fuente del FBI nos dice que lleva dos conjuntos de registros financieros. Uno es exacto. El otro es para el IRS. Si podemos hacernos con ambos, podemos encarcelarlo por evasión de impuestos."

Hil se ríe. "¿Después de todo lo que ha hecho, va a caer por evasión de impuestos?"

"A menos que puedas proporcionarnos una lista de todas las personas a las que ha matado y las armas homicidas que ha usado, la evasión de impuestos es lo único que tenemos", le dice Jimmy a Hil.

"Entonces, la evasión de impuestos será", digo con una sonrisa. "Pero, el problema es que no sabemos dónde guarda los libros de contabilidad."

"En realidad, sabemos dónde los guarda", corrige Jimmy. "Están en la caja fuerte de dondequiera que él esté. Nunca se separa de ellos por más de ocho horas."

"Lo cual nos facilita las cosas", me doy cuenta.

"Si consideras que siempre están protegidos por guardias armados, sí, nos puede ayudar", aclara Jimmy.

"Los recuerdo", dice Cali alcanzando inconscientemente su herida de bala.

"Todos lo hacemos", añade Hil.

Jimmy mira alrededor confundido.

"Todos hemos tenido encontronazos con Armand antes", le digo a Jimmy.

"Ya veo. ¿Y ahora te vas a casar con su hija?"

"No, si puedo evitarlo", le digo cogiendo la mano de Dillon.

Los ojos de Jimmy se desviaron hacia nuestras manos entrelazadas antes de volver a los míos, percatándose de la situación. Los ojos de Lucien hicieron lo mismo.

"Ya veo," dijo Jimmy dirigiéndose a Dillon como si estuviera uniendo cabos.

"Sí," confirmó Dillon.

"Entonces, ¿qué hacemos?" preguntó Jimmy a todos nosotros.

Nos miramos entre nosotros hasta que todos centramos nuestros ojos en Lucien que se encontraba pensativo.

"No me hagan caso. Continúen," dijo Lucien de manera despreocupada.

"¿Hay algo que quieras compartir con el grupo?" le pregunté a mi primo con recelo.

"¿Sobre esto? No. ¿Sobre la organización de la fiesta de compromiso de mi primo? Tal vez," respondió con una sonrisa maliciosa.

"¿Fiesta de compromiso?"

"¿No creerías que tu padrino de boda dejaría pasar esta grandiosa ocasión sin celebrar una fiesta de compromiso, verdad?" preguntó ofendido.

Estaba a punto de explicarle que no tenía planes de casarme cuando siguió hablando.

"El único problema es que estoy de visita desde Francia. Para la cantidad de personas que la familia de la novia querrá invitar, nunca encontraría un lugar suficientemente grande. Y luego está la cuestión de la seguridad. Si tan solo alguien tuviese un lugar adecuado para hacer la fiesta," concluyó con una sonrisa sabiendo que habíamos captado su intención.

Jimmy miró a Lucien. "Eso podría funcionar," dijo sorprendido.

"¡Brillante!" Dije empezando a creer que podríamos hacerlo.

"¿Cómo se dice, "maestro del juego"?" bromeó Lucien.

"Lo que sea," dijo finalmente Cali, lo suficientemente relajada como para sentarse.

"Supongo que no vas a contarme a dónde has estado en la última semana y media," me preguntó Eris mientras nos sentábamos uno frente al otro en Le Bernardin.

Cogí mi bebida y di un sorbo. "Si tan sólo tuviera tiempo," respondí, asegurándome de que entendiese la alusión.

"Veo que te has deshecho del reloj."

"No me gustaba el rastro que dejaba," dije, tocando mi muñeca.

Eris me observó sabiamente. "Podría negar que sé a qué te refieres."

"Podrías, pero ¿para qué insultar la inteligencia de ambos?"

"No fue mi idea," dijo Eris suavemente.

"¿De verdad?" dije escéptico.

"¿Realmente crees que sé algo acerca de poner un rastreador en un reloj transparente?"

"No. Pero estoy seguro de que podrías encontrar a alguien que podría averiguarlo."

Eris no respondió. Miró hacia otro lado, culpable, y luego volvió con más determinación.

"Remy, ¿por qué tenemos que estar en bandos opuestos?"

"Porque lo que tú quieres no es lo que yo quiero, y eres una psicópata."

"No lo soy," dijo vulnerabilizada.

"Que es exactamente lo que diría una psicópata," dije tomando otro trago.

"Mira, Remy, quiero estar casada contigo tanto como tú quieres estar casado conmigo," dijo dejando caer la fachada.

"Si ese es el caso, entonces acabémoslo. Simplemente marchémonos, olvidémonos de que esto pasó alguna vez."

"¿Entonces, preferirías que mi padre matase a todos los que conoces?"

"Tienes razón. Definitivamente no eres una psicópata. ¿Qué estaba pensando?"

"¿Estoy equivocada? ¿Ves algún escenario en el que mi padre elija alejarse de todo esto permitiéndote mantener tu negocio o tu vida? Dime, ¿ves eso? ¿Ves lo más mínimo indicio de que eso pueda ocurrir?"

Me lo pensé. Tenía razón y lo sabía.

"Eso pensaba. ¿Y ves algún escenario en el que no me case con algún imbécil príncipe que no me da ni dos centavos?"

También reflexioné sobre eso.

"Así que, lo que hago, lo hago por supervivencia. Y lamento que resultaras ser la mejor de mis verdaderamente pésimas opciones, pero lo eres. Así que, vas a aprender a vivir con ello, y lo harás sin hacerme sentir mierda por el resto de mi vida.

"También merezco felicidad, ¿sabes? Y si le das una oportunidad real a esto, quizás no sería lo que cualquiera de los dos quiere, pero tal vez hay una forma en la que podríamos ser felices," dijo sinceramente.

Bajé la cabeza, considerando lo que me había dicho. No estaba equivocada. Estaba en una situación tan mala como la mía. Ambos estábamos atrapados. No había lugar a dudas.

Suspiré resignado.

"Esa es un poco la razón por la que nos he traído aquí."

"¿Qué?" preguntó Eris confundida.

"Preguntaste en dónde he estado los últimos días. Fue un lugar donde pude ordenar mis pensamientos. Tienes razón. Has tenido razón. Tu padre no va a desaparecer. Quiera o no, esta es mi nueva realidad. O la acepto, o muero luchando contra ella. Y al igual que tú, soy un superviviente."

"Entonces, ¿qué significa esto?" preguntó con aprensión.

"Significa que ganas. Ya no voy a luchar contra ello. Hay un camino por ahí para que yo sea feliz, y lo voy a seguir."

"¿De verdad?" Preguntó con sospecha.

"Sí," dije resignado.

"Eso está bien," dijo Eris con duda.

"Es lo que hay." Me giré hacia la puerta. "Ah. Y hablando de eso, hay alguien a quien quiero que conozcas."

Le hice una señal a Lucien para que se acercara.

"¿Quién es ese?"

"Ese es Lucien. Será mi padrino de boda."

Al levantarme cuando Lucien se acercó a la mesa, lo besé en ambas mejillas y le señalé una silla.

"Eris, este es mi primo, Lucien. Lucien, esta es mi prometida, Eris." Dije tomando asiento.

Lucien la miró como si acabara de ver al Cristo resucitado.

"Remy, no me dijiste lo hermosa que es."

Eris, fascinada por el encanto de mi primo, se derritió con su mirada.

"Tiene la costumbre de olvidar eso," dijo ofreciéndole la mano.

Una vez él se la besó como si fuera la mismísima papisa, dije, "Bueno, ya está bien con eso."

Lucien me miró a mí. "¿Siento un poco de celos?"

Me volteé hacia Eris. "No le hagas caso. Siempre ha tenido debilidad por todo lo que es mío."

"¿Así que soy tuya?" preguntó Eris intrigada.

"Lo serás," respondí.

"Ya veo", dijo ella divertida. "La última vez que comprobé, no pertenezco a nadie, y es un placer conocerte, Lucien", dijo con una sonrisa.

"El placer es todo mío".

"¡Vale!" Dije interrumpiendo lo que sea que estaba ocurriendo.

"¡Estás celoso! Quien lo hubiera pensado, ¿con solo esto bastó?" Eris dijo con una risa contenida.

"Sí, bueno, como dije, veo un camino hacia la felicidad y estoy dispuesto a hacer lo necesario para defenderlo".

"Me gusta este nuevo tú", dijo Eris complacida. "Y si las cosas no funcionan entre nosotros dos, quizás deberíamos probar los tres".

"¡Basta!" Dije conteniendo mi ira.

Eris se rió.

"Relájate, Remy", dijo Lucien. "Solo estoy muy feliz de conocer a la mujer con la que mi primo favorito pasará el resto de su vida".

"Sí, seguro que sí".

"Lo estoy", dijo inocentemente.

"De todas formas", dije cambiando de tema. "Invité a Lucien aquí hoy porque tenía una idea".

"Sí", tomó la palabra Lucien. "Estaba pensando, ya que Remy solo se casará una vez, me gustaría hacerle una fiesta".

"¿Te refieres a una despedida de soltero?" Preguntó Eris.

"Bueno, sí. Pero también algo más formal. Algo donde nuestras dos familias podrían conocerse mejor".

"¿Como una fiesta de compromiso?" Confirmó Eris.

"¡Sí! ¿Cómo se dice? Una fiesta de compromiso".

Eris me miró. "¿Y estás de acuerdo con esto?".

"Esa no es mi idea".

Eris frunció el ceño mientras me observaba.

"¿Crees que tu familia vendría?"

"¿Te refieres a considerando que tu padre disparó al novio de mi hermano y luego estropeó el funeral de mi padre?"

"¿Qué es esto?" Preguntó Lucien. "¿Estropeó el funeral de tu padre…"

"No es nada", desestimó Eris. "Agua pasada. Esto se trata de comenzar nuestras nuevas vidas juntos. Un nuevo comienzo".

"Sí, un nuevo comienzo", dijo Lucien con entusiasmo.

"¿Qué piensas, Remy? ¿Vendría tu familia?"

"¿Tendríamos una elección?"

"Por supuesto. Una fiesta de compromiso sería sobre celebración. Si realmente ves un camino hacia la felicidad, creo que este es un paso".

Consideré lo que decía Eris. "No voy a organizar una fiesta de compromiso".

"No tienes por qué. Podríamos alquilar algún lugar", sugirió Eris.

"¡Agh!" Lucien gimió. "Los estadounidenses sois tan impersonales".

"¿Qué tal el lugar de mi padre en Long Island? Es grande pero personal. Y puedes salir a la playa".

"Ah, la playa", dijo Lucien intrigado. "Esto suena bien, ¿no?".

Vacilé. "No sé si estoy preparado para esto. Muchas cosas han ocurrido entre nuestras dos familias".

"Es aún mejor razón para hacerlo. Por favor, Remy, he pasado por alto muchas cosas y lo sabes. Me merezco esto. Dame esto".

Miré a Eris con sinceridad. "Tienes razón, te lo mereces. Hablaré con mi familia. Todo el mundo estará allí".

"Oh Remy, gracias", dijo ella agarrando mi mano desde el otro lado de la mesa. "Estoy tan emocionada".

"Yo también", le dije antes de volverme hacia Lucien, quien me saludó con un guiño.

Cuando terminó la cena le dije a Eris que iba a pasar un rato con Lucien ya que yo era la razón por la que estaba en la ciudad y no conocía a nadie más aquí. Por lo que pude decir, ella compró la excusa, así que se convirtió en mi recurso para cuando necesitábamos juntarnos para hablar de los planes.

"Recuérdame de nuevo cómo vamos a entrar en la caja fuerte", exigió Cali siempre tan tensa.

"Recuérdame si entrar en la caja fuerte es tu trabajo", le contesté.

"No, pero…"

"Entonces, ¿por qué no te centras en tu parte del plan y no la arruinas?", respondí callándolo.

"Está bien, entonces recuérdamelo a mí", dijo Jimmy levantándose amenazador. "Considerando que el FBI está financiando esta pequeña empresa, creo que la Oficina tiene derecho a saber".

Mis ojos iban de Cali a Jimmy, que ahora estaban juntos contra mí. Parte de mí quería decirles a ambos que se largaran, pero tenía que admitir que los juguetes de Jimmy eran divertidos.

"Digamos solo que el trabajo que hice para mi padre requería habilidades únicas".

"Así que, ¿vas a abrir la caja fuerte?", preguntó Jimmy sin rodeos.

Sin confiar del todo en Jimmy, no estaba dispuesto a responder a eso. "Si me encuentro con una caja fuerte, no me impedirá conseguir lo que quiero".

La ceja de Jimmy se levantó sospechosamente. "¿Deberíamos hacer un plan de contingencia para cualquier tipo de explosión?"

"Solo si también planeamos esconder C4 en la tarta. ¿Vamos a guardar C4 en la tarta?"

Jimmy miró a Cali, Hil, y Lucien. "¿Vamos a hacerlo?"

"¡No!" respondí molesto. "¿No crees que eso habría sido algo que habríamos discutido con anterioridad? ¿Crees que hacer un pastel con C4 es algo que uno se saca de la manga dos días antes del trabajo?"

"Remy, ¿puedo hablar contigo en privado?", Dijo Dillon captando mi atención.

Preferiría continuar ridiculizando a Jimmy, pero me costaba negarle algo a Dillon.

"Claro", dije dándole a Jimmy una mirada de reojo.

Siguiendo a Dillon fuera de su oficina y a la calle, esperó a que la puerta se cerrara antes de girarse hacia mí.

"Remy, ¿qué estabas haciendo ahí dentro?"

"Lo has oído. Estaba respondiendo a un montón de preguntas estúpidas".

"No, no lo estabas. Estabas atacando a las personas que solo están aquí para ayudarnos a tener una vida juntos".

"Dillon, me están tratando como si no supiera lo que estoy haciendo".

Dillon sacudió la cabeza con tristeza en sus ojos. "Remy, te están tratando como si ellos no supieran lo que están haciendo. Y no lo saben. Lo máximo que Cali ha hecho es ayudarte a rescatar a Hil cuando Armand la secuestró. Y hasta ahora, Jimmy solo ha hecho trabajo de escritorio. Debes tener eso en cuenta cuando hablas con ellos".

"Sí, pero…"

"No "peros". Sé que tú y Lucien habéis tenido una vida llena de estas cosas. Pero nadie más aquí la ha tenido. Tenéis que tenerlo en cuenta. Nos caga de miedo que algo salga mal. Armand ya ha disparado a Cali una vez. Sabemos de lo que es capaz. Ayúdanos a tener tu confianza en el plan," Dillon me rogaba con sus suaves ojos castaños bien abiertos.

Mirando a la mujer que amaba, me di cuenta de que tenía un problema. Por el resto de nuestras vidas juntos, nunca sería capaz de decirle que no. Me tenía en sus manos.

"Tienes razón. Haré lo que pueda. ¿Estamos bien?" le pregunté cariñosamente mientras apretaba sus hombros.

"Siempre," ella respondió mientras me miraba con un brillo en sus ojos.

Besándola bajo las farolas, recordé cuán afortunado era de tener a una mujer como Dillon a mi lado. Era todo lo que yo no era. Me ayudaba a ser la persona que siempre deseé ser.

Al volver al centro y a la oficina, me dirigí a todos.

"Vale, vamos a repasar esto de nuevo. Y vamos a seguir repasándolo hasta que todo el mundo esté cómodo con lo que tiene que hacer," dije mirando a Dillon.

La sonrisa que ella me devolvió me derretía el corazón.

"Mañana le sugeriré a Eris que pase la noche en casa de Armand para no tener que lidiar con el tráfico de la tarde del sábado hacia Long Island. Sabiendo que su padre no estará allí, no tendrá razón para no estar de acuerdo. Una vez allí, y esté seguro de que Eris está durmiendo, usaré este práctico juguete," dije mostrando el glorificado detector de clavos que Jimmy nos proporcionó del FBI.

"Con ello, buscaré en las paredes de la habitación y la oficina de Armand su caja fuerte de metal, que este artefacto debería detectar fácilmente. Una vez la encuentre, la abro."

"Pero, los libros contables aún no estarán dentro," Jimmy señaló.

"La casa también no estará llena de seguridad. Así que, si me lleva un poco más de tiempo descifrar la combinación, no hay problema."

"Correcto," Jimmy estuvo de acuerdo.

"Y una vez que la tenga, me voy a la cama. Por la mañana, desayuno con Eris y espero a que llegue el catering."

"Ahí es cuando llego yo," interrumpió Dillon.

"Sí. Porque si el equipo de seguridad de Armand es mínimamente competente, antes de que llegue nadie, van a realizar una revisión para buscar micrófonos ocultos. No podrán hacerlo una vez que el catering y los organizadores comiencen a preparar todo. Estará demasiado ocupado. Eso significa que tú, Dillon, puedes llegar allí como parte del equipo de organización de la fiesta e instalar los micrófonos ocultos y repetidores que necesitaremos para comunicarnos con la furgoneta de

Jimmy que estará aparcada a un cuarto de milla de distancia."

"Todavía no me siento cómodo con no poder entrar y ayudarte si algo sale mal," añadió Jimmy.

"¿Qué podrías hacer? ¿Entrar a lo Rambo? Si no te dispararan nada más pisar el césped, serías destrozado por lobos. El mejor escenario posible sería que Armand fuera arrestado por matarte, pero luego saldría impune por defender su propiedad."

La mandíbula de Jimmy se tensó.

Miré a Dillon escuchando su voz en mi cabeza. No tuvo que decir nada para que me acercara a Jimmy y le pusiera una mano en el hombro.

"Mira, vamos a estar bien. Con tal de que todo el mundo haga lo que se supone que tiene que hacer, entraremos y saldremos antes de que Armand se dé cuenta de que falta algo. Después de eso, tus gente examinará el libro de registros para determinar su autenticidad. Una vez hecho, Armand será arrestado y el FBI le convencerá para que no tome represalias contra ninguno de nosotros," lo dije apretando mis mandíbulas en duda.

"Te lo dije, este no es el primer cambiaformas lobo o jefe de la mafia del FBI. Sabemos lo que hacemos. No será tan estúpido como para ir tras de ti una vez que hayamos terminado con él."

"Eso espero," respondí no confiándole aún.

Repetiendo los detalles del plan hasta que todos estaban cómodos con él, dije buenas noches y me fui con Lucien.

"Sabes, es buena para ti," dijo Lucien mientras volvíamos a mi casa.

"¿Dillon?"

"Sí, Dillon," dijo divertido. "Te relaja."

"¿Crees que necesito relajarme?"

"Se te ha conocido por ser un poco intenso. Muy obstinado. No piensas mucho."

"Ya veo. ¿Quieres mencionar algo más que esté mal conmigo?"

"¿Eres defensivo?" Dijo bromeando.

Me reí.

"Si supieras lo que he visto… las cosas que he hecho," dije con un bufido.

"Todos hemos visto cosas. Todos hemos hecho cosas que no queríamos hacer y ahora tenemos que encontrar una manera de convivir con ellas. Pero esa, ella calma tus aguas."

"Eso hace," admití.

"¿La amas?" Preguntó volviéndose más personal de lo que había hecho en mucho tiempo.

"Sí."

"Se nota," dijo Lucien con una sonrisa. "Es algo bueno."

"Lo es," respondí sabiendo lo afortunado que soy.

"Ahora, sobre este plan. ¿Realmente crees que este grupo lo logrará? Quiero decir, Dillon es genial para ti pero ¿puede instalar los micrófonos ocultos?"

"Dillon estará bien."

"Y el grandullón que siempre parece que está a punto de transformarse, ¿puedes confiar en que será capaz de hacer lo que tiene que hacer cuando llegue el momento?"

"Déjame decirte algo sobre él. No hay nadie en esa sala en quien confíe más."

"Yo estaba en esa sala."

"Pero nunca has recibido un disparo por mí."

La boca de Lucien se abrió de par en par. "Remy, te quiero, pero…"

"No te preocupes. Siento lo mismo," dije con sarcasmo. "Pero ese, Cali, es el tipo de persona con el que te metes en una batalla."

"¿Y estás seguro de eso?"

"Apuesto mi vida a ello."

"Y lo vas a hacer," me recordó Lucien. "Estás apostando tu vida a todos ellos."

"Mi vida nunca ha estado en mejores manos," dije volviéndome hacia él con una sonrisa.

"Debe ser agradable", dijo Lucien, dirigiendo su mirada hacia el parabrisas.

"Lo es", le dije antes de que ambos cayéramos en silencio.

Al día siguiente, después de convencer a Eris de que deberíamos pasar la noche en la casa de la playa, me puse en contacto una vez más con el equipo antes de irme.

"Puedes hacerlo, Dillon. Todos ustedes pueden", le dije por teléfono mientras conducía para recoger a Eris.

"Esto es el final, ¿verdad? O logramos esto o…"

"No hay "o". Vamos a hacer esto. Y una vez que esté hecho, estaremos juntos".

"Te amo, Remy. Necesitas saber eso".

"Y yo a ti, Dillon. Siempre te he amado y siempre lo haré", le dije sabiendo que era la verdad.

Al llegar a casa de Eris, sabía que el juego había comenzado.

"Hola", dijo ella acercándose para besarme.

Mi instinto era alejarme, pero no lo hice. Dejé que besara mis labios. Todo tenía que salir perfecto esa noche. No podíamos meternos en una pelea. Eso significaba hacer más de lo que estaba cómodo.

"Nos vamos para el fin de semana", le recordé mientras miraba las dos maletas que tenía que llevar por tres pisos de escaleras.

"Por eso empacé ligero", dijo sin un atisbo de ironía.

Con el coche cargado y en camino, repasé el plan en mi cabeza una vez más. No podían haber errores. No había margen para errores.

No estaba seguro de lo que Armand haría si nos atrapaba, pero no lo dejaría pasar. Haría ejemplo de alguien. Y si era como mi padre, el ejemplo sufriría.

Cuando entré en el camino de Armand con dudas en la mente, recuperé mi resolución cuando Eris salió del auto sin pensar en sus cosas. Esperaba que yo lo llevara adentro por ella, lo cual haría. Pero, ¿podía soportar la idea de desempeñar el papel de marido desagradecido para una niña rica y malcriada el resto de mi vida? No cuando tenía a Dillon esperándome.

"Las colocaré aquí", le dije depositando sus maletas fuera de nuestro armario.

"Si eso es lo que quieres", dijo posando seductoramente en la cama que compartiríamos.

La miré, sabiendo lo que se avecinaba. Hasta ahora había evitado tener relaciones íntimas con ella, pero mis excusas se estaban debilitando.

"¿Dijiste que la chef nos dejó la cena preparada?"

"Sí. Dijo que todo lo que necesitamos era calentarlo", respondió moviendo el pecho y mordiéndose ligeramente el dedo.

"Bien, estoy famélico. ¿Quieres que también te caliente algo?", propuse.

"Ahh. ¡Vale!", exclamó resignada y se dejó caer sobre la cama.

Dejándola, bajé a la cocina y me puse a trabajar. Sabía lo que la chef había preparado para Eris porque era lo mismo que ella comía todas las noches, una ensalada de kale con pechuga de pollo a la parrilla y fruta mixta para el postre.

Al abrir la nevera, eso fue lo que encontré. Saqué los platos y los coloqué en la encimera, luego me giré y saqué un frasco de mi bolsillo. Vertí su contenido sobre la fruta en ambos platos, mezclé rápido el brebaje y devolví el frasco vacío a mi bolsillo.

"¿Qué nos preparó la chef?", preguntó Eris entrando a la cocina detrás de mí.

"Adivina", le dije seguro de que ella lo había solicitado.

Ella examinó todo lo que teníamos frente a nosotros.

"Estoy seguro de que a ti te preparó una lasaña o algo similar. Revisa en la nevera."

"Ya lo hice", le contesté sabiendo que la chef lo habría hecho si Eris lo hubiera pedido.

"Bueno, este plato es mejor para ti de todas formas", dijo ella cogiendo una botella de vino y unas copas.

"Seguro", respondí sabiendo que nunca podría aguantar una vida entera de esto.

Mientras la observaba comer, intenté no mirar. Cuando terminó con la ensalada, pasó a la fruta.

"La fruta es realmente dulce", dijo ella mirando su plato. "Está buena. Me gusta."

"A mí también", le dije comiendo mi porción después de ella.

Con el vino fluyendo libremente, Eris me miró con una expresión reveladora en sus ojos.

"¿Crees que soy bonita?"

La miré. No cabía duda de que lo era.

"Eres una de las mujeres más hermosas que he conocido", le dije sinceramente.

"Entonces, ¿por qué no quieres tener relaciones sexuales conmigo? ¿Es porque no estoy suficientemente gorda?"

"¿Y si lo fuera?", le pregunté, fantaseando con encontrar una salida.

Eris rió. "He escuchado historias. Sé que te gustan las chicas como yo. Pero si no es eso, entonces, ¿qué es?", dijo sintiendo el alcohol.

"Quizás solo estaba esperando el momento adecuado", sugerí, llenándola de repente de esperanza.

"¿Y cuándo es ese momento?"

"Tal vez era la noche antes de nuestra fiesta de compromiso en una casa de playa que teníamos solo para nosotros."

"Ah, sí", dijo emocionada.

"Sí", le respondí con una sonrisa. "¿Te gustaría besarme?" Me preguntó con una pizca de temor causada por el alcohol.

"Quizás me gustaría", le dije mirándola.

"Entonces, ¿por qué no lo haces?" Preguntó tímidamente.

"Entonces, ¿por qué no vienes aquí?"

Eris se levantó del taburete al otro lado de la isla de la cocina e inmediatamente se inclinó hacia adelante.

"¿Qué pasa?", le pregunté inocentemente.

"Nada, solo es mi estómago", dijo antes de incorporarse y lo intentó de nuevo. "Oh", pausó. "Disculpa".

Erythritol es un alcohol de azúcar de cero calorías que se usa en los postres para reducir su contenido calórico. Hace unos meses había probado una nueva marca de barritas de proteínas que no le sentaron bien al estómago. ¿El ingrediente principal? El erythritol, que también está disponible en forma granulada en el pasillo de repostería.

"¿Qué pasa, cariño? ¿No te encuentras bien?", grité mientras fregaba los platos.

"Estoy bien. Te veo en la habitación", gritó de vuelta.

"Seguro que sí", murmuré para mis adentros.

Tiendido en la cama con la camisa quitada, esperaba a mi prometida. Cuando llegó, no lucía tan segura como solía hacerlo.

"No me siento bien," dijo manteniendo la distancia.

"¿Qué te pasa? ¿Es tu estómago?" pregunté con preocupación.

"Sí."

"¿Es una flatulencia?"

"No tengo flatulencias," contestó a la defensiva.

"Entonces, ¿qué es?"

"No es nada."

Sonreí de manera seductora. "Entonces, ¿por qué no te unes a mí?"

Dio un paso hacia mí y se le escapó un pedo. "¡Oh!" Fue tan adorable que por un instante casi olvidé que ella era una psicópata. Retrocediendo rápidamente, dijo, "No esta noche."

"¿Cómo que "no esta noche"?"

"Simplemente, no esta noche."

"Pero tenía todos estos planes sobre lo que iba a hacerte."

"¡No esta noche!"

"Está bien," dije con desilusión. "¿Preferirías que te dejara la habitación? Hay otras habitaciones en las que puedo dormir."

"Sí, hazlo."

"Bueno, si insistes," le dije recogiendo mi maleta y saliendo de la habitación.

Tan pronto como estuve en el pasillo, la puerta de la habitación se cerró tras de mí con un estruendo. A esto le siguió el pedo más largo que había escuchado jamás. En unas pocas horas, ella estaría bien. Eso significaba que tenía hasta entonces para encontrar lo que buscaba y hacer lo que tenía que hacer.

Dejando mis cosas en la tercera habitación, recuperé mi buscador de cajas fuertes y me puse manos a la obra. El proceso era tedioso pero lo hice. Comenzando por la habitación principal, inspeccioné cada centímetro de la pared. Cuando terminé allí, pasé al baño principal.

Sabía que las posibilidades de que la caja fuerte se encontrase en cualquiera de esos lugares eran bajas, pero este era el mejor momento para hacerlo, mientras los efectos del eritritol estaban en su punto máximo. ¿Qué excusa podría darle a Eris si me atrapaba en la habitación de Armand, especialmente teniendo en cuenta que tuve que forzar la cerradura para entrar?

Por suerte, no tuve que dar ninguna. Y si ella me encontraba en la oficina de Armand, siempre podría decir que estaba buscando un libro para ayudarme a conciliar el sueño. No era una gran excusa, pero serviría.

Abriendo la puerta de la oficina de Armand en el segundo piso, me deslicé dentro y la cerré detrás de mí. A solas, examiné el espacio.

Los primeros lugares que revisé fueron las fotos en la pared. El aparato de Jimmy indicó que no había nada detrás de ellas. A continuación revisé la estantería que ocupaba toda una pared. Nada allí. Sentado en su silla de escritorio, revisé su escritorio. Aún nada.

Estaba a punto de declarar que el dispositivo de Jimmy no funcionaba cuando noté algo. La oficina tenía dos rejillas de ventilación. Una cerca del techo. La otra cerca del suelo.

Por sí solo, esto no significaba nada. Las rejillas de ventilación en el techo son mejores para enfriar, mientras que las de suelo son mejor para la calefacción. Probablemente ni siquiera me hubiera dado cuenta si no acabara de escanear cada centímetro de la habitación.

Acercando el buscador de cajas fuertes a la rejilla del suelo, inmediatamente se activó.

"Ahora te tengo," dije liberando mis manos y forzando la apertura de la rejilla.

Detrás de ella había una caja de seguridad estándar de consumo. Reconocí la marca. Me había costado mucho dinero conseguir el código de recuperación hace unos años. A eso le tenía que agradecer a mi padre. Un día, de la nada, mi padre me dijo que era hora de que aprendiera a abrir una caja fuerte. Era una habilidad que él tenía y se esperaba que yo la tuviera también.

El problema era que resultó que era horrible en eso. Sospechaba que tenía que ver con la tecnología adicional desde los días de mi padre, pero él se negaba a reconocer el cambio. Cuando lo mencioné, dijo que estaba poniendo excusas. Por tanto, en lugar de golpear repetidamente mi cabeza contra la pared, hice lo que cualquier persona inteligente haría, compré la empresa que construyó la caja fuerte.

Fue mi primera compra legítima. Comprándola fue lo que me inició en mi nuevo camino. De ellos, aprendí que cada empresa de cajas fuertes incorpora códigos de puerta trasera que pueden abrir cualquiera de sus cajas fuertes. Lo llaman una medida de precaución en caso de emergencia. Pero por el precio correcto, puede ser tuyo.

El único problema con la marca de caja fuerte que tenía delante de mí ahora es que su medida de precaución es de 16 dígitos. Y para asegurarse de que sus cajas fuertes no se comprometan fácilmente, incluyen 49 combinaciones falsas con la que funciona. Parecía que se avecinaba una larga noche, y así fue.

"¡Por fin!" exclamé tres horas más tarde cuando identifiqué la combinación correcta.

Al abrir la caja fuerte, encontré que estaba vacía excepto por unos $50,000. Eso me sorprendió. Cuando era joven, el ático de mi familia estaba repleto de efectivo. Mi padre no podía blanquear el dinero lo suficientemente rápido. ¿Qué hacía Armand de manera diferente que dejaba solo un cambio insignificante en su caja fuerte?

Dejando a un lado ese misterio, anoté la combinación de la caja fuerte y la cerré. Devolviendo todo como estaba cuando entré, volví a cerrar con llave la oficina y me dirigí a mi habitación.

Tumbado en la cama pensé en todo lo que estaba pasando. Todo dependía de que Jimmy estuviera en lo cierto acerca de que Armand llevaba sus libros de contabilidad con él. Si estaba equivocado, todos estábamos jodidos. ¿Cómo había llegado hasta aquí?

Durante tanto tiempo viví la vida como si no tuviera futuro. Había aceptado que era el hijo de mi padre destinado a seguir sus sangrientos pasos. Pero entonces ocurrió un milagro, mi padre enfermó. Por trágico que fuera, fue la primera vez que imaginé una salida.

Fue entonces cuando Dillon se convirtió en mi motivación. Sin haber cruzado ninguna línea, aún podía convertirme en un hombre al que ella pudiera amar. Fue por ella que ideé mi plan para llevar una vida legítima. Y estaba a punto de obtener todo lo que siempre quise hasta que Armand interrumpió el funeral de mi padre. No le bastaba con el imperio de mi padre. También quería el mío.

Ese sería su error. Porque lo que no tuvo en cuenta fue quién me convertiría una vez que tuviera a Dillon a mi lado. Dillon era más que mi inspiración. Ella era mi guía. No supe quién era realmente hasta que Dillon me hizo pensar en ello.

Sí, "Abraza tu verdadero yo y serás recompensado" había sido el lema de mi padre, pero es difícil verte a ti mismo sin un espejo. Verme a mí mismo a través de los ojos de Dillon fue el espejo que necesitaba.

No era quien pensaba que era. Era alguien que sentía más que solo lujuria. Era alguien que necesitaba más que mantener a salvo a sus seres queridos.

Esas cosas eran parte de mí, por supuesto. Pero no era todo lo que era. Dillon me ayudó a ver eso. Y una vez que lo hice, por primera vez en mi vida, comprendí que no era mi padre. Solo era su hijo.

Crecer con mi alfa padre me había moldeado. Pero no me convirtió en otra persona. Todavía podía ser amable y menos reservado. Todavía podía ser un lobo al que Dillon pudiera amar.

Apartando mis pensamientos, repasé el plan una última vez y me di la vuelta para dormir. Cuando me desperté a la mañana siguiente, el sol todavía estaba saliendo. No pude haber dormido más de cuatro horas y me sentí así. Mi cerebro estaba funcionando más lento de lo habitual. Y considerando que era la única herramienta que necesitaba para sobrevivir hoy, esto no era bueno.

Intenté echar una cabezadita más, pero en cuanto cerré los ojos, el plan giraba en mi mente. ¿Podrá Dillon mantenerse oculta mientras coloca los micrófonos? ¿Podrá Cali mantener la compostura cuando mire a los ojos al hombre que le disparó y secuestró a Hil?

Más allá de eso, tenía que entrar y salir de la oficina de Armand. Su equipo de seguridad estaría por todas partes. Este había sido el plan de Lucien y mi primo era sin duda un genio. Pero a la luz del día y con mi cerebro funcionando a media máquina, esto se sentía imposible. ¿Debía cancelarlo antes de que alguien a quien amaba resultara herido?

Un suave golpe en la puerta de mi habitación interrumpió mis pensamientos.

"¿Sí?", pregunté, preguntándome si el personal de la casa había llegado temprano.

Eris tomó eso como su invitación para entrar. Vestida con un negligé transparente que mostraba más que su cuerpo perfecto, cruzó la habitación y se metió en la cama conmigo. Haciéndose mi cucharita, rodeó su esbelto cuerpo con mi brazo.

En cuanto lo hizo, me tensé. Odiaba que fuera su cuerpo el que estaba presionado contra el mío en lugar del de Dillon. Pero nos quedamos juntos en silencio hasta que mi tensión la hizo susurrar, "¿De verdad quieres seguir con esto?"

Se refería a nuestra fiesta de compromiso. Pero era la pregunta que me estaba haciendo sobre el robo. Sentir su cuerpo donde debería haber estado el de Dillon, respondió a mi pregunta. Y saber que así podría ser para el resto de mi vida, me dejó seguro.

"Sí, de verdad quiero", respondí, esperando que no detectara el filo en mi voz.

Eris sonrió, pareciendo satisfecha con mi respuesta.

Cuanto más tiempo estaba acostado junto a ella, más revitalizado me sentía. Recuperando el enfoque, luego repasé cada parte del plan a medida que ocurría.

Justo a tiempo, llegó el equipo de seguridad de Armand. Al oírlos revolver abajo, Eris y yo nos vestimos y nos dirigimos a la cocina. Tomando tazas de café, lo bebimos en el patio trasero.

Pasó más de una hora para que la seguridad revisara cada habitación. Mientras lo hacían, los observaba meticulosamente mientras Eris se perdía en la vista de la piscina y la playa más allá.

Cuando los hombres enfundados no encontraron cámaras ocultas ni micrófonos, se reunieron rápidamente y luego se fueron. Fue entonces cuando llegó el personal de la cocina y los caterings. Discutiendo la logística, revisaron el espacio tan intensamente como lo había hecho la seguridad de Armand. Acto seguido, llegaron los planificadores de eventos y su equipo.

Tan pronto como vi a Dillon con su disfraz tan sencillo, mi corazón latió fuerte. No sería suficiente si Eris la descubría. Había algo demasiado reconocible en la forma en que Dillon se movía.

"Acabo de tener una idea", dije llamando la atención de Eris.

"¿Cuál es?"

"Es nuestra fiesta de compromiso, ¿no es cierto?"

"La última vez que comprobé", Eris replicó secamente.

"Deberíamos coordinar lo que vestimos".

Me sorprendió cuánto se iluminó el rostro de Eris.

"¿De verdad?"

"Somos una pareja, ¿no es cierto?"

"Sí", dijo Eris encantada. "Mira, por eso traje dos maletas".

"Tiene sentido. Buen juicio previo", dije con una sonrisa.

Eris no pudo estar más complacida consigo misma.

"¿Deberíamos comparar lo que hemos traído?", pregunté.

"¿Ahora?"

"¿Por qué no?"

"Bueno, vayamos", dijo felizmente.

"Guía el camino", dije instándola a levantarse.

Cuando se dio la vuelta mirando en otra dirección, volví mi mirada a Dillon. Estaba preocupado por ella. ¿Y si Eris la había mencionado a Armand y Armand llegaba temprano sabiendo cómo lucía Dillon?

Ponerla en este tipo de peligro había sido un error. Nada valía la pena arriesgar su seguridad, pero ya no había nada que pudiera hacer al respecto.

El desfile de opciones de vestidos de Eris parecía interminable. Eso era bueno porque la mantenía en nuestra habitación donde estaba segura de no toparse con Dillon. Pero, en serio, ¿cuántos vestidos puede tener una mujer?

Cuando ya no pude soportarlo más y estaba seguro de que Dillon se había ido con seguridad, sugerí lo que debíamos vestir y puse fin a la pesadilla.

"Vale, dame algo de tiempo para vestirme."

"Pensé que ya estabas vestida", dije sinceramente.

Eris me miró como si fuera un niño ingenuo. "Es nuestra fiesta de compromiso. Necesito maquillarme, tonto."

"Claro. Bueno, te veré allí."

"No si te veo primero", dijo mientras desaparecía en el baño.

Vistiéndome y pasando mis dedos por mi cabello, eché un rápido vistazo al espejo y salí de la habitación. Me sentía seguro. Bajando las escaleras a punto de pasar por la cocina, vi dos cosas que no quería ver.

A través de la puerta abierta, vi a Armand llegar. Y a través de la puerta de cristal que conduce al patio trasero, vi a Dillon intentando desesperadamente captar mi atención. Cuando la tuvo, me llamó para que saliera.

"Se suponía que debías haberte ido ya", le dije mientras la llevaba a una sección apartada del patio trasero.

"Lo sé. Lo sé", dijo Dillon en pánico.

"Vale, Dillon, cálmate. Dime qué está pasando."

"Es el equipo. No funciona. Hice todo lo que Jimmy me dijo que hiciera cuando los instalé, pero él no está recibiendo señal."

"¡Maldita sea!" murmuré tratando de pensar qué hacer.

Mi corazón latía con fuerza. La grabación de Jimmy era nuestro plan de respaldo. Si todo se iba al infierno, él escucharía y llamaría a la caballería, por mucho que eso pudiera ayudar. También era una segunda opción en caso de que no pudiera conseguir los registros. Se suponía que debía llevar a Armand a donde sabía que había un micrófono oculto y discutir negocios. Sin la grabación, no solo teníamos una única oportunidad de hacer esto, sino que si algo salía mal, estábamos solos.

"Jimmy cree que los hombres de Armand instalaron algo que puede distorsionar una señal de radio."

"Nunca había oído hablar de tal cosa", le dije.

"Yo tampoco. Pero Jimmy dice que existen. ¿Quién es ella?"

"¿Quién?" pregunté, perdido en mis pensamientos.

"¿Ahí arriba?"

Giré hacia Dillon y seguí su mirada. Mirando detrás de mí, vi un rostro en la ventana del segundo piso. La persona nos estaba mirando hasta que rápidamente se apartó. Contando las ventanas, supe exactamente quién era.

"¡Mierda!" dije, sintiendo a mi lobo inquietarse.

"¿Quién era?" preguntó Dillon asustada.

"Eris. Necesitas salir de aquí rápido."

"¿Y qué pasa con la grabación?"

"No la necesitaremos. Conseguiré los registros y todo estará bien."

"¿Estás seguro?"

"Sí. Vete. Y al salir, recoge tantos micrófonos ocultos como puedas. No queremos que alguien tropiece con algo por casualidad y arruine todo."

"Vale."

"Y, Dillon, una vez que salgas de aquí, quiero que te alejes tanto como puedas de este lugar. Ve a algún sitio donde nadie pueda encontrarte, ni siquiera yo."

"¿Por qué?" preguntó ella con miedo en sus ojos.

"Solo hazlo. Te contactaré tan pronto como pueda. Pero si no tienes noticias mías, quiero que desaparezcas y no mires atrás."

"¿Remy?" Dijo asustada.

"Por favor, Dillon. Te quiero. Y necesito que te vayas."

Me miró sin querer irse. Quería besarla. Me costó todo no hacerlo, pero sabía que no podía. Demasiadas cosas ya habían salido mal.

Dejando que Dillon se fuera, se puso su gorra más baja en la frente y arrancó dispositivos de los maceteros mientras se marchaba. ¿Sería esta la última imagen que vería de ella? No podía pensar en esto ahora. Lo único importante era que ella saliera de aquí a salvo.

Al regresar adentro y entrar en el salón, vi que Armand no era la única persona que había llegado. Hablando con él en una animada conversación estaba Lucien. Solo podía imaginar de qué estaban hablando. Necesitando mantener a Armand distraído mientras Dillon escapaba, me acerqué.

"Tu futuro padrastro", dijo Lucien con emoción mientras me acercaba.

"Sí, nos hemos conocido. Lucien, este es Armand." Me volví hacia Armand. "Lucien es mi primo del lado francés de mi familia."

"Y su padrino", agregó Lucien con entusiasmo.

"¿El lado francés de tu familia?" preguntó Armand mirando a Lucien con complicidad. "He oído cosas."

"Espero que todo bueno", respondió Lucien. "¿Eras amigo del padre de Remy?"

Armand me miró y sonrió. "Éramos colegas respetados", dijo con suficiencia.

"Ah", dijo Lucien antes de hacer una pausa. "¡Ahhh!" Repitió como si de repente entendiera su significado. "Así que, te estás casando con el negocio familiar", me dijo Lucien con una mano en mi hombro y una palmada en mi estómago. "¡Buen hombre! Buen hombre."

"¿Y ustedes dos están relacionados cómo?" preguntó Armand a Lucien.

Mientras Lucien explicaba, levanté la vista para ver a Dillon abrirse camino hasta la furgoneta del organizador del evento y luego más allá en la calle. Estaba seguro de que habría seguridad en la carretera que lleva aquí. Pero estaban allí para evitar que las personas entraran, no que salieran.

Con Dillon ahora a salvo, centré mi atención en la otra parte de nuestro plan. Lucien debía haber interceptado a Armand en el camino porque bajo su brazo había una cartera de cuero. Tenía que ser donde guardaba los registros.

"Lucien, ¿puedo hablar contigo un momento?" pregunté interrumpiendo su conversación. Me volví hacia Armand. "Son cosas de padrino."

"Por supuesto", dijo Armand dirigiéndose hacia las escaleras. "Ha sido un placer conocerte. Hablaremos más. Quizás haya formas de que nuestras dos empresas trabajen juntas."

"Una perspectiva intrigante", dijo Lucien con una sonrisa. "Te buscaré más tarde", le dijo a Armand mientras ascendía las escaleras. "Eso fue interesante", murmuró Lucien cuando Armand se fue.

"Parece que os lleváis bien", dije sin impresionarme.

"He tenido mucha práctica lidiando con lobos como él. No es difícil averiguar qué es lo que los de su tipo quieren oír."

"Bueno, no te va a gustar escuchar esto. No solo los hombres de Armand han activado algo que bloquea la señal de radio de nuestros bichos, sino que estoy bastante seguro de que Eris me vio hablar con Dillon."

"¡Maldita sea!"

"Así es."

"¿Qué vamos a hacer?"

“¿No eres tú el cerebro?” pregunté sarcásticamente.

“¿No lo has escuchado? Está en los videojuegos, no en desastres totales como este.”

Riéndome me sentí jodido. “¿Lo dejamos todo?”

“¿Rendirnos? ¿Estás loco? Este desastre apenas ha comenzado”.

Reí. “Solo necesitaba oírte decirlo”.

“Ya está dicho. Ahora, a bailar.”

“¿Qué?”

Lucien movió los pies mirándome.

“¡Oh, claqué!”

“Sí, esto. Hacemos claqué.”

Lo miré con una sonrisa. “Entonces, vamos allá”.

“Vamos”, me dijo antes de dejarme para saludar a un invitado que nunca había conocido.

No tardó mucho para que el salón de diseño abierto se llenara de gente que no conocía. Fue un alivio cuando vi algunas caras amigas. Y antes de que pudiera cruzar la sala para hablar con ellos, Cali ya había comenzado su segunda bebida.

“Quizás quieras ir más despacio, campeón”, dije mirando intensamente a Cali.

“No me llames campeón”, respondió con una fiereza que nunca había tenido.

“Vale”, dije mirando a Hil preocupado.

Mi hermana encogió los hombros de manera apologetica.

"¿Y tú, cómo estás, mamá?" pregunté besándola en la mejilla.

"Estoy aquí. Eso tiene que ser suficiente", dijo ella con severidad.

"Lo entiendo", dije quitándole el trago a Cali de la mano y bebiéndolo.

"¡Oye!" dijo molesto, antes de dejarnos para conseguirse otra.

"No creo que debas presionarlo hoy", me advirtió Hil, frunciendo el cejo.

"O quizás deberías tener a tu novio paleto con una correa más corta."

"¡Remy!" Mi madre reprendió.

"Relájate, madre. Hil sabe que solo estoy bromeando. Hoy ya es lo suficientemente difícil como para no poder desahogarme un poco."

Hil se inclinó hacia mí. "Solo digo que ahora mismo no está en su mejor estado mental."

"¿Quién lo está, pequeña? ¿Quién lo está?" pregunté dejando a las dos atrás.

Con Armand de vuelta a la fiesta y circulando entre los invitados, empecé a buscar oportunidades para irme. Pero lo que fue más y más perturbador fue que mi prometida aún no había hecho su aparición. Esto no podía ser bueno. No había manera de negar cuánto le gustaba a Eris hacer una entrada, pero ya había pasado más de una hora desde que me vio hablar con Dillon. Tenía que creer que su ausencia no era una coincidencia.

"Entonces, ¿dónde está mi hija?" Armand me preguntó cuando me encontró solo.

Miré directamente a sus ojos intentando averiguar qué sabía. ¿Le había contado Eris lo que había visto? ¿Ya habían hombres buscando a Dillon para acabar con su vida? Estaba a punto de cancelar todo el plan cuando bajó las escaleras una visión para los ojos doloridos.

"Allí está", le dije a Armand dirigiendo su atención hacia Eris.

Cuando toda la atención se centró en ella, aplaudí llamando a todos a aplaudir. Eris se detuvo, se sonrojó y saludó a todos.

"Mi prometido", dijo ella señalándome.

Cuando todos los ojos se posaron sobre mí, me acerqué a las escaleras y tomé la mano de Eris. La multitud continuó aplaudiendo. El único que no lo hizo fue Cali.

¿Cuántas bebidas había tenido a estas alturas? Había perdido la cuenta en cinco. Esto no era bueno, pero solo podía enfrentar un problema a la vez.

Sujetando la mano de Eris, la conduje entre la multitud. Mirándola, ella se negaba a mirarme. Yup, había reconocido a Dillon. No cabía duda alguna. La única pregunta ahora era cuándo iba a explotar este polvorín.

Mezclándome con una combinación de políticos humanos y los hombres lobo de alto rango de Armand, dejé a Eris y me dirigí hacia Hil, Cali y mi madre.

"Creo que tenemos un problema", dije en voz baja a Hil y Cali.

"Creo que tú tienes un problema", dijo Cali, ya sin estar sobrio.

"¿Es que un paleto se está liando con mi hermana?", respondí de inmediato.

"Que te jodan con eso de paleto", dijo Cali, llamando la atención de las personas que nos rodeaban.

"Cali, estás hablando demasiado alto", dije agarrando su hombro para limitar la conversación a nosotros dos.

"No me jodas tocándome", dijo apartando mi mano. "Siempre piensas que puedes decir y hacer lo que quieras. Pues estoy harto de ello", gritó prácticamente.

"¡Cálmate, Cali!" insistí, sintiendo cómo todos los ojos se volvían hacia nosotros.

"¿Por qué? ¿Porque tú lo dices? Pues déjame decirte algo. Si me llamas paleto una vez más, vamos a tener un problema aquí y ahora."

No podía creer lo que estaba escuchando. Miré a Hil con una sonrisa. Inmediatamente mi hermana se dio cuenta de lo que vendría a continuación.

"No lo hagas, Remy", suplicó Hil.

Volví mi atención a Cali, preparado. Dándole un empujón en el pecho, dije: "Escucha bien, tú, paleto ignorante, tocador de banjo…"

Fue entonces cuando Cali estalló. Agarrándome como si pensara que tenía alguna posibilidad contra mí, pasé mi mano bajo su barbilla, amenazando con abrirlo como un dispensador de Pez. Los dos luchamos de un lado a otro hasta que Lucien corrió y nos separó.

Mientras esperaba mi oportunidad para asestar un golpe en la mandíbula de Cali, se acercó Armand.

"¿Hay algún problema aquí?", preguntó claramente molesto por nuestra pelea en el gran día de su hija.

"¿Un problema?", repitió Cali, volviéndose hacia Armand. "Sí, hay un puto problema."

"Ignóralo. Solo está borracho", dijo Hil, interponiéndose entre Cali y Armand.

Cali apartó a Hil de inmediato y se plantó cara a cara con Armand. "¿Quieres saber cuál es el maldito problema?"

"Te advierto que midas tus palabras", replicó Armand.

"¡Cali!", bramó Hil.

"Me disparaste. Ese es el maldito problema".

Con un débil aroma a lobo en el aire, Armand parecía querer partir a Cali en dos.

"Creo que es hora de que te calles", amenazó Armand.

"Mira a los ojos. ¿Parezco asustado? ¿Ves algo familiar? ¿Revuelve algún recuerdo en esa cabeza tuya?"

Mientras observaba cómo Cali perdía los estribos, decidí dar un paso atrás. Su tarea en nuestro plan era crear una distracción. Necesitábamos que todos los ojos estuvieran sobre él. Se había negado a decirme cómo lo haría, lo que me inquietaba. Pero lo había logrado. Esta era mi oportunidad.

Mientras los hombres de Armand se acercaban lentamente a Cali, yo me escabullí entre ellos y subí las escaleras. Una vez tuve el piso para mí solo, me apresuré a la oficina de Armand. Con rapidez, forcé la cerradura y entré. Tenía aproximadamente 30 segundos antes de que los hombres de Armand arrastraran a Cali, se transformaran y luego lo despedazaran. Necesitaba estar de vuelta abajo para entonces.

Abrí la rejilla del suelo para revelar la caja fuerte y saqué mi teléfono. Recuperé el código de seguridad y lo introduje. En un instante, la caja fuerte se abrió. Encontré los dos libros de contabilidad justo como Jimmy había dicho. Los saqué y los hojeé.

No podía creerlo. Esto era todo. Y justo cuando estaba a punto de cerrarlos, algo cayó.

Lo recogí, lo examiné. Era una funda de plástico con un trozo irregular de cuero crudo dentro.

En el cuero había texto, pero no en un idioma que reconociera. Y al mirarlo más de cerca, parecía más un tatuaje.

"¿Qué estás haciendo?" preguntó Eris captando mi atención al entrar.

"No es lo que parece".

"Parece que tú, Dillon, tu primo y tu cuñado de chiste organizaron esta fiesta de compromiso para ayudarte a robar los registros de contabilidad de mi padre".

Miré los libros de contabilidad en mis manos, sin palabras.

"¿Me creerías si te digo que me perdí camino al baño?" dije intentando encontrar mi sonrisa.

"¡Eres un desgraciado! Me hiciste creer que estabas cambiando", exclamó subiendo el tono.

Rápidamente me levanté y cerré la puerta detrás de ella.

"Mira, no puedes tenerme. ¿Lo entiendes? No soy una propiedad que tú y Armand podáis manejar a vuestro antojo", dije dejando caer el encanto.

"Pues veremos qué tiene que decir mi padre sobre esto", dijo antes de intentar pasar por mi lado hacia la puerta.

"Te estoy dando una salida", gruñí, con mi lobo aflorando.

"¿Qué?", dijo sorprendida por mi enfado.

"Estos", dije levantando los libros de contabilidad. "Estos son tu libertad. No quieres casarte conmigo. Ni siquiera me conoces. Todo lo que soy para ti es el mejor entre un montón de opciones trágicamente horrorosas. Solo estás aquí porque, como yo, estás atrapada. Si me llevo estos, tendrás tu libertad.

"Podrías conocer a alguien que realmente se preocupe por ti. Y podrías tener la vida que tanto anhelas. Podrías ser feliz.

"Piénsalo. ¿Cómo sería sentirte feliz por primera vez en tu vida? Dime, Eris, ¿cómo sería?"

Eris me miró en silencio. El momento se prolongó tanto que pensé que todo estaba perdido.

"Sería bueno", finalmente dijo, permitiendo que mi lobo se relajara.

"Entonces, vuelve a la fiesta. Déjame llevarme esto. Y permíteme darle a Armand la justicia que se merece".

"No puedes", dijo, haciendo que mi corazón se hundiera.

"Sé que mi padre es una persona terrible. Sé que se merece todo lo que quieres darle. Pero, sigue siendo mi padre".

"Tu padre que te trata como ganado".

"Estar contigo no habría sido una maldición".

"Pero amo a otra persona, Eris. La amo con todo mi corazón. Y nunca podría amarte", dije suavemente. Eris bajó la cabeza.

"Pero, puedes encontrar a alguien que te ame. Simplemente no soy yo".

"Mi padre mataría a tu amiga si supiera lo que es", dijo, haciendo que mi lobo volviera a la superficie.

"Pero no le vas a contar sobre nosotros, ¿verdad?", dije sintiendo de repente la necesidad de transformarme.

"No tendría que hacerlo. Está iniciando una guerra con los fae. Quiere que todos estén muertos. Su alfa ganó la guerra con los vampiros y…"

"Quiere su propia guerra. Por eso aceptó tan rápido mi oferta. Ha estado tratando de consolidar las manadas de la ciudad bajo su mando".

"Supongo".

"Lo cual es una razón aún mejor para encerrarlo. Eris, si Armand consigue su guerra, las calles estarán tan cubiertas de sangre de lobo como de fae".

"Te creo. Pero aún así no puedes encarcelar a mi padre. Puedes hacer lo que necesites para poner fin a lo nuestro y detener su guerra. Pero, si metes a mi padre en la cárcel, me quedaría con nada. No podría sobrevivir a eso", dijo con vulnerabilidad.

"Acabas de decirme que muchas personas morirán si no hago esto. No puede tratarse solo de ti".

"Sí, pero eres inteligente", admitió Eris. "Es una de las razones por las que mi padre te admira. Podrías encontrar una forma de conseguir nuestra libertad y prevenir la guerra sin meterlo en la cárcel".

"Eris…", dije con simpatía.

"Por favor, Remy. Sé que puedes hacerlo", dijo sinceramente.

Miré fijamente a los grandes y tristes ojos de Eris. Quería destrozar a Armand por lo que había amenazado hacer a las personas que me importaban. Pero había algo que no había considerado, ¿qué haría el arrancar sus gruesas y profundas raíces al terreno que quedaba detrás?

"Necesito que confíes en mí," le dije a ella, planeando una nueva estrategia.

"¿Y cómo puedo hacer eso? Me has traicionado a cada paso."

"Lo que hice fue luchar por la mujer que amo. Sal de entre nosotros y permíteme ser tu amigo."

Eris me miraba inexpresivamente.

"Eris, de una forma u otra, voy a salir de aquí con estos registros", le dije.

"¿Porque harías cualquier cosa por las personas que amas?"

"Exactamente. Y lo que te pido es que confíes en mí y te conviertas en alguien a quien pueda llamar amiga."

"Está bien," ella cedió antes de alejarse lentamente de mí y de la puerta.

"Gracias," le dije sinceramente, viéndola con una nueva perspectiva.

Componiéndonos, guardé los registros bajo mi brazo y salí de la sala. Esperaba que Eris llamara a su padre en cuanto entrara en el pasillo, pero no lo hizo.

Y Cali estaba haciendo un trabajo mucho mejor del que podía haber imaginado. Aunque había estado en el piso superior más tiempo del previsto, ahora estaba justo fuera de la puerta principal con los hombres de Armand rodeándolo.

Con Armand aún centrado en el borracho palurdo que montaba un espectáculo en la elegante fiesta de compromiso de su hija, Lucien corrió a mi encuentro para recoger los libros.

"Cambio de plan. Necesito que te lleves estos, salgas de aquí y no hables con nadie hasta que tengas noticias mías. ¿Entendido?"

"Entendido," dijo Lucien tomando los registros de mi mano y corriendo por la puerta trasera hacia la playa.

Cuando él desapareció de mi vista, centré mi atención en la última parte de nuestro plan, evitar que Armand matara a Cali. Empujando a través de la multitud fascinada, me deslicé entre los hombres que rodeaban a Cali y me puse delante de él, levantando las manos.

"Muy bien, todos, tranquilizaos. El iluso es un gilipollas, pero también está muy borracho. Diles cuánto has bebido, Cali," le dije mirando hacia el hombre salvaje que de alguna manera había conseguido evitar su transformación a lobo.

Miró con furia en sus ojos. Por un segundo casi creí que esto no era una actuación.

"Dije, cuéntales cuánto has bebido, Cali."

Recuperándose, él respondió, "Estoy realmente borracho."

Me volví hacia la multitud. "Está desconcertado con cualquier alcohol que no venga de una jarra."

Alguien en frente de nosotros se rió por lo bajo.

"Mira, es una vergüenza para mí. Es una vergüenza para mi madre. ¿Pero qué puedo decir? Mi hermana lo ama. Por lo tanto,

si dejo que algo le suceda, no dejaré de escuchar sobre eso. Terminemos esto con una disculpa y enviémoslo a casa a dormir la mona."

Cuando todos parecían más calmados, me di la vuelta. "¿Cali?"

"¿Sí, dónde está mi maldita disculpa?" gritó a Armand.

"Basta por hoy," dije girando a Cali y llevándolo afuera.

"Quiero mi maldita disculpa," gritaba Cali por encima de mi hombro.

"El espectáculo ha terminado," le dije a Cali en voz baja. "Relájate, Dicaprio."

Eso pareció tener sentido en su cerebro borracho. Mirándome a los ojos antes de darse la vuelta, Cali continuó con cara de pocos amigos mientras Hil, mi madre y yo lo escoltábamos.

Nadie preguntó cuando metí a Cali en su camioneta. Tampoco dijeron nada cuando me subí con ellos y me fui. Todo el mundo sabía que éramos de Manhattan. Nadie esperaba que Hil o mi madre supieran conducir.

Al salir de la carretera que llevaba a la casa de la playa, no pasó mucho tiempo antes de que una furgoneta con las ventanas oscurecidas se colocara detrás de nosotros.

"¿Jimmy?" Preguntó Hil mirando a través del parabrisas trasero.

"Jimmy," accedí mirando la furgoneta a través del espejo retrovisor.

"¿Estaban allí?" Preguntó Hil sintiéndose libre para hablar.

"¿Estaba qué ahí?" preguntó mi madre, aún sin entender nada.

Eché un vistazo al asiento del banco de la camioneta hacia mi madre.

"Hil está preguntando por lo que Cali acaba de arriesgar su vida."

"¿Y qué es eso?" volvió a preguntar.

"Mi libertad para estar con Dillon."

"¿Qué?" preguntó mi madre, confundida.

Sonreí.

"Entonces, ¿estaba allí?" Repitió Hil.

"No estoy seguro aún," respondí recordando la súplica en los ojos de Eris.

Los cuatro volvimos en silencio al apartamento de mi madre en la ciudad. Cuando llegamos, el pobre Cali estaba aún más borracho.

"¿Cuántas copas tomó?" pregunté a Hil mientras lo acostábamos en la cama de la infancia de mi hermano.

"Estaba nervioso," admitió Hil.

"¿Entonces qué? ¿Ocho? ¿Nueve?"

"Probablemente. ¿Diez?" dijo Hil colocando el cubo de basura al lado de la cama.

Mirando a Cali mientras tambaleaba al borde del desmayo, sentí empatía por él.

"Hil, sólo voy a decir esto una vez. Y si lo repites, negaré haberlo dicho. Pero Cali es un gran tipo. Tienes mucha suerte de tenerlo."

Hil sonrió. "Lo sé."

"Bien hecho, hermana," le dije antes de envolver mis brazos alrededor de mi hermana.

"Tú también, Remy," respondió ella, provocando más emoción en mí de la esperada.

Dejando a Hil a cuidar de su hombre, entré en la sala de estar. Jimmy estaba allí esperándome con mi madre.

"Madre, ¿te importaría si Jimmy y yo hablamos solos?"

"Claro. ¿Quieres otra bebida," preguntó a Jimmy.

"No, gracias," respondió él levantando su vaso de limonada.

Cuando se fue, me preparé un trago fuerte y me senté.

"No me hagas esperar"," exigió Jimmy. "¿los conseguiste?"

Tomé un sorbo reteniendo el alcohol en mi boca dejándolo que me quemara las mejillas. Tragando dije, "Más o menos."

"¿'Más o menos'? ¿Qué significa eso?"

Cuando terminé mi conversación con Jimmy, supe que había otra conversación que necesitaba tener. Así, subiendo al ahora inactivo coche de mi padre, conduje de vuelta a Long Island. El guardia de seguridad al final de la calle de Armand parecía molesto. Tras comunicar por radio que yo estaba allí, recibió el visto bueno para dejarme pasar. Mi corazón latía fuerte.

Esperaba ver a Armand esperándome en la puerta principal. No lo estaba. Al entrar en la ahora oscurecida y vacía casa, crucé la mirada con Eris, que estaba allí para recibirme.

"¿Dónde está él?"

"Arriba, en su habitación", dijo sin añadir nada más.

Subí corriendo las escaleras y crucé el pasillo hacia el dormitorio principal. Con la puerta abierta, entré. Revisando la habitación, encontré a Armand en el balcón. Estaba mirando a la playa sin luz. Sabiendo que esto era todo, me uní a él.

"Tienes esos documentos, ¿verdad?" preguntó sin mirarme.

"Los tengo", dije con naturalidad.

"¿Cómo sabías que estaban allí?"

"El FBI ha estado construyendo un caso en tu contra durante años. Por cierto, saben sobre los lobos."

"Así que te lo dijeron".

"Conozco a alguien", admití contemplando la playa junto a él.

"¿Y qué hacemos ahora? ¿Te disparo en las rodillas hasta que me los devuelvas? ¿Voy tras tu familia?"

"No lo recomendaría".

"¿Por qué no?"

"Porque, ahora mismo, el FBI solo tiene uno de los libros de cuentas."

"¿Cuál?" Preguntó, girándose hacia mí.

"El limpio, por supuesto."

"¿Y qué, vas a chantajearme?"

"Es un movimiento que me gusta llamar 'El Armand'", dije con una sonrisa.

Se rió entre dientes.

"No me inclino tan fácilmente al chantaje como tú."

"Imagino que no. Pero, te recordaré que ahora mismo, lo tienes todo. No hagas nada estúpido y eso no cambiará."

"Entonces, ¿aún vas a casarte con Eris?"

"Oh, diablos, no. De hecho, has terminado de interferir en mi vida."

"¿Así que crees que puedes tratar a mi hija así y salirte con la tuya?"

"¿Por qué no debería pensar eso? Tú lo haces."

"Soy su padre."

"Y su maldición."

Armand rió. "Quizás." Armand se quedó en silencio. "¿Viste lo que más había en mis libros de cuentas?" preguntó con aire casual.

"¿Te refieres al cuero crudo?"

"Supongo. Pero no es cuero. Es piel de vampiro."

"Ya veo. Agradable", dije sarcásticamente. "¿Qué escribiste en ella?"

"Yo no escribí. La encontré así."

"¿Qué?" pregunté confundido.

"Fue durante las guerras de los vampiros. Yo tenía, tal vez la misma edad que tú tienes ahora. Mis lobos y yo encontramos a un vampiro escondido en un almacén. Éramos cuatro contra uno, así que lo atrapamos fácilmente. Con él inmovilizado, estaba a punto de quitarle la cabeza cuando vi algo escrito en su piel.

"Estoy seguro de que no necesito decirte lo inusual que es eso. Los vampiros no pueden ser tatuados. La única manera de que lo sean es si deciden que la piel bajo el tatuaje no se regenere. Así que, para mantener un tatuaje…"

"Necesitarían no dejar de impedir que su piel se regenere", continué.

"Incluso cuando duermen. Así que, al ver este tatuaje, supe que debía ser importante."

"Así que se lo cortaste."

"Y ni siquiera mientras arrancaba la carne dejó de curarse."

"¿Qué dice? Yo no pude leerlo."

"Me costó un tiempo descifrarlo. Está escrito en un idioma antiguo. Utilizado por los faes antiguos."

"¿El vampiro tenía un tatuaje escrito en fae?"

"Eso pensé", dijo girándose hacia mí.

"¿Y qué dice?"

Armand sonrió, sabiendo que me tenía.

"Es una profecía. Dice, 'Cuando los faes hayan parido sus ojos, verán a través de todo lo que pueda detenerlos y gobernarán el mundo.'"

"¿'Cuando los faes hayan parido sus ojos'?" pregunté con dudas.

"Tu conjetura es tan buena como la mía. Pero si los vampiros están trabajando ahora con los faes, alguien tendrá que detenerlos antes de que tomen el control. ¿Y a quién nos queda sino a los lobos?"

"Es un mundo humano", le recordé.

Armand bufó. "¿Qué van a hacer, ¿trollearlos en TikTok? Los humanos son débiles. No tienen idea de lo que viene."

"Parece que ninguno de nosotros lo sabe", admití.

"Es por eso que necesitas unirte a mí. Con tú a mi lado, podemos derrotar a los faes."

"¿Y cuando termine, los humanos serán los siguientes?"

"Los fuertes liderarán a los débiles. ¿No fue un humano quien dijo eso?" dijo Armand con una sonrisa.

"Eres un lobo loco", le dije, viéndolo tal y como era.

"Soy un lobo con visión", afirmó, diciéndome que no quería formar parte de su plan.

"Si quieres mantener tu imperio, vas a dejar en paz a todos los que me importan. Eso incluye a Eris. Desde ahora, ella es libre de estar con quien quiera. Como yo. Y si siquiera sospecho que estás rompiendo este acuerdo, lo único que te importa será arrebatado."

"¿Mi hija?"

"Corta el rollo. No te importa un pimiento ella."

Armand se rió. "Me has descubierto. Te diré, es difícil pensar que son preciosos cuando tienes tantos."

No estaba seguro a qué se refería Armand, pero no me importaba.

"Entonces, dime, ¿tenemos un acuerdo o te quito tu imperio?"

Armand me miró.

"Tu padre estaría orgulloso."

No supe cómo responder a eso.

"¿Tenemos un acuerdo o no?"

"Sí lo tenemos."

"¿Y vas a dejar que Eris se case con quien quiera?"

"Tanto como cualquier otro padre", dijo mirándome con una sonrisa maliciosa.

"Justo lo esperado", dije sabiendo que tenía el mejor acuerdo que podía conseguir.

"Ahora dime, ¿me acompañarás en la guerra que se avecina?"

"Armand, mi más firme deseo es no volverte a ver nunca", le dije antes de darle la espalda y marcharme.

Al salir de la habitación de Armand, me encontré con Eris en el pasillo.

"Estás libre", le informé.

"Lo he oído", respondió con el corazón roto.

Recordando lo que Armand había dicho sobre ella, le toqué la mejilla. "Lo siento".

"Sólo vete", me dijo. Obedecí.

Mientras volvía al coche, pensaba en Dillon. Ella había abierto mis ojos, tal y como profetizó Armand. Según él, cuando los fae dieran a luz sus ojos, estos podrían ver a través de todo lo que pudiera detenerlos y dominarían el mundo. ¿No era Dillon una cambiaformas que los fae habían dejado esperando a que surgieran sus poderes? ¿No podía Dillon ver a través del glamour de un vampiro? ¿No podía ver un lobo cambiante?

El despertar de Dillon era el nacimiento que los fae habían profetizado. Ella era la clave para que los fae se hicieran con el control del mundo. Al menos ellos creían que ella era la clave. Y lo único que se interponía entre los lobos, los fae y Dillon, era yo. Tendría que protegerla. Sólo yo podía mantenerla a salvo y mi lobo y yo estábamos preparados.

Capítulo 14

Dillon

Mi pierna rebotaba nerviosamente mientras me sentaba en el desgastado sofá de mi apartamento en New Jersey. Mirando mi teléfono, no sonaba. Habían pasado horas desde que había huido de la casa de la playa a insistencia de Remy, y no había recibido una palabra suya desde entonces.

Esperando su llamada, un millar de pesadillas recorrían mi mente. ¿Había salido algo mal con el plan? ¿Había descubierto Armand lo que estábamos tramando? ¿Estaba Remy herido? ¿Estaba muerto?

Cuando mi teléfono finalmente sonó rompiendo el silencio, casi salto del susto. El ruido ensordecedor rebotaba en las paredes vacías. Agarrando el teléfono con manos temblorosas, respondí.

"¿Hola?" dije tentativamente.

"Dillon, soy yo," Remy dijo en un tono que calmó instantáneamente mis nervios desgastados.

"¡Remy!" exclamé. "¡Estás bien! Estaba muerta de preocupación. No sabía qué había pasado o—"

"Está bien," me calmó. "¿Dónde estás? Necesito verte."

"¿Es seguro hablar? ¿Cómo sabría si alguien te está forzando a decir esto?"

Remy se quedó en silencio por un momento.

"¿Recuerdas aquella vez que te quedaste en el apartamento de mi familia y te sorprendí bailando desnuda y tocándote?"

El calor subió a mi rostro tan rápido como un nudista alcanzando su bragueta.

"No me estaba tocando," protesté deseando que no fuera cierto.

"Está bien. Dime dónde estás. Necesito verte."

"Estoy de vuelta en mi lugar en Nueva Jersey."

Justo cuando lo dije, alguien llamó a mi puerta.

"Dios mío, Remy. Alguien está llamando a mi puerta."

"¿De verdad? Probablemente deberías responderla."

"Pero qué si…"

"Vas a querer responderla."

Me levanté manteniendo el teléfono pegado a mi oreja. Acercándome lentamente a la puerta, me incliné y miré a través del ojo de la puerta.

"Remy," dije abriendo la puerta de golpe y lanzándome a sus brazos. "¿Cómo supiste que estaba aquí?"

"Te dije que fueras a algún lugar donde las personas no te buscarían."

"¿Y nadie va a Jersey?" pregunté sarcásticamente.

"No voluntariamente," bromeó.

Reí y le di un manotazo en el brazo.

"Tú viniste aquí."

"Eso solo demuestra cuánto estoy enamorado de ti," dijo Remy con una sonrisa.

"Me quieres tanto que estás dispuesto a venir a Jersey."

"Es una canción de amor que se escribe por sí misma."

Reí. "Pero en serio, Remy, ¿qué pasó?" pregunté mientras lo empujaba hacia adentro y hacia mi sofá.

"Se acabó," me dijo mientras me miraba a los ojos.

"¿De verdad? ¿Armand va a la cárcel?"

Remy se detuvo. "Bueeeno…"

"¿Qué?" pregunté sintiendo que mi corazón se desplomaba.

"Lo que puedo decirte con seguridad es que no hay nada que pueda impedirnos estar juntos."

"¿Eris?"

"Ahora está de nuestro lado."

“¿Y Armand?”

“Ha aceptado dejarnos en paz a cambio de que yo no destruya su mundo.”

“Entonces, ¿lo chantajeaste?”

“Básicamente,” dijo Remy orgulloso.

“¿Y cómo se siente Jimmy por no poder meter a Armand en la cárcel?”

“No le gusta, pero cree que es porque nos dio información errónea. Le dije que solo el libro de contabilidad limpio estaba en la caja fuerte y he hecho arreglos para dárselo.”

“Pero, ¿encontraste ambos libros allí?”

“Sí que lo hice.”

“¿Hay algún motivo para que no le dieras ambos a Jimmy?”

“Es porque si hay algo que sé, es que en esta vida, es mejor hacer amigos que enemigos.”

“¿Qué quieres decir?” pregunté confundida.

“Es una larga historia y tengo toda una vida para contártela.”

“Entonces, ¿estás diciendo que realmente se acabó?”

“Parece que sí.”

“¿Y no hay nada que nos impida estar juntos?” pregunté sintiendo un cosquilleo en mi interior.

“De eso, estoy seguro,” dijo Remy con un brillo en sus ojos.

“Entonces tal vez deberíamos…”

Y fue entonces cuando él me besó.

Los labios de Remy eran como fuego contra los míos, encendiendo una llama que consumía todo mi ser. Sus manos recorrieron mi cuerpo hambriento mientras nuestro beso se profundizaba y mi corazón amenazaba con salir de mi pecho.

Necesitando sentir su cálida piel contra la mía, tiré de su camisa. Sin romper nuestro beso, la desabrochó y se la quitó. Mis manos exploraron los duros músculos de su pecho y abdomen. Sentirlos flexionarse bajo mi tacto hizo que mi sexo latiera.

Con creciente urgencia, Remy me guió a través de mi pequeño apartamento hasta que mis piernas chocaron con el borde de la cama. Caí sobre el colchón. El poderoso cuerpo de Remy me aprisionó. Sus labios dejaron besos por mi cuello y por mi clavícula haciéndome ansiar más.

Dedos hábiles se deshicieron de mi camisa, dejando a la vista mi pecho jadeante. La lengua de Remy repasó uno de mis pezones antes de llevárselo a la boca. Me arqueé contra él, jadeando por las oleadas de placer que arremetían a través de mi.

Las manos de Remy se deslizaron hacia abajo, desabrochando mis pantalones. Introduciendo uno de sus grandes dedos entre mis piernas, acarició mi clítoris mientras continuaba mimando mi pecho con atención. Me perdí en el éxtasis, todo mi mundo se redujo a las caricias de Remy.

Con sus labios bajando aún más, mi estómago tembló. Miré hacia abajo mientras me quitaba los pantalones, vi cómo abría mis piernas y presionaba su terciopelo lengua contra mi.

"¡Dios mío, Remy!" grité, enredando mis dedos en su sedoso cabello.

Llevándome hábilmente al borde una y otra vez, le supliqué que me hiciera llegar. Finalmente accedió, se echó hacia atrás. Mirándome, una sonrisa diabólica destacó en su hermoso rostro.

Deslizándose de nuevo sobre mi cuerpo, se arrodilló encima de mí. Agarrando mis caderas y levantándome como si no pesara nada, me volteó boca abajo. Tirando de mis caderas de nuevo, me puso a cuatro patas.

Sabiendo lo que venía a continuación, temblé de anticipación. Su mano grande y fuerte recorría las curvas de mi espalda. Se detuvo en mis hombros, siguiendo el ángulo hasta mi brazo. Cuando su mano estaba sobre la mía, su pecho estaba apretado contra mi espalda. Y con su mano libre separando mis muslos, sentí la cabeza gruesa de su pene presionando en mi entrada.

Empapada, con un empuje poderoso se hundió hasta el fondo en mí. Por mucho que mi intimidad se hubiera abierto anhelándolo, dolía. Una ola de placer doloroso me invadió y gemí.

Había olvidado lo grande que era. Y cuando se retiró lentamente y halló de nuevo mis profundidades, mis piernas temblaron. Me estaba perdiendo.

"Sí, Remy, por favor… ¡más fuerte!" Me escuché decir.

Él obedeció de inmediato. Con embestidas profundas, me folló implacablemente. Mientras el sonido de nuestra carne chocando resonaba, yo gruñía. Esta era una nueva faceta de Remy. Despertó algo dentro de mí.

"Más fuerte," supliqué hasta que el marco de la cama retumbó violentamente bajo nosotros.

Mi mente giraba en un torbellino de sensaciones abrumadoras. El mundo entero se redujo al pene grueso de Remy embistiéndome. Me reclamó por completo. No iba a durar mucho.

Cambiando ligeramente su ángulo, golpeó mi punto sensible. La electricidad estalló en mí. Me empujó al límite.

Cuando mi clímax explotó, me atravesó como una bomba. Las estrellas estallaron en mi visión. Mi sexo espasmódico se estrechó en torno al grueso pene de Remy. Fue suficiente para arrastrar a Remy al borde conmigo.

Arqueando su espalda, aulló de placer llenándome con todo lo que tenía. Vacío y exhausto, Remy colapsó encima de mí. Cuando su peso probó mi debilitada fuerza, me desplomé sobre el colchón.

Juntos éramos un enredo de miembros sudorosos. Y con ambos jadeando por aire, se deslizó a mi lado. Mientras depositaba suaves besos a lo largo de mi hombro, yo pasaba mis dedos por su piel sensible.

"Te amo," murmuró, acurrucándome con cariño. "Y te protegeré para siempre."

Mi corazón se hinchó, rebosante de emoción. Esto era solo el comienzo para nosotros, pero ya entonces supe que nunca le dejaría marchar. Se sentía como si hubiésemos tardado una vida entera en encontrarnos. Ahora, aquí estábamos, juntos.

"También te amo," dije arrastrándome a sus brazos.

"Nunca voy a soltarte de nuevo," me prometió estrechándome más fuerte.

Le creí. Remy era todo lo que siempre había querido y todo lo que siempre había necesitado. Era mío tanto como yo era suya. Y yaciendo allí con su confortante aliento cálido envolviendo mi cuerpo desnudo, supe que los dos íbamos a vivir felices para siempre.

Epílogo

Cali

Al despertar la mañana posterior a la fiesta de compromiso de Remy, me sentía fatal. Teniendo en cuenta cuánto había bebido, me sorprendió haber despertado en absoluto. Nunca bebía tanto y sabía que no debería haberlo hecho ayer por la noche.

Hil pensaba que mi afán de beber era por buscar valentía en las copas. En cierto modo, ella tenía razón. Pero no se trataba de la valentía para actuar como el distractor que el plan de Remy requería. Era algo mucho más profundo.

Meses antes, Armand había secuestrado a Hil. Sentía la necesidad de dispararle a alguien antes de dejar que Hil se fuera, así que le permití que me disparara a mí. A pesar de que fue en la pierna, lo odié por eso. Si hubiera podido, me hubiera arrancado la cabeza por lo que había hecho a Hil y a mí.

Pero eso fue antes de regresar a casa y reconectar con mis recién encontrados hermanos. Durante nuestra próxima llamada juntos, Claude compartió noticias sorprendentes. Durante meses, habíamos estado intentando obtener cualquier información que pudiéramos de nuestras madres sobre el padre que compartíamos. Resultó que Claude había obtenido su nombre.

Cuando lo leí, Claude preguntó si lo reconocía. Le dije que no. Pero eso no era cierto, sí lo reconocí.

El nombre de nuestro padre era Armand Clément. El hombre que me había disparado era mi padre. La mujer a la que Remy estaba siendo obligado a casarse era mi hermana. Y porque amaba a Hil, había aceptado ayudar a encerrar a mi padre en prisión por el resto de su vida.

Estaba lidiando con mucho. La bebida era la única forma en que podía seguir adelante con ello. Y viendo que todos no estábamos muertos, tenía que asumir que el plan había funcionado. Mi padre ahora estaba arrestado y estaba siendo retenido por el FBI.

¿Había cometido un error? No tenía duda alguna de que Armand era un lobo espantoso y peligroso. Pero considerando que no sólo había conquistado el corazón de mi madre muy inteligente, sino que había hecho lo mismo con las madres de mis hermanos, ¿no implicaba eso que una vez hubo algo más en él? ¿Se perdió esa parte de él para siempre? Si le hubiera dicho quién era yo, ¿habría cambiado de idea?

Era demasiado tarde ahora, pero si tuviera que hacerlo de nuevo, habría hecho las cosas de manera diferente. Si no fuera a estar encerrado por el resto de su vida, le habría contado a mis hermanos quién era él. En lugar de descartarlo, habría pedido a mis hermanos que me ayudaran a conectar con él.

Trabajando juntos, podríamos haberlo cambiado. Remy lo hizo parecer como si estuviera más allá de la redención, pero siempre hay una oportunidad, ¿no es cierto?

De todas formas, eso es lo que habría hecho si Armand ya no estuviera bajo la custodia del FBI. Pero viendo lo cómodamente que Hil dormía a mi lado, estaba seguro de que la amenaza a su vida había sido eliminada.

Si las cosas hubieran sido diferentes... Si hubiera tenido una segunda oportunidad para conectar con mi padre, estoy seguro de que las vidas de todos los que están en casa cambiarían para siempre. Si tan solo tuviera esa segunda oportunidad.

*****

El alfa y la mujer loba curvy
(Hombre-lobo)
Por
Alex (Shifter) McAnders

Daría mi vida por protegerla...

Hil siempre sintió que no encajaba en su poderosa
manada de lobos cambiantes. No solo era una chica
curvy entre lobos hermosos, sino que a los 20 años
todavía no podía convertirse. Eso significaba que su
padre alfa tenía que protegerla… o sobreprotegerla. Y en
el peligroso inframundo de las manadas de lobos de la

ciudad de Nueva York, eso significaba que era una prisionera en su propio penthouse de Manhattan.

Con el deseo de tener una vida (y su primera noche de dedos arqueados con un chico) se escapa y termina en un hostel en el medio de la nada. ¿Será el destino que esté a cargo de Cali, un lobo cambiante solitario que hace latir su corazón con fuerza y le provoca pensamientos cachondos?

Cada momento que pasa con él despierta algo dentro de ella. Y cuando ocurre una tragedia y se queda varada en ese sitio, esta chica curvy descubre todas las cosas que el poderoso lobo puede hacer con su cuerpo curvilíneo.

Su nuevo alfa está dispuesto a sacrificar cualquier cosa para mantenerla a salvo. Pero cuando su peligroso pasado la encuentre, ¿su sacrificio podría costarle la vida? ¿La manada atroz de su padre le romperá el corazón al reclamar otra víctima? ¿O esta chica voluptuosa tendrá su final feliz con el lobo cambiaforma candente de sus sueños?

*****

El alfa y la mujer loba curvy

Se inclinó y cogió mi mano. Su piel cálida junto a la mía me provocó un hormigueo en todo el cuerpo. La deseaba. Mi lobo la deseaba. Pero también quería respetarla. No quería hacer nada para lo que ella no estuviera preparada.

Por esa razón, contuve mi deseo. Casi me rompe, pero lo hice. Entramos en la habitación sin soltarnos las manos. Fue extraño ver las cosas de Hil esparcidas en mi espacio personal. Me gustó. No podría haber adivinado que me gustaría tanto.

—¿Tienes que regresar al campus por la mañana? —preguntó Hil mientras deambulaba sobre su bolsa de viaje.

—Sí. Pero regresaré temprano para ayudar a mamá a instalarse.

—Voy a hacer waffles.

—Me encantan. Creo que a mi mamá también le gustarán —dije comenzando a relajarme—. Probablemente deberíamos irnos a dormir. Estoy pensando que mañana va a ser un día largo.

—Vale —dijo nerviosa.

Ver lo nerviosa que estaba solo me hizo desearla más. Quería abrazarla y consentirla. Quería protegerla. Y aunque lo admitiera o no, quería penetrarla lentamente con mi polla dura y escuchar sus gemidos suaves mientras lo hacía.

Me di la vuelta cuando mi polla empezó a palpitar. No sabía cómo iba a hacerlo. Me estaba costando todo no cruzar la habitación, cogerla entre mis brazos y arrojarla a la cama.

—¿Qué pasa? —preguntó mientras envolvía ligeramente mi bíceps con sus dedos.

Podía sentir el calor de su cuerpo. Mi lobo aullaba de deseo ardiente. ¿Sabía lo que me estaba causando? No había forma de que supiera lo que estaba a punto de desatar.
Leer más ahora

Avance:
Disfrute de esta vista previa de 'El hijo de la bestia':

El hijo de la bestia
(Hombre-lobo)
Por
Alex (Shifter) McAnders

Derechos de autor 2021 McAnders Publishing
All Rights Reserved

"Es difícil ser la única en tu especie"

HARLEQUIN:
Luego de que mi padre intentara encontrar la cura para la infertilidad, yo nací como una mujer loba. Eso habría sido un secreto familiar si mi versión animal no hubiera matado a mi madre. Al tener que explicar su muerte, mi padre le contó al mundo la verdad sobre mí. Ahora soy la muchacha más famosa del planeta, pero espero que nadie

me reconozca en esta universidad en medio de la nada, en Tennessee.

No recuerdo la muerte de mi madre, porque era demasiado chica cuando pasó, pero desde ese momento tuve que aprender a controlar mis cambios a toda costa. Llevaba años sin transformarme, hasta que conocí a Cage Rucker, el mariscal de campo estrella que estaba destinado a convertirse en jugador profesional de fútbol americano.

¿Por qué hace que la loba dentro de mí pierda el control?

Tiene que haber sido el destino lo que nos ha unido. Pero ¿por qué alguien como él, que lo tiene todo, incluso una novia perfecta, se enamoraría de alguien como yo, una torpe mujer loba con más equipaje que una tienda de maletas?

"¡No puedo resistirme a esa chica!"

CAGE:
No sé qué es lo que tiene, pero Harlequin Toro me hace estar dispuesto a tirarlo todo por la borda. Pero ¿querría estar conmigo si supiera lo que escondo?

Todo el mundo piensa que no me importa nada en el mundo, pero se equivocan. Algo quiere salir de mi interior y no sé qué es.

Nota: Este libro es parte de la colección Amor es Amor, del mismo autor, y está disponible como un romance picante en 'Mi tutora', como un romance de hombre lobo en 'El hijo de la bestia', como un romance tierno en

'Enamorándome de mi tutora', y como un romance entre dos hombres en Serios problemas.

*****

El hijo de la bestia

Levanté la mirada. Tenía razón. La noche estaba completamente despejada. No había nada entre nosotros y el resplandor de la luna llena. ¿Cómo era posible que hubiera olvidado que esa noche había luna llena?

En realidad, no importaba. Yo no era un monstruo, no estaba atada a la luna. Hacía años que no me transformaba. Hacía mucho tiempo que podía controlarme a mí misma, a mi cuerpo. Era Harlequin Toro, un ser humano, no una loba sin control sobre sí misma…

—¿Tienes frío?

—¿Qué?

—Estás tiritando.

Temblaba.

—Creo que estoy nerviosa —admití.

—¿Por qué estás nerviosa?

Sentí calor en el rostro.

—No lo sé.

Cage me miró fijo.

—Eres muy bonita. ¿Lo sabes?

—Tú también. O sea, eres guapo, no bonito —le dije. Temblaba cada vez más.

Cage rio entre dientes.

—Gracias. ¿Estás contenta de haber salido?

—Sí, claro que sí —dije, y traté de ocultar cuán contenta estaba.

—Hemos llegado —dijo, cuando nos acercamos a la puerta de mi edificio.

—Hemos llegado —repetí, con el corazón latiendo muy fuerte—. ¿Quieres pasar?

—¿Pasar? —me preguntó Cage, que no se lo esperaba.

—Sí —respondí. Estaba haciendo un esfuerzo muy grande por no saltarle encima ahí mismo.

—Eh… —balbuceó, antes de que la puerta se abriera y saliera una muchacha.

—¡Cage! —exclamó, y luego lo rodeó con los brazos, se puso de puntas de pie y lo besó en los labios.

Mi boca se abrió de la sorpresa. ¿Qué estaba sucediendo? ¿Quién era esa chica?

La muchacha, que era pequeña y rubia, y tenía rasgos angulosos, se volteó hacia mí.

—¿Quién es ella?

—Ah, ella es Quin. Quin, ella es Tasha.

Tasha me miró con sospecha. Se notaba que Cage estaba incómodo.

—Tasha es mi novia.

—¿De dónde conoces a Cage? —me preguntó Tasha.

Estaba muy impactada, y no podía hablar.

—Quin me ha pedido una *selfie*.

Sorprendida, Tasha se giró hacia Cage.

—Ah. ¿Y se tomaron una?

—Todavía no —dijo Cage, con una sonrisa.

—Puedo hacerlo yo —se ofreció Tasha—. Dame tu teléfono —me dijo, mientras se acercaba a mí con una mano extendida.

Aún sin palabras, le di mi teléfono y me paré junto a Cage.

—¡Sonreíd! —dijo.

Cage sonrió, mientras yo lo miraba, atónita.

—Aquí tienes —dijo, y me devolvió el teléfono—. Mírala.

Bajé los ojos y vi la captura de mi humillación.

—Sí.

—Bien. Vámonos. Tengo hambre —dijo Tasha, mientras entrelazaba su cuerpo con el de Cage y lo apartaba de mí.

—Ha sido un placer conocerte, Quin —dijo él, mirándome mientras se iba.

—Sí. Ha sido un placer conocerte… a ti también —murmuré, segura de que ya no podía oírme.

Observé a la pareja perfecta mientras se alejaba. Por supuesto que tenía novia. Y por supuesto que ella lucía así. Verlos alejarse me hizo sentir un dolor en el pecho.

No podía creer que hubiera pensado que estaba interesado en mí. Nadie nunca se había interesado en mí. ¿Cómo había podido ser tan estúpida? ¿Por qué había pensado que un tío como él podría estar interesado en una chica como yo?

Cuando la pareja se perdió de vista en la oscuridad, entré al edificio. Subí las escaleras aturdida; sentía que estaba a punto de explotar. ¿Por qué no le gustaba a nadie? ¿Por qué no le gustaba a Cage?

No podía soportarlo más. Mi piel vibraba con una ferocidad que no había sentido en años. Cuando por fin me di cuenta de lo que sucedía, era demasiado tarde.

—Oh, no. ¡No, no, no, no, no! —dije, entrando en pánico.

Mientras subía las escaleras, el mundo a mi alrededor se alejaba cada vez más. Necesitaba encerrarme. No podía creerlo. Hacía años que no me sucedía. ¿Por qué en ese momento? ¿Por qué ahí?

Al acercarme a la puerta de mi apartamento, olí lo último que quería o esperaba oler. Lou estaba en casa. ¿Por qué estaba en casa? ¿No me había dicho que tenía una cita?

No quería que me viera así. No quería aterrorizarla con la realidad sobre mi identidad. No quería matarla por error.

¿Había sido así como había muerto mi madre? ¿Había perdido el control y le había lanzado un zarpazo a la garganta? Era muy joven y no lo recordaba. Pero una niña de tres años y una loba de tres años eran cosas muy distintas. Si se lo permitía, temía que la bestia que tenía dentro de mí se llevara a otra de las personas que amaba.

No podía dejar que eso sucediera. Pero ¿cómo haría para detenerla?
Leer más ahora

*****